1781

Matthias Matschke

FALSCHGELD

Roman

Hoffmann und Campe

1. Auflage 2022

www.hoffmann-und-campe.de
Covergestaltung: Lisa Busch © Hoffmann und Campe
Coverabbildung: Matthias und Christian Matschke
beim Reifenwechsel, 1974; Foto: I. Matschke
Satz: Pinkuin Satz und Datentechnik, Berlin
Gesetzt aus der Adobe Garamond und der Ano Bold
Druck und Bindung: GGP Media GmbH, Pößneck
Printed in Germany
ISBN 978-3-455-01463-1

HOFFMANN
UND CAMPE

Ein Unternehmen der
GANSKE VERLAGSGRUPPE

Für meinen Vater

Man muss an die Erinnerung glauben.
Sie ist formbar wie die Zukunft.
Es ist nicht verwerflich, sich an etwas zu erinnern,
das es nicht gegeben hat.
Wer soll uns dafür richten?

Christian Matschke

APFELBAUM

Wie bin ich hierhergekommen?

Ich liege auf dem Rücken, durch den ein immer stärker werdendes Pochen hämmert. Eigentlich kenne ich Oliver Miller nicht so gut. Er wohnt drei Häuser weiter. Gegenüber, in dem alten Neubaugebiet unseres Dorfes, neben dem nie fertiggestellten Rohbau. Oliver sitzt noch immer da, wo ich vor Sekunden auch gesessen habe. Auf einem dicken Ast in der Krone des Apfelbaumes. Er schaut durch seine Nickelbrille in die Ferne.

In den Sommerferien spielt man mit Kindern, mit denen man sonst nicht spielt, denn alle Kinder, egal ob sie die Realschule oder das Gymnasium besuchen, teilen die Tatsache, dass sie zu Hause sind und Zeit im Überfluss haben. In den Sommerferien 1984 spiele ich mit Oliver Miller.

»Öde!« So hat mich Oliver vorhin auf der Straße begrüßt. »Es ist so öde!«

Ich habe dieses Wort noch nicht so oft gehört, dass ich genau wüsste, wann und wie man es gekonnt einsetzt. Ein Cousin aus Nordhessen hat es einmal benutzt, bei einer Familienfeier, aber das Wort ist fremd geblieben und der Cousin auch. Oliver ist ein Jahr jünger als ich, hat aber heute die

Führung übernommen. Ich habe mich an ihn drangehängt, und er hat entschieden, dass wir heute nicht schon wieder kicken, dass der Spielplatz abgespielt ist und jetzt um zwei Uhr mittags noch nichts Gescheites im Fernsehen kommt. Er hat entschieden, dass alles öde ist. Er hat einen feuchten angefaulten Apfel genommen, der am Rand der abschüssigen Wiese mit den Apfelbäumen gelegen hat, und hat damit groß die kleinen Buchstaben *ö* und *d* und *e* auf den Asphalt des schmalen Weges neben der Wiese geschrieben. Ich sehe das erste Mal, dass einer mit einem Apfel schreibt. Aber die Buchstaben sind schön. Sie sehen aus wie die Druckschrift im Lesebuch. Das *d* hat einen langen geraden Hals, und die Rundungen des *ö* und des *e* sind auf gleicher Höhe, und die drei Buchstaben sitzen genau im richtigen Abstand zueinander auf dem schmalen abschüssigen Weg. Wie ein auf die Straße gemalter Ermutigungsspruch bei einer Bergetappe der Tour de France, die ich im Fernsehen verfolge, weil sonst nichts Gescheites kommt.

»Öde«, sagt Oliver. Er schaut auf sein Straßengraffiti, schaut auf den Rest des abgeschabten faulen Apfels in der Hand und feuert ihn in die Apfelwiese und sagt: »Man muss dem Kind einen Namen geben.« Und dann betritt er die Apfelbaumwiese und steigt auf den Baum, unter dem der faule Apfel gelandet ist.

Ich bin Matthias Matschke. Ich bin gerade vom Baum gefallen, und aus dem Pochen in meinem Rücken ist Atemnot geworden. Ich merke, dass in mir eine ungekannte Angst aufsteigt. Ich bekomme keine Luft mehr. Ich liege unter dem Baum auf dem Rücken. Unter mir liegen Äpfel. Einige weich und zermatscht. Andere noch hart, weil unreif vom Baum gefallen. Alles zieht sich zusammen, mein Körper ist wie eingeschnürt. Es fühlt sich an, als könnte ich fortan an nichts anderes mehr denken als an diesen Schmerz. Und doch denke ich: Man muss dem Kind einen Namen geben. So hat es Oliver vorhin formuliert. Und ich denke weiter: So sprechen nur Erwachsene. Oliver Miller muss sich den Satz bei den Erwachsenen gestohlen haben. Ich denke: gestohlen. Wir dürfen gar nicht hier sein. Die Wiese gehört einem Bauern aus dem Dorf, und er wird sagen, dass wir Äpfel stehlen wollten, und er wird es meinen Eltern sagen, und mein Vater wird sagen, dass ich keine Äpfel stehle, weil ich es nicht nötig habe, und sich mit dem Bauern streiten, und meiner Mutter wird es peinlich sein, und ich werde nichts sagen können, weil ich gelähmt bin. Ich bekomme keine Luft, und mein Körper gehorcht mir nicht mehr, und ich möchte schreien und kann es nicht und will es auch nicht, weil es mir peinlich ist vor Oliver. Es ist der erste Moment in meinem dreizehnjährigen Leben, in dem ich so etwas erlebe. Meine Luftröhre fühlt sich an wie ein verknickter Strohhalm. Da ist der Gedanke, dass mir soeben etwas passiert sein könnte, was mein mir bislang bekanntes Leben beendet oder nicht mehr so sein lässt, wie es bis jetzt war.

Da ist die Frage, warum man dem Kind einen Namen geben muss. Und der Schmerz. Und die Peinlichkeit vor Oliver Miller. Der sitzt noch oben im Baum und hat nicht bemerkt, dass ich abgestürzt bin. Warum alles gleichzeitig?

Kurz bevor ich abgestürzt bin, hat Oliver gesagt, dass er, wenn er groß ist, sich einen Ferrari 308 GTS kaufen will. So wie Magnum im Fernsehen. Oliver sitzt ein paar Äste weiter und schaut auf die Hügel in der Ferne. Ich denke darüber nach, ob ich das auch will. Eigentlich bin ich willenlos gegenüber der Zukunft, und Autos sind mir, im Gegensatz zu meinem Vater, sehr egal.

Aber ich liebe Flugzeuge, und Pilot könnte ich mir vorstellen. Aber meine Mutter sagt: »Da müsstest du besser sein in Mathe.« Sie traut es mir nicht zu, und so traue ich es mir auch nicht zu, und so bleibe ich am Boden. Wo ich jetzt gelähmt liege. Kurz davor habe ich oben im Apfelbaum gesessen und mir seine Äste angeschaut. Andere Kinder müssen schon vor uns versucht haben, den Baum zu erobern. Da sind zwei kinderhandbreite Latten, die durch krumme rostige Nägel an dem Apfelbaum haften. Die Latten sehen aus wie ein Teil des Baumes, sie haben den gleichen Moosbelag wie die Rinde angenommen. Das ist wohl die Bauruine eines Baumhauses.

Vorhin, bevor ich abgestürzt bin, habe ich mich vorsichtig auf die Latten gesetzt, und sie tragen mich. Oliver schaut noch immer in die Ferne, dahin, wo sich die Parabolantenne des Radarturms auf der Neunkircher Höhe dreht. Sein Vater fährt jeden Tag die zehn Kilometer dorthin. »Er sichert als Fluglotse den süddeutschen Luftraum«, sagt Oliver, als ich ihn einmal frage, was sein Vater da macht. Und jetzt sagt Oliver: »Ey, ich will das wirklich! Ich will den Ferrari!« Ich fühle mich unter Zugzwang und sage: »Jaja, ich auch!« Und als ob ich dem Nachdruck verleihen könnte, indem ich mich abstoße, springe ich die zwei Meter vom Baum. Aber einer der Nägel des Baumhausversuchs hält meine Hose fest. Und anstatt sich elegant zu bewegen, streckt sich mein Körper und stürzt steif wie ein gefällter Baum vorwärts. Mein Kopf bewegt sich am schnellsten, mein Hintern ist der Dreh- und Angelpunkt. Mein Gesicht nimmt Fahrt auf Richtung Boden. Es ist klar, dass ich dem Unglück nur noch zuschauen kann. Dennoch rudere ich mit den Armen. Alles ist schnell und langsam zugleich. Meine Haare flattern wie beim Fahrradfahren. Ich schaue mir zu, wie ich auf den Aufprall warte, doch der bleibt erst mal aus. Der Nagel, an dem mein Körper hängt, dreht mich komplett um. Kopfüber und weiter. Der Stoff der Hose reißt, und ich knalle platt mit dem Rücken auf den Apfelwiesenboden, so wie ein Pizzabäcker den ungebackenen Teig auf die mehlige Platte knallt.

Ich bin Matthias Matschke, denke ich. Als sei es das Einzige, was ich denken kann. Ich bin gerade vom Baum gefallen, und ich bin ein Zufall des Raum-Zeit-Kontinuums. So jedenfalls hat Herr Zitelmann uns Menschen genannt. »Aber es macht uns zu Lebewesen, dass wir der Zeit und ihrem Fortschreiten ausgesetzt sind.« Herr Zitelmann ist unser Religionslehrer, und ich habe schon viel zu lange nicht mehr geatmet. Wie bekomme ich wieder Luft in meinen gestauchten Schockstarreleib? Und viel wichtiger: Wie kann ich verhindern, dass Oliver rausfindet, was mir gerade passiert ist? Noch blickt er in die Ferne und träumt von der Zukunft.

Und dann, mit einem Mal, saugt der Unterdruck meiner Lunge einen kräftigen Schluck Luft in den Körper zurück. Meine Stimmbänder sind noch willenlos, und so entsteht durch den scharfen Luftstrom ein schnarrendes Geräusch, das sich wie ein »Ja« anhören muss. Jedenfalls hört es sich so an, wenn meine Handarbeitslehrerin Frau Petry beim Einatmen »Ja« sagt. Ich hasse das. Aber jetzt rettet es mich vor dem Ersticken. Und dann springe ich auf. Der Schmerz hat sich von lähmend in rasend gewandelt, und ich gehe mit staksigen Schritten um den Baum, um ihn abzuschütteln. Oliver hat sich umgedreht und sieht mich um den Baum laufen. Es scheint ihn nicht zu verwundern, dass ich nicht mehr neben ihm sitze.

Er fragt: »Was hast du gesagt?«

Ich sage: »Ich habe nur Ja gesagt«, und stakse weiter wie ein Huhn.

Der Schmerz ist immer noch da, jeder Atemzug ist eine Bestrafung, und weil Oliver weiter schaut und sich fragt, was ich da mache, sage ich: »Ey, guck mal, da ist der Apfel, mit dem du vorhin geschrieben hast!« Ich bücke mich steif und hebe den platt geschabten Apfel aus der Vielzahl der braunen Äpfel hoch, um ihn Oliver zu zeigen. Mein erhobener Arm zittert, und geschäumtes Blut pulst durch meinen Körper. Ich hoffe, dass Oliver nichts merkt. Oliver guckt mich lange an, dann grinst er und schaut wieder in die Ferne.

Ich muss mich bewegen. Der Schmerz ist zu groß, und ich gehe zurück Richtung Weg und rufe, ohne mich noch mal umzublicken: »Ich geh heim. Gleich kommt *Captain Future*!«

COMMODORE 64

Ich bin Matthias Matschke, und meine Mutter heißt Irmhild Matschke. Ich bin dreizehn Jahre alt, und sie ist irgendwie unbestimmt alt. Sie hat sich dafür entschieden, gegen Computer zu sein. Natürlich dränge ich. Ich will einen Computer zum Spielen und für alles. Aber dass man sich auskennen muss, dass es mehr als drei amerikanische Firmen gibt, die Personal Computer anbieten, über die man sich vor dem Kauf informieren muss, das überfordert sie, und deshalb ist sie zu dem Schluss gekommen, dass wir erst einmal abwarten sollen, ob sich das mit den Computern durchsetzt.

Meine Mutter könnte es wissen. Sie arbeitet, wenn sie nicht als Pfarrersfrau Gemeindedinge tut, als Beamtin bei der Post im Fernmeldewesen in Dieburg, vierzehn Kilometer entfernt von unserem Dorf. Mit acht Jahren frage ich meine Mutter einmal, was das Fernmeldewesen überhaupt sei, und sie sagt: »Ach, alles Mögliche. Das erkläre ich dir später mal im rechten Moment.« Der Moment bleibt aus, und so bleibt das Fernmeldewesen alles Mögliche. In Dieburg gibt es riesige Antennen, und dort gibt es auch Computer, mit Bildschirmen, mit grüner oder bernsteinerner Schrift und mit blinkendem Cursor. Wie in Cape Canaveral, denke ich, als ich bei einer Betriebsfeier gemeinsam mit anderen Kindern einmal den Raum mit den vielen Rechnern betreten darf. Meine Mutter kann aber nicht glauben, dass sich diese Geräte jemals in einem privaten Haushalt werden finden können. Dabei haben immer mehr Menschen um uns herum einen Computer zu Hause.

»Deine Eltern leben in einer Zeitschleife, sagt mein Vater«, sagt Robi Brandt. Robi ist mein bester Freund, aber ich hasse seinen Vater. Ich weiß nicht, was ich gegen ihn tun soll. Er hat Gefallen daran gefunden, mich zu provozieren, mir unbequeme Fragen zu stellen, immer wenn ich bei ihnen, beispielsweise nach einem langen Spielnachmittag, zum Abendbrot bleibe und wir zu viert mit seiner Frau am Tisch sitzen. Frau Brandt ist nett und schön, und ihr Wesen prägt meine Vorstellung davon, welche Frauen ich später einmal begehrenswert finde.

»Ein Einzelkind besucht das andere einzelne Kind, haha!«, sagt der Vater. Und dann stellt er wieder Fragen. »Wie alt sind deine Eltern?« Ich sage: »Ich weiß es nicht.« Und er fragt: »Wie haben sie sich kennengelernt?« Ich sage: »Ich weiß es nicht«, auch wenn ich es eigentlich ungefähr weiß.

Warum mag Robis Mutter diesen Mann? Herr Brandt hat im Neubaugebiet eine Straße unter uns das Haus für seine Familie gebaut. Er ist Architekt. Er und seine Frau haben viele Freunde, auch unter den Nachbarn.

Meine Eltern haben keine Freunde, nur Geschwister. Ich habe keine Geschwister, aber Freunde.

Mein Vater ist der Dorfpfarrer dreier dicht beieinanderliegender Dörfer am Rand des Odenwalds. Meine Mutter unterscheidet strikt zwischen dem »Außen« und dem »Innen«. So nennt sie die Welt einerseits und unsere dreiköpfige Familie andererseits. Alles, was meine Eltern mit dem Außen zu tun haben, sind soziale Verpflichtungen. So nennen sie es jedenfalls, wenn sie darüber reden: Bibelkreis. Kerberöffnung. Gottesdienst. Seelsorge. Konfirmanden. Seniorencafé. Begräbnis.

Wir, das Innen, sind das, was nicht offiziell ist. Dann ist meine Mutter auch entspannter als sonst. Immer wenn meine Eltern nach Hause kommen, ziehen sie sich um. Als wäre das, was sie draußen tragen, ein Kostüm, und als wären sie Schauspieler und unser Haus die Garderobe, wo man sich zum ungeschminkten Ich zurückverwandelt. Wenige sehen sie so. Wir haben selten Besuch. Die Eltern meiner Eltern besuchen wir dort, wo sie wohnen. Robi darf mit uns zu Abend essen und bei uns sein. Auch meine anderen Freunde aus der Schule, wenn sie mal zu uns kommen. Das geht schon. Aber bei den wenigen Malen, die uns Bekannte oder Kollegen besuchen, wirken meine Eltern ungelenk und eckig. Es ist dann, als wären sie bei sich selbst zu Gast. Auch Gemeindemitglieder werden nur im Büro meines Vaters, im Gemeinderaum Gethsemane oder in der Kirche empfangen.

Aber auch das ist meinen Eltern noch zu nahe. Als ich in die Schule komme, ziehen sie mit mir ein Dorf weiter in ein Fertighaus mit Doppelgarage. Es hat sich im Außen etwas verändert. Im Dorf weiter ist ein Neubaugebiet entstanden. Bauern haben ihre Felder verkauft. Sie sind keine Bauern mehr, aber haben jetzt Geld und gehen in Betriebe. Meine Eltern bestellen das Haus aus einem Katalog und stellen es auf ein Grundstück in der obersten Straße am Hang des Neubaugebietes. Das Fertighaus wird zu unserem neuen Innen.

Und im Innen sucht meine Mutter gerne die Konfrontation. Mit meinem Vater. Das passt ihm gar nicht. Er will seine Ruhe und keine Sticheleien. Ich kann also davon ausgehen, dass der eine das will, was der andere gerade als unpassend empfindet. Ich kann das nicht verstehen, kann es nur beobachten und denken, dass diese Ungleichheit wohl das ist, was die beiden zusammenhält.

Und als ich dreizehn bin, träume ich davon, dass meine zukünftige Frau und ich das nicht so machen werden. Ich will nicht wie meine Eltern sein. Wir wollen Frieden. Sie lächelt liebevoll, wenn es was bei mir zu belächeln gibt, und ich weiß souverän mit ihren gelegentlichen Ungehaltenheiten umzugehen. Das will ich.

Und ich will einen Computer. Meine Mutter schreibt im Büro des Fernmeldewesens selbst an einem. Sie kontrolliert die Daten des Personals, denn auf einer Schulung in Limburg an der Lahn hat man ihr die elektronische Datenverarbeitung nähergebracht: Ja. Aber. Computer sind im Außen.

Ich bin Matthias Matschke, ich bin Fahrschüler. Die Schule, die ich seit drei Jahren besuche, ist in Darmstadt, siebzehn Kilometer entfernt. Dort gibt es Kinder mit Computern. Viele Kinder. Fast alle Kinder haben einen. Aber hier, in dem Dorf, in dem wir wohnen, dem Dorf mit dreihundert Einwohnern, da ist das etwas anderes.

Die Sommerferien sind seit einem Monat vorbei, und Oliver Miller habe ich seitdem nicht mehr gesehen.

Aber er hat einen Commodore 64.

Und das macht ihn sehr beliebt. Als sie mir die Haustür öffnet, sagt Olivers Mutter, Frau Miller, auch gleich: »Aber der Robi ist schon da!«

Das ist ein Satz, der sämtliche Einzelteile dieses Nachmittags nach der Schule zusammenfasst: Man will Computerspiele spielen, aber man hat keinen Computer. Daher streicht man bei Oliver vorbei, der eigentlich kein Freund ist. Der

Robi schon. Er ist mein bester Freund. Er hat aber vorhin, als ich bei ihm geklingelt habe, gesagt, er könne heute nicht, er habe zu viele Hausaufgaben. Er geht auf ein anderes Gymnasium als ich.

Der beste Freund hat gelogen. Um frei zu sein.

Olivers Mutter straft einen sofort mit stillem Blick. Sie weiß, dass man nur vor der Tür steht, weil Oliver einen Computer hat. Und dann gewährt sie einem doch Eintritt, was eigentlich noch schlimmer ist, denn ab jetzt ist man der Kaiser, das Fertighaus der Millers ist Canossa, und Oliver Miller ist der Papst. Das alles hat die Geschwindigkeit und Unaufhaltsamkeit von Blitzeis.

Mein Vater hat dieses Jahr im Januar seinen Volvo Kombi über die Landstraße schießen lassen, mit mir drin. Ich soll immer noch hinten sitzen. Ich finde das erniedrigend, ich bin seit drei Monaten dreizehn. »Ich muss erst nachschauen, ob das erlaubt ist. So was steht in der Straßenverkehrsordnung«, hat er gegen Ende der Herbstferien gesagt. Seitdem ist nichts passiert. Ich sitze immer noch hinten, und der Wagen schießt über die Landstraße. Mein Vater liebt seinen Volvo und sagt immer wieder, dass es Europas sicherstes Auto ist und dass sein technischer Aufbau dem eines Panzers entspricht. Meine Mutter und ich wissen zu dieser Information nichts zu sagen, immer wenn er das sagt, und daher versiegt auch immer das Gespräch nach den Ausführungen über den Panzer. Mein Vater macht mit sechzehn eine Lehre als Werkzeugmacher bei Opel in Rüsselsheim. Er liebt Autos so sehr. Aber dann will er mehr. Er besucht das Abendgymnasium und studiert evangelische Theologie, obwohl er aus einer katholischen Familie kommt. Die Liebe zu den Autos bleibt. »Ich schätze den Volvo wegen seiner Sicherheit«, sagt er.

Und dann dieses Jahr im Januar schießt der Volvo über die Landstraße, und mein Vater ruft plötzlich: »Ein Reh!« Und dann: »Blitzeis!«, und der Wagen dreht sich mitten auf der B 426 mit meinem Vater und mir um sich selbst, bis er durch einen Betonpfeiler am Straßenrand gestoppt wird. Der Pfeiler bohrt sich in die Beifahrertür, da, wo ich so gerne gesessen hätte.

Nur der kalte Wind aus dem Wald neben der Straße ist auf einmal durch die geborstene Scheibe zu hören.

Wir schweigen.

Das Reh steht starr eine Wagenlänge weit weg und blickt uns regungslos und stumm an. Das Reh sieht uns, wir sehen das Reh. Wir hören das Reh atmen. Dann zieht es sich ins Gebüsch zurück.

Das Rauschen des Gestrüpps.

Wir sitzen im Volvo, und mein Vater spürt etwas zwischen Ärger und Scham.

So wie ich jetzt, da ich die Stufen zu Olivers Zimmer hinaufsteige. Drinnen sitzen Oliver und Robi. Aber der ignoriert mich komplett, und auch Oliver grüßt nur knapp, und dann hört man nur noch, wie sie am Joystick rütteln. Sie spielen *Summer Games.* Beim Sprint über hundert Meter muss man wie besessen am Joystick rütteln, damit man als Läufer in staksigen Pixelbewegungen die Strecke schneller bewältigt als der computergemachte Spieler aus Japan, Jamaika oder der Sowjetunion. Da Oliver nur einen Joystick besitzt, kann man auch nur im Ein-Spieler-Modus gegen den Computer spielen. Oliver und Robi wechseln sich ab. Ihr Blick haftet am Bildschirm. Ich bin ausgeblendet und schon wieder vergessen. Dass ich mitspielen könnte, war nie angedacht. Die beiden sitzen vor dem Fernseher, der auf dem Schreibtisch steht und leise fiept, wenn keine Musik oder kein anderes Geräusch vom Spiel kommt. Ich sitze auf der Bettkante hinter ihnen.

Die Nackenverspannung, die ich gerade zum ersten Mal verspüre, wird sich ab jetzt lebenslänglich mit dem Gefühl von Eifersucht verbinden. Meine Wirbelsäule, von der ich dachte, dass sie zerbrochen sei, als ich unter dem Apfelbaum lag, wird steif und reißt die Muskeln drumherum an sich. Die Eifersucht hat etwas Kaltes und Heißes zugleich. Mit eisiger Wange schmiegt sie sich an mich und umarmt mich dabei hitzig, sitzt mit mir auf der Bettkante und macht sich über mein Zusehen lächerlich.

Die Nationalhymne der Vereinigten Staaten erklingt. Oliver ist immer Amerika und hat seinen eigenen und den Weltrekord für die USA eingestellt.

Er zieht den Joystick nach oben, und mit einem schmatzenden Geräusch lösen sich die kleinen Saugnäpfe an der Unterseite des Joysticks. Dann rammt er den Joystick mit den vier Saugnäpfen auf die glatte Schreibtischplatte. Nun soll Robi zeigen, was er kann. Er ist immer Sowjetunion. Und immer etwas langsamer als Oliver.

Robi beginnt nach dem nächsten Startschuss den Joystick wie verrückt nach rechts und links zu reißen.

»Wer wichsen kann, ist im Vorteil«, sage ich. Ich will mich nicht fühlen wie der Computerspieler, der unter albanischer Flagge startet und regelmäßig als Letzter auf Platz acht einläuft. »Und bei solchen Sprintdisziplinen werden unheimlich viel Hormone ausgestoßen, wusstet ihr das?«, sage ich. Ich will auch nicht, dass dieses Gefühl der Niederlage bleibt, wenn ich gleich aus dem Zimmer gehe. »Hormone sind das A und O in der Leichtathletik.«

Die beiden schauen stur auf den Fernseher, während Robi

den Hebel hin und her reißt. Robi läuft als Erster ein, ist aber langsamer als Oliver. Der ist jetzt dran.

Saugnapfgeräusch – Ablösen, Saugnapfgeräusch – Festkleben.

»Jedes Rennen ist Stress. Die Hormone Adrenalin und Noradrenalin werden ausgeschüttet, und die Läufer erleben bei jedem Wettkampf, was andere Menschen in geistigen Belastungssituationen erleben.«

Jetzt rüttelt Oliver am Hebel, wieder für die USA.

»Wie zum Beispiel Todesangst, Angst vor Versagen oder Gesichtsverlust.«

Oliver wird Erster, macht aber keinen Rekord.

»Bei Tieren ist das auch so. Mein Vater hat dieses Jahr im Januar ein Reh angefahren. Es ist voll in die Beifahrertür gerannt. Aber unser Volvo ist wie ein Panzer. Das war mein Glück, weil ich auf dem Beifahrersitz gesessen habe. Ich habe genau gesehen, wie das Reh seine Augen aufgerissen hat. Die Scheibe ist zerbrochen, und ich konnte ihm aus dreißig Zentimetern Entfernung in die Augen schauen.«

Die italienische Nationalhymne erklingt. Robis Sowjetunion ist nur Zweiter geworden.

»Und dann hat sich das Reh aufgebäumt und ist gerannt. So schnell habe ich noch nie ein Tier laufen sehen. Rehe sind übrigens nicht Hirsche, sondern gehören zur Familie der Trughirsche. Mein Vater ist dem Tier hinterhergefahren, aber er konnte es nicht einholen, so schnell war es. Wir sind einfach der Blutspur gefolgt. Das Reh ist dann in seiner Panik bis ins Dorf gelaufen und vor der Metzgerei von Gerd Weidner zusammengebrochen.«

Die beiden starren immer noch auf den Bildschirm. Aber das Rütteln hat aufgehört.

»Wir haben das Auto geparkt und den Metzger gefragt, was man jetzt machen soll. Der hat gesagt: ›Na, was wohl?‹, und hat den Rehbock gleich durch das Tor neben seinem Geschäft in den Hof gezogen. Und dann hat er sein Bolzenschussgerät genommen und das Ding auf den Kopf von dem Bock angesetzt. Aber in dem Moment ist der Bock noch mal in Panik geraten und aufgesprungen und, ohne zu bremsen, gegen die Stalltür gerannt, dass ein Loch drin war. Und er war immer noch nicht tot. Die Beine haben gezuckt wie bei einem Hund, wenn er träumt. Und als er endlich tot war, hat Gerd Weidner ein Messer genommen und den Bock aufgeschnitten, und was an Blut noch da war, ist rausgeflossen, und aus allem, was drin war, wurde Fleisch und Wurst gemacht. Nur das Herz hat Herr Weidner in den Mülleimer geschmissen. Das hat immer noch geschlagen.

›Kann man das Herz denn nicht gebrauchen?‹, habe ich meinen Vater gefragt, und der hat geflüstert: ›Matthi, das Herz gehört nur dem Bock, es ist für immer frei.‹ Und wir und der Weidner Gerd haben für einen kleinen Moment um den Eimer mit dem zuckenden Herz gestanden, als wäre er ein offenes Grab. Ja, und zu Ostern haben wir von ihm ein großes Stück von dem Rehrücken bekommen.«

Die beiden schauen sich die Siegerehrung des letzten Laufes an. Keiner hat es auf das Treppchen geschafft.

»Hast du eigentlich auch schon *Winter Games*? Das ist zwar ein gutes Spiel, aber nicht so gut wie *Olympic Games*. In Amerika spielt das jeder«, sage ich.

Als ich die Tür zu Olivers Zimmer geschlossen habe und die ersten Stufen der Treppe nach unten gehe, fühle ich mich überlegen. Und als ich unten ankomme und Olivers Eltern vor dem Fernseher sitzen sehe, fühle ich mich schlecht.

»Du gehst ja schon wieder«, sagt die Mutter sehr nett und fast traurig und lächelt mich an.

Jetzt fühle ich mich noch schlechter.

»Ich habe was vergessen«, sage ich.

PAROTITIS

Als ich sechs bin, leben wir noch im Pfarrhaus. Neben dem Haus ist ein kleiner Parkplatz für drei Autos. Und an dieser Bucht liegen unser Haus, gegenüber der evangelische Kindergarten und dazwischen, etwas zurückgesetzt, die kleine Kirche.

In der Kirche hängt ein großes Bild, das einen langen Kerzenständer mit einer brennenden Kerze zeigt. Der Kerzenständer steht auf einer Bibel, die schwebt. Das Bild ist dunkel, und nur die Kerze und ihr Schein bringen Licht in das schwarze Viereck. Ganz unten steht in goldenen Buchstaben *Lux lucet in tenebris*, der Wahlspruch der Waldenser.

Mein Vater steht einmal mit mir in der Kirche. Er sagt, dass die Menschen, die diese Kirche gebaut haben, aus Frankreich geflüchtet sind, weil sie nicht katholisch sein wollten. »So wie du«, sage ich ihm. »Ja«, sagt er, »ich war katholisch, wollte es aber nicht mehr sein.« Es entsteht eine bedeutungsvolle Gesprächspause, die ich aber so noch nicht empfinde, weil ich zu klein bin. Es ist nur Zeit, in der nicht geredet wird. Aber ich bin groß genug, um auf eine Antwort zu warten, warum er nicht mehr katholisch sein wollte. Nach der Pause sagt mein Vater bedeutungsvoll: »Es ist nicht alles Gold, was glänzt.« Auch da wieder eine Pause. Dann sagt er: »Was aber ewig glänzt und scheint, ist dieses Licht.« Er deutet auf die Kerze. »Da steht: Das Licht leuchtet in der Finsternis. Latein. Lernst du später. Und das Licht leuchtet gegen alles, was wir nicht wollen und was uns ergreifen will!«, sagt er, und seine Stimme wird kräftig schneidend.

Auch das verstehe ich nicht. Aber es wird still um uns, obwohl es das vorher auch schon war.

Ab jetzt spüre ich die Stille öfter.

Und nach der Stille sagt mein Vater, jetzt wieder weniger laut: »Unser Leben ist sehr kurz und nicht ausreichend. Daher brauchen wir ein ewiges Leben. Die Kerze zeigt uns den Weg. Mehr kann ich dir auch nicht sagen.« Und mir wird seltsam warm, wahrscheinlich weil mein Vater diesmal so leise und vorsichtig gesprochen hat.

Mein Vater ist selten so. Er ist nicht der liebevolle christliche Mann, der mit Frau und fünf Kindern im glücklichen Chaos lebt und die Gemeinde aufopferungsvoll betreut und das Leid und die Freuden der Menschen teilt. Ich kenne ein Porträt von Diego Velázquez aus einem Kunstbuch, das mich an meinen Vater erinnert. Er ist oft grimmig und streitbar. So gerät er regelmäßig mit Schwester Ruth in Konflikt. Auch mit anderen. Dem Gemeinderat, dem Postboten. Aber immer wieder mit Schwester Ruth. Sie leitet den evangelischen Kindergarten, der von unserem Pfarrhaus nur durch den Parkplatz für drei Autos getrennt wird.

Dort gehe ich hin, in die große Gruppe. Das ist die Gruppe, die schon ein wenig Vorschule ist, mit Buchstabenmalen und Musikmachen und Purzelstunde, so etwas wie einfacher Sportunterricht. Ich gehe jeden Morgen vorbei an der Kirche über den Parkplatz für drei Autos ins Gartentor des Kindergartens. Ich kann bis zehn zählen, und genauso lange dauert der Weg vom Pfarrhaus bis zu Schwester Ruth. Ich darf allein gehen. Das erfüllt mich mit Stolz. Ich ziehe mir meinen Mantel aus dunkelgrünem Lodenstoff an. Der Mantel ist mehr ein Cape mit blau-weiß-gelb kariertem Innenfutter. Mein Cousin ist da rausgewachsen, und ich trage es auf. Meine Mutter nennt das Cape den Ein-Männlein-steht-im-Walde-Mantel, obwohl es gar nicht purpurn, sondern grün ist. Mich ärgert das, ich will kein Männlein im Walde sein. Da ich aber keinen anderen Namen für den Mantel kenne, muss ich ihn auch so nennen. Das amüsiert meine Mutter, und mich ärgert das. Seitlich am Mantel kann man die Hände durch zwei Öffnungen stecken, die wie Taschen aussehen. Aber man kann die Hände auch einfach unter dem Cape lassen. Und über dem Cape hängt meine Trinkflasche, die aus einem fahlen Weiß ist und einen roten einen Zentimeter breiten und steifen Plastikstreifen als Riemen hat. Wenn man daraus trinkt, dann schmeckt der Tee oder Saft vor allem nach dem Plastik der Flasche. Manchmal rieche ich an der Flasche, wenn ich mich unsicher fühle. Das passiert im Kindergarten, auch wenn ich schon in der großen Gruppe bin.

»Matthias Matschke, hör auf, dadran zu riechen!«, sagt Schwester Ruth. Sie ist eine Diakonissin und trägt einen grauen Habit mit weißer Schürze und einer weißen Haube. Was ein Habit ist, hat mein Vater mir erklärt. Sie sieht aus wie eine englische Weltkriegskrankenschwester aus alten Filmen. Das weiß ich aber erst später, wenn man so was weiß. Jetzt weiß ich nur, dass sie streng ist und auch gütig, aber beides sprunghaft wahlweise. Ich höre auf, an der Flasche zu riechen, und grinse, als wäre ich überlegen. Aber niemand ist Schwester Ruth überlegen. Auch nicht mein Vater. Theoretisch ist sie ihm gegenüber weisungsgebunden. Er denkt das so. Sie denkt das Gegenteil.

Ich blicke vom Arbeitszimmer meines Vaters auf den Außenbereich des Kindergartens und in die Sonne, und es ist die Karwoche. Das offene Fenster vor dem Schreibtisch meines Vaters lässt noch kalte, aber irgendwie schon frühlingshafte Luft herein. Die Kindergartenkinder toben durch den Kindergartengarten. Ich gehöre eigentlich dazu, zur Vorschulgruppe, bin aber krank. Ich habe eine Parotitis, eine eitrige Entzündung der linken Ohrspeicheldrüse. Die Drüse produziert Speichel. Ziemlich genau zweimal im Jahr habe ich diese schmerzhafte Schwellung der Drüse vor dem linken Ohr. Zu Beginn und zum Ende des Winters. Wie jetzt, im April. Es tut weh, und ich kann nicht richtig sprechen und essen. Kiefersperre.

Ich stehe da und schaue auf die Gruppe, aber ich darf nicht raus. »Weil du doch wieder dein Ohr hast«, sagt meine Mutter. Heute Morgen, ganz früh, als der Tag noch grau war, hat es noch einmal geschneit. Der Boden ist weiß, aber die Sonne, die sich jetzt zeigt, wird den Schnee schnell auflösen.

Ich langweile mich und suche nach Beschäftigung. Kiefersperre. Ich stehe stumm im Arbeitszimmer meines Vaters, der sich dunkel über das Gesangbuch beugt und summt. Er trifft die Liederauswahl für die Osternacht. Die Lieder für die anderen Gottesdienste des Osterfestes sind immer gleich und daher schon ausgewählt, aber die Osternacht soll etwas Besonderes werden.

Ganz dunkel wird die Kirche sein, und dann trägt der Kirchenälteste eine kleine Kerze in die Kirche, und so kommt das Licht in die Welt zurück.

Ohne aufzusehen und aus seinem Summen heraus, sagt mein Vater: »Zur Auferstehung musst du aber wieder fit sein.«

Er erwartet keine Antwort, er kennt meinen Zustand der

Kiefersperre. Sehen und schweigen. Kurz sieht er auf, blickt flüchtig aus dem Fenster, zurück zum Gesangbuch. Dann aber mit raschem Ruck wieder aus dem Fenster. Jetzt ist er wie erstarrt. Dann schaut er mich an, als erwarte er diesmal eine Antwort. Mir treten Tränen in die Augen, und ich weiß nicht, warum. Meine Eiterdrüse pocht. Mein Vater steht auf und lehnt sich weit über den wuchtigen Schreibtisch, um besser sehen zu können. Auch ich schaue auf Zehenspitzen aus dem Fenster, um dort draußen nach dem Grund seiner Gefühlsveränderung zu suchen.

Die alte Heizung, die zwischen Fenster und großem Schreibtisch wie eingeklemmt wirkt, heizt auf vollen Touren. Mein Vater ist immer verfroren. Die erhitzte Luft erzeugt wabernde Schlieren.

Dahinter sehe ich meine Kindergartengruppe im gleißenden Sonnenlicht. Der Schnee ist weg, als wäre er nie da gewesen. Schwester Ruth achtet mit überlegener Langeweile auf die Kinder. Die Jungs der Gruppe rutschen auf den Hosenböden ihrer Matschhosen herum. Wäre ich nicht mit Parotitis hier oben, sondern mit meiner Matschhose da unten, würden sie bestimmt wieder rufen: »Matthias Matsche mit der Matschkehose!« Es stört mich fast nicht, wenn die Jungs das sagen, denn so zeigen sie, dass es ihnen egal ist, ob mein Vater der Dorfpfarrer ist oder nicht. Das macht mich ihnen gleich.

Der Dorfpfarrer macht mir mehr Angst. Eingefroren wie ein Vorstehhund steht er da. Ich weiß, was ein Vorstehhund ist. Ich will einen Hund, einen English Pointer, zu Deutsch Vorstehhund. Das hat mir meine Mutter vorgelesen, in dem Hundebuch, das in der Bibliothek meines Vaters steht, ganz unten, wo ich hinkomme. Ich kann auch schon etwas Zahlen lesen, vor allem Zahlen mit Komma. Darauf bin ich stolz. Ein

Pointer wiegt durchschnittlich zweiundzwanzig Komma fünf Kilogramm. So viel wie ich. Ich will einen Vorstehhund, und der soll Beppe heißen.

Selten ist so viel Spannung im Körper meines Vaters. Normalerweise hat er die Haltung eines Menschen, der zu viel am Schreibtisch sitzt. Die Schultern nach vorne eingerollt wie ein welkes Blatt, eine schlaffe Körpermitte und eine steife Hüfte. Selbst der Segen zum Abschluss des Gottesdienstes, bei dem die anderen Pfarrer beide Hände ausbreiten und die Gemeinde mit behütenden Sätzen überströmen, als kämen sie direkt aus ihnen heraus, lassen den Körper meines Vaters rund aussehen wie ein Insekt mit Buckelpanzer. Doch jetzt ist er straff wie ein Pointer und hat Witterung aufgenommen. Erst passiert nichts.

Dann geht er los, ohne den Blick nach draußen zu verlieren. Hinaus. Die Tür bleibt offen. Ich stehe im Schlafanzug da, und wieder passiert nichts. Mein Vater ist weg. Die Sekunden fließen wie das Aprilsonnenlicht um mich herum. Auf einmal fröstle ich. Das offene Fenster. Keine Bewegung nirgendwo.

Die Kinder stehen in einem Kreis. Gerd Weidner heißt wie sein Vater, der Metzger, und sitzt in der Mitte wie ein Hase. Auch Schwester Ruth bewegt sich nicht. Alles wirkt wie bei Pieter Brueghel. In der Bibliothek meines Vaters gibt es ein großes Buch, es heißt *Von Bosch bis Brueghel*, nicht weit vom Hundebuch entfernt. Bibliothek bedeutet in diesem Fall eine hohe Schrankwand mit Büchern im Arbeitszimmer. Die Bildbände sind wegen ihrer Größe ganz unten eingeordnet, und ich kann da gut ran. Der Einband von *Von Bosch bis Brueghel* fasziniert mich. Da sind Vögel mit Menschenkörpern, und in den Menschenkörpern stecken Pfeile. Immer wenn ich mich dem Bildband nähere, höre ich aus dem Hintergrund die Stimme meines Vaters. »Nicht, Matthi, mach das nicht kaputt!« Ich verstehe nicht, wie ich etwas durch Angucken kaputt machen kann. Ich frage zurück: »Und wenn ich ganz vorsichtig bin?« Mein Vater ist trotz seinem Grimm auch gütig. »Aber sei vorsichtig, das ist wertvoll.« Das Wimmelbild auf Seite neunundzwanzig ist mein Lieblingsbild und heißt *Kinderspiele.* Alle spielen. Und dabei sind sie traurig oder lustig, rennen rum oder verharren.

Schwester Ruth, Gerd Weidner und die anderen Kinder würden gut in das Bild passen. So, wie sie jetzt da unten stehen. Eingefroren. Nur die Zeit bleibt flüssig.

Dann regt sich etwas, denn mein Vater regt sich auf. Ich sehe ihn noch nicht. Ich stehe nicht nahe genug am Fenster, aber ich sehe das Gesicht von Schwester Ruth. Es verdunkelt sich. Offenbar nähert sich mein Vater ihr mit staksigen schnellen Schritten.

Gerd Weidner rennt ungeahnt spontan los, und alle Kinder folgen in den hinteren Teil des Gartens. Die Vorschulkinder zuerst. Die Kleinen laufen hinterher. Nun ist mein Vater zu sehen. Er schimpft. Ich kann ihn von hinten sehen. Sein Kopf wirkt wie der eines zuckenden Vogels, der sich mit einem Artgenossen um ein Weibchen streitet. Nervös, ungelenk und übertrieben. Schwester Ruth ist ungerührt. Wäre sie ein Mann, würde sie meinen Vater mit einem ruhigen Schlag niederstrecken, denke ich. Wünsche ich.

Ich höre nicht, worum es geht. Das Spielgetöse meiner Vorschulkindergruppe und der Kleinen überdeckt alles. Mein Vater gockelt weiter. Der Kopf zuckt. Schwester Ruth verschränkt die Arme, ihr Körper bleibt ungerührt. Ein seltsames Gefühl streicht an mir herauf, ähnlich wie die Heizungsluft. Mein Nacken kribbelt, und meine kleine Penisspitze zwickt zweimal. Das macht sie, wenn mir etwas peinlich ist. Ich bin Matthias Matschke, sage ich mir dann.

Wie wird es sein, wenn ich nicht mehr mein Ohr habe und in die Gruppe zurückmuss? Es kann sich nur um eine Lappalie handeln. Niemand regt sich so über etwas Wichtiges auf. Jetzt dringen doch einzelne Wortfetzen durch. Ich höre: »… sind ein Vorbild …«, und: »… und das in der Passionszeit!« Jetzt antwortet Schwester Ruth. Ich höre keine Worte, aber den Singsang. Sie kommt aus Villingen-Schwenningen. Das ist zwar schon lange her, aber man hört es noch, und sie erzählt es immer, wenn es geht. So ein Singsang benötigt auch gar keine klaren Worte. Es ist die Musik in ihrer Sprache, die wie eine große Schallwelle auf meinen Vater zurollt.

Was auch immer er an Beschwerde vorgebracht hat, Schwester Ruths Antwort kommt in einem Rutsch und unaufhaltbar.

Es passiert so oft, dass mein Vater unterliegt. Aber sind Kämpfe da, um gewonnen zu werden?

Das Telefon klingelt hinter mir im Flur und ergibt einen Rhythmus zu Schwester Ruths Gesang. Da ist ein Tischchen mit dem grauen Telefon. Wer telefoniert, steht an diesem Tischchen und spricht und hört zu. Und jetzt, nach dem sechsten Klingeln, stimmt meine Mutter in die Musik ein, indem sie den Hörer abhebt und »JabitteMatschke« sagt.

Unten im Garten des Kindergartens kräht mein Vater dagegen und spricht nun mit höherer Stimme als Schwester Ruth von »Unverschämtheit«.

Aber da ist jetzt etwas in unserer Wohnung. Was ist das? Es liegt an meiner Mutter. Sie schweigt zu lange. Da ist nichts. Über Sekunden ist da nichts. Wieso ist da nichts? Ich höre meinen Vater nicht mehr, ich höre Schwester Ruth nicht mehr. Ich höre nichts. Und dann schluchzt meine Mutter einmal lang und laut. Dann spricht sie etwas in den Hörer. Kurze Worte. Eine Pause. Wieder kurze Worte. So kenne ich die Stimme meiner Mutter nicht. Dann wird der Hörer auf die Gabel gelegt.

Sie scheint sich nicht zu bewegen. Ich höre keine Schritte weg vom grauen Telefon auf dem einbeinigen Tisch.

Sie hat sich nicht bewegt. Ich habe mich nicht bewegt. Da ist wieder dieses Nichts, es steht auf leisen Sohlen. Dann schlägt unten die Haustür zu, und die Schritte meines Vaters stampfen Wut in die acht ersten Stufen. Dann die Wende über den Treppenabsatz, dann wütende acht Stufen den zweiten Treppenabsatz hinauf und ungebremst durch die Wohnungstür bis zurück an seinen Arbeitstisch. Er reicht über den breiten Tisch, um das Fenster zu schließen, er hat sich dazu auf die Zehenspitzen seines rechten Fußes gestellt und das linke Bein nach hinten gestreckt, um den nach vorn gespannten Oberkörper auszubalancieren, was eine komisch galante Bewegung ist. Dann dreht er sich um und sagt: »Ich weiß nicht, was so ein Mensch euch beibringen will, wenn er sich nicht im Griff hat.«

Ich weiß es auch nicht und fühle mich schuldig.

Ich traue mich nicht, irgendwohin zu schauen. Und auf einmal weiß ich, worüber mein Vater sich so aufgeregt hat. HB!

Aus dem Nichts steht meine Mutter in der Tür zwischen Flur und Arbeitszimmer. Seltsam fahl. Sie wirkt noch größer als sonst. Sie ist groß, sie ist einen Zentimeter größer als mein Vater, aber nun wirkt sie wie eine Riesin. Oder vielleicht bin ich kleiner geworden. Es fühlt sich an, als seien meine Füße in den Boden gesunken. Meine Ohrspeicheldrüse pocht. Ich weine, bevor meine Mutter etwas sagt.

»Günter hat sich das Leben genommen.« Dann erschrickt sie über sich selbst, dass sie das vor mir gesagt hat.

Ich höre meine Kindergartengruppe draußen lärmen. Gerd Weidner ruft etwas. Ein leeres Wort hallt herauf. Und jetzt ist hier alles eingefroren.

Das Gesicht meines Vaters lässt von seinem Wutausdruck ab. Es wird glatt, keine Regung kann sich daran halten. Nur die Zeit strömt vorbei wie eine Prozession. Ich muss weinen, ich kann meinen Vater so nicht sehen. Entblößt.

GÜNTER

Als das Ohr vorbei ist, drei Tage später, gehe ich wieder in den Kindergarten. Mein Vater ist nach Aschaffenburg gefahren, weil er sich um die Beerdigung seines Bruders kümmern muss. »Das wird erst nach Ostern was mit dem Begräbnis«, hat er zu meiner Mutter gesagt, ist in seinen Volvo gestiegen und weggefahren.

Ich gehe vom Pfarrhaus über den Parkplatz für drei Autos zum Kindergarten. Noch ein paar Schritte, dann bin ich ganz nah am Kindergarteneingang. Da, wo Schwester Ruth und mein Vater sich gestritten haben. Ich blicke noch einmal Richtung Arbeitszimmer bei uns im ersten Stock. Meine Mutter winkt mir. Wie ein Gespenst, schemenhaft hinter der Gardine. Das macht sie immer.

Ich gehe hinein. Ich trage wieder meinen Ein-Männlein-steht-im-Walde-Mantel und vor dem Bauch die Plastiktrinkflasche.

Noch auf dem Parkplatz habe ich es nicht gewusst, aber jetzt weiß ich, was ich tue.

»Ich bin Matthias Matschke«, sage ich Schwester Ruth. Sie schaut mich an und sagt: »Ja, und du warst drei Tage krank, und jetzt zieh erst mal das Cape aus.« Und damit wendet sie sich zu den anderen Kindern, die in einer Traube um sie herumstehen.

»Nein, du wartest jetzt!«, schreie ich.

Schwester Ruth blickt mich an. Für eine schnelle Reaktion ist es schon zu spät. Sie hat mich einmal übers Knie gelegt, als ich frech gelacht habe. Und ihre Geschwindigkeit war ihr Vorteil. Damals.

Ich sage: »Ich muss dir was erzählen!«

Schwester Ruth rückt mit einer Blitzbewegung die weiße Haube auf ihrem grauen Haar zurecht.

»Ich bin Matthias Matschke, und Günter Matschke ist mein Onkel. Und mein Onkel ist jetzt tot.«

Ich erzähle von meinem Onkel, der ein guter Mensch war. Ein Künstler. Er hat, als wir ihn einmal besucht haben, mit mir einen Clown auf eine alte einblattpapiergroße Glasscheibe gemalt.

Wir halten den Clown gegen das Herbstsonnenlicht, und er strahlt, und ich bin sehr stolz, meine Eltern auch, aber sie bleiben etwas befangen. Mein Onkel lacht zu viel, zu laut, wie meine Mutter findet, es aber nicht laut ausspricht. Immer wenn er lacht, dann gurgelt der Schleim in seiner Kehle, der sich dort vom vielen Rauchen gesammelt hat.

Mein Vater sagt immer: »Der Günter ist so aufgedreht. Nicht dass du das übernimmst!« Mein Onkel ist nicht nur ein Maler, er ist auch ein Restaurator. Daher stehen in seiner Wohnung in Darmstadt auch viele Marienfiguren. Er ist, im Gegensatz zu meinem Vater, katholisch geblieben. »Wir Katholiken machen einfach das bessere Tamtam!«, sagt er lachend. Und er ist streitsüchtig. Das haben die beiden Brüder als Gemeinsamkeit behalten. Sie streiten sich darüber, wie man richtig glaubt, wie man am schnellsten zurück auf die A 5 kommt und wie man Helikopter eigentlich aussprechen müsste.

Günter ist fast zwei Köpfe größer als mein Vater, und sein Körper ist dürr und gelenkig. Die Hüfte vorgeschoben.

Und weil er gerne Streit sucht, hat er sich mit seinem Chef im Museum gestritten über eine Lappalie, wie man sich nur über eine Lappalie streiten kann, und hat daraufhin im Museum das Bild *Die Elster auf dem Galgen* mit Matschke signiert. Daraufhin hat ihn der Chef rausgeschmissen und Schadensersatz verlangt. Aber Günter hat Glück: Günters Frau, die auch im Museum in der Restaurierungsabteilung arbeitet, kann den Matschke wieder rückstandslos abkratzen.

Jetzt wird mein Onkel Schauspieler. Im Stadttheater Aschaffenburg. »Wie kann das gehen, ohne Ausbildung?«, fragt meine Mutter. »Das geht nur, wenn einer so verrückt ist wie der Günter«, sagt mein Vater. In Aschaffenburg spielt er mit in der Kindervorstellung vom *Räuber Hotzenplotz.* Wir fahren mit unserem Volvo an einem Samstag früh zu einer Kindervorstellung. Mein Vater parkt das Auto missgelaunt im Parkhaus vom Karstadt. Er muss dann seine Predigt in der Nacht zum Sonntag schreiben, und das strengt ihn an. Im Theater sind alle Kinder völlig aufgedreht. Und es ist laut. Ich kann nichts verstehen, obwohl die Schauspieler brüllen. Ich sitze und halte mir die Ohren zu. Meiner Mutter ist das peinlich. Irgendwann dürfen alle Kinder auf die Bühne kommen, um eine riesige Felskugel aus Pappmaschee zur Seite zu schieben. Ich muss an Ostern denken. Ich drücke feste mit und stehe neben Seppl, der auch drückt und laut lacht, und erst jetzt erkenne ich meinen Onkel mit seinem zu großen Körper.

Dann in der Pause dürfen meine Eltern und ich in die Garderobe kommen. Aber mein Onkel ist nicht da. Er teilt sich die Garderobe mit dem Räuber Hotzenplotz, und der schaut mich freundlich an aus seinem geschminkten Gesicht. Er sagt: »Na, wer ist das denn?«

Ich fürchte mich, aber ich will nicht kneifen, sondern antworten. Aber wie so oft antwortet meine Mutter für mich. »Das ist Matthias, der Neffe von Herrn Matschke. Den suchen wir.«

»So, der Neffe«, sagt der Räuber Hotzenplotz, »und wie alt ist der Neffe?«

»Fünf, bald sechs«, sagt meine Mutter. Ich werde innerlich wütend. Ich hätte meine Furcht vor dem Hotzenplotz schon überwinden und ihm selbst mein Alter sagen können.

Aber da hört man auch schon das schleimige Lachen meines Onkels aus dem Raucherzimmer. Noch immer bin ich schmollig, weil meine Mutter für mich antwortet. Und deswegen fragt mein Onkel: »Was guckst du denn so traurig, gefällt dir das Stück nicht?«, als wir das verrauchte Zimmer betreten, wo er mit einem jungen Tänzer an einem Tisch mit seiner Zigarette sitzt. Vor ihm steht eine alte Büchse, die als Aschenbecher benutzt wird, und daneben liegt eine Zigarettenschachtel.

Ich kann noch nicht alle Buchstaben lesen, aber ich weiß, dass es eine HB-Schachtel ist. Blaue Rauchschwaden quillen aus dem Mund meines Onkels. Im Raucherraum des Theaters Aschaffenburg. Wir fahren nach Hause, und ein halbes Jahr später, also jetzt, ist er tot. Gestorben an Lungenkrebs.

Dass er so todkrank ist, hat er erst vor Kurzem erfahren, und gesagt hat er es niemandem. Erst vor ein paar Tagen, als ich krank war und mein Ohr hatte, hat er meinem Vater dann davon erzählt. Er hat ihn angerufen und gefragt, ob er eine der Marienstatuen wolle. Er wisse, dass man sich als Evangele nichts aus Maria mache.

Mein Vater setzt zu einem Wutausbruch an, der bestimmt davon erzählen würde, dass man sich als evangelischer Christ sehr wohl etwas aus Maria machen könne, aber eben ohne dieses lächerliche Tamtam.

Aber sein Bruder unterbricht ihn und sagt, diese eine Statue da wäre besonders schön, von ihm selbst restauriert und ein gutes Andenken an ihn, weil er bald sterben würde. Die Lunge, das scheiß Rauchen. Es gäbe keine Hoffnung. Er legt auf.

Mein Vater steht am Tischchen mit dem Telefon, den Hörer noch in der Hand. Ich stehe hinter ihm. Das Gesicht meines Vaters wird glatt, keine Regung kann sich daran halten. Nur die Zeit strömt vorbei.

Er geht zurück in sein Arbeitszimmer, ich folge ihm, und ich sehe, wie er aus dem Fenster sieht. Hinunter zu ihr, zu Schwester Ruth, wie sie den Kindern beim Spielen zusieht. Na ja, und so weiter. Und deshalb, nur deshalb war mein Vater so wütend, weil sein Bruder ihm am Telefon gesagt hat, dass er bald sterben muss, und heute Nacht ist er gestorben, und mein Vater ist unterwegs nach Aschaffenburg.

Bei der HB-Schachtel ist Schwester Ruth für einen kaum merkbaren Moment zusammengezuckt. HB ist auch ihre Marke. Durch den Stoff ihrer Schürzentasche auf ihrer Nonnenkleidung schimmert die Zigarettenschachtel. Sie streicht mit ihrer linken Hand darüber, als wolle sie mit ihren Nikotinfingern die letzten Zigaretten vergessen machen, die sie heute Morgen schon geraucht hat. Sie lässt mich stehen und ruft die großen Kinder zur musikalischen Früherziehung.

Es gibt die unausgesprochene Absprache zwischen Schwester Ruth und mir, dass ich heute nicht zum Kindergarten gehen muss.

Das letzte Kind meiner Gruppe hat die Tür zum Lehrraum, wie Schwester Ruth das enge Zimmer nennt, zugezogen. Meine Penisspitze zwickt zweimal. Ich stehe da, und alles findet ohne mich statt. Ich höre zu den anderen hin und traue mich nicht, mich zu rühren. Es ist das seltsame Gefühl, etwas zu verpassen und gleichzeitig ganz frei zu sein. Jetzt ist das irgendwie noch unheimlich. Später in meinem Leben gibt es diese Momente immer wieder. Ich suche sie sogar.

Ich gehe leise und unauffällig zurück in Richtung Pfarrhaus und dort die Treppe hinauf zu unserer Wohnung. Meine Mutter ist inzwischen in ihrem VW-Käfer nach Dieburg zur Arbeit gefahren. Das Haus ist leer. Nur unten im Gemeindebüro klappert die Schreibmaschine von Frau Schnitzler. Erst Jahre später hat sie einen Computer.

Auf der halben Treppe setze ich mich. Und zum ersten Mal in meinem Leben habe ich Schüttelfrost. Natürlich kenne ich das Wort nicht, ich weiß nicht, was Schüttelfrost ist. Aber ich kann nichts anderes tun, als zu zittern und zu frieren. Mein Körper unter dem Ein-Männlein-steht-im-Walde-Mantel ist nicht mehr beherrschbar. Schlottern.

Vieles von dem, was ich Schwester Ruth erzählt habe über meinen Onkel Günter, ist wahr. Es stimmt, dass er Restaurator in Darmstadt gewesen ist. Aber seine Frau ist nicht Restauratorin. Es gibt sie nicht. »Günter ist homosexuell, er macht sich mehr aus Männern«, hat meine Mutter gesagt. Es stimmt, dass er sich mit dem Museumsdirektor überworfen hat. Aber er hat kein Bild mit Matschke signiert. Er platzt bei der Präsentation einer neu erworbenen Marienstatue im Museum als Marlene Dietrich im Pelz hinein. Den Pelz legt er Maria um die Schultern. Unter dem Pelz trägt er nichts.

Das weiß mein Vater von dem Museumsdirektor, den er aus Studienzeiten kennt. Und ich weiß es, weil mein Vater meiner Mutter am Küchentisch davon erzählt und sich offenbar sicher ist, dass ich so vertieft mit meinen Matchboxautos unter dem Tisch auf dem Küchenboden spiele, dass ich nichts höre. Und kurz darauf arbeitet mein Onkel wirklich als Schauspieler und ist der Seppl, und wir besuchen ihn, und ich rolle mit ihm den Stein beiseite. Und er lacht, laut und affektiert und kehlig, sodass es meine Mutter stört. Mit dem Rauchen hat er schon vor der Zeit im Museum aufgehört.

Und dann kommt er ins Krankenhaus.

»Warum ist Günter im Krankenhaus? Was tut ihm weh?«, frage ich meine Mutter, als wir ihn dort besuchen. »Ach, der Kopf. Der muss sich ausruhen. Der ist doch immer so wild, und dann hat er Kopfschmerzen.«

Meine Mutter will sich immer beherrschen. Gefühle bergen die Gefahr, bei den anderen auch Gefühle auszulösen. Und dann ist da ihre Sorge, dass das alles peinlich ist. Mein Onkel ist oft peinlich, und er liebt es, peinlich zu sein. Und er ist gerne beleidigt. Auch als wir ihn kurz vor Weihnachten in dem Krankenhaus für psychiatrische Erkrankungen besuchen. Mich wirft er zur Begrüßung hoch in die Luft. Zu hoch. Meine Mutter schreit auf. Mein Vater ruft: »Mensch, Günter! Vorsicht, der Junge!« Ich lande in seinen Armen, wie ein Artist am Trapez, der ungeschickt gefangen gerade noch dem Absturz entgeht. Ich mag meinen Onkel, denn er hat etwas Wildes, das mich beeindruckt, auch schon mit sechs Jahren, und das meine Mutter bei mir verhindern will, weil es peinlich werden könnte. Aber ich liebe meine Mutter. Das hemmt mich.

»Wenn du nicht mehr der Seppl bist, wer spielt den denn dann?«, frage ich.

»So ein junger Typ aus dem Ballett«, sagt Günter, »aber natürlich viel schlechter!« Er lacht laut mit schleimiger Kehle.

Und ich male wirklich mit ihm einen Clown auf eine Glasscheibe. In seinem Zimmer, in dem er sich erholen soll. Er nimmt einen Stift aus seiner Tasche, mit dem er sonst immer den unteren Rand seiner Augen unterstreicht, und geht zum Fenster. Das Fenster ist durch die Leisten in vier einblattpapiergroße Stücke geteilt. Und ins untere rechte Stück malt er einen Clown. »Die malen wir einfach ab«, sagt er zu mir. In einem Sessel sitzt schlaff und eingesunken eine Puppe in einem dunkelblauen Strampelanzug und mit weißer Halskrause. Als Hände und Füße hat sie weiße Holzkugeln. Das macht sie unförmig und stumpf, und ihr Kopf ist die größte weiße Kugel, auf die ein übergroßer roter Clownsmund mit weißem Rand, ein großer roter Punkt als Nase und zwei kleine schwarze Punkte als Augen gemalt sind. Die Puppe starrt teilnahmslos grinsend in das abgewetzte Polster der Sitzfläche. »Die ist noch von meiner Vorgängerin hier im Zimmer. Die war so plemplem, dass sie sicher nicht gemerkt hat, wenn sie sich mit ihrem knochigen Arsch da draufgesetzt hat und mit ihrer Muschi. Oder sie fand es geil!« Er lacht laut über sich und seinen Witz. Meine Eltern im Hintergrund verschanzen sich hinter eisigen Gesichtern. Und er malt weiter, reicht mir den Stift. Ich male ein bisschen. Er lobt mich. Er malt weiter und zeichnet die Puppe an einen Galgen gelehnt. Und weiter in der Ferne, »das muss man dann kleiner malen«, sagt er, ist da noch ein Galgen.

Ich kenne Galgen, aus dem *Von Bosch bis Brueghel*-Buch in der Bibliothek meines Vaters. Meine Eltern sagen nichts. Vielleicht denken sie, dass ich Galgen nicht kenne und sie das Ganze übergehen können. Vielleicht wollen sie meinen Onkel in seiner verrückten Art nicht provozieren. »Hast du denn deinen Husteklumpe noch?«, fragt mein Vater. Er will wissen, ob mein Onkel noch seinen Fiat 500 fährt.

Mein Vater denkt sich nicht gerne neue Witze aus und verlässt sich lieber auf die Scherze seiner Jugend. Die Lehrlinge bei Opel damals haben den Fiat 500 aufgrund von Größe und Form »Husteklumpe« getauft, Hessisch für Hustenbonbon. Das hat er mir schon ein paarmal erzählt, weil er es so lustig findet.

Aber mein Onkel erstarrt und faucht meinen Vater an: »Das Auto habe ich mir von meinem eigenen Geld gekauft, wie du weißt, und da hat mir die Mutti überhaupt nichts dazugegeben! Das geht dich überhaupt nichts an!« Und dann geht er in die Toilette im Flur zu seinem Zimmer und schließt sich ein. Es ist das letzte Mal, dass ich meinen Onkel sehe.

Als wir gegangen sind und ich meine Mutter frage, warum Onkel Günter weggerannt ist, sagt sie, dass er eben manchmal übertreibt.

Ich traue mich nicht weiterzufragen. Mein Vater sitzt stumm am Steuer seines Opel Rekord. Als wir fast wieder zu Hause sind, sagt mein Vater: »Das Auto hier ist nix mehr.« Und es stimmt, finde ich. Das rote Polster auf den Sitzen fängt an zu stinken. Zu lange haben wir schon draufgesessen. Es riecht wie Blumen, die zu lange in einer Vase mit altem Wasser stehen. Und die Decke, die neben mir auf dem Rücksitz liegt und kratzt, wenn man sich darin wärmen will, scheint wie ein frischer Kuhfladen zu dampfen. Zwei Wochen später kauft sich mein Vater den Volvo, den er bis zu seinem Lebensende fährt.

Und jetzt, kurz vor Ostern, ist mein Onkel tot. Er hat sich erhängt. Davor hat er versucht, sich mit Autoabgasen in seinem Fiat 500 zu ersticken. Und aus dem Fenster zu springen. Das hat ihn beides nicht getötet, aber am Körper verletzt. Das erfahre ich alles sehr viel später.

Und jetzt sitze ich auf dem Treppenabsatz. Schüttelfrost. Die Schreibmaschine von Frau Schnitzler pocht aus der Ferne. Das Pochen wird lauter in meinem Ohr, und ich bin seltsam wach. Als würde ich das erste Mal Gegenwart spüren. Es ist der erste Moment, in dem ich mir einen Ausweg zur Realität hinzudichte.

Dass ich gelogen habe, dass mein Vater nichts vom Tod seines Bruders wusste, als er mit Schwester Ruth gestritten hat, fühlt sich nicht wie Lügen an. Lügen ist, wenn man etwas weggenommen hat und es nicht zugibt, wenn man gefragt wird. Manchmal muss man der Wahrheit helfen. Es ist ein leichter, unbeschwerter Vorgang, als würde man ein Boot sanft vom Ufer abstoßen, und es gleitet lautlos ins Offene.

Es ist wie Zahlen mit Falschgeld: Man weiß, dass es nicht echt ist. Und solange es nicht als falsch entblößt wird, bleibt es echte Währung.

BIOSAMMLUNG

In meiner Schulzeit im Gymnasium verhalte ich mich unauffällig. Ich bin zwölf.

Ich bin in der siebten Klasse. Es ist 1983. Es gibt keine besonderen Vorkommnisse. Ich habe Freunde. Aber ich werde nicht Klassensprecher. Ich bin nicht unbeliebt, aber unauffällig.

Aber ich werde Leiter der Biosammlung, zunächst für ein halbes Jahr. Dafür brauche ich keine Wählerstimmen, sondern nur Bereitschaft. Und die habe ich. Ich will nicht nur der Leiter der Biosammlung sein, ich will auch ihr Hüter werden. Ich will bewahren und retten. Und dafür brauche ich Klebstoff. Das lebensgroße Skelett, das an einem galgenartigen Gestell hängt und ein paar Zentimeter über dem duftigen Linoleumboden schwebt, hat ein Problem: Die Elle des rechten Unterarms ist nicht da, wo sie sein soll. Sie führt nicht zum Handgelenk, sondern steht weg wie eine offene Hemdmanschette.

»Das Skelett in der Biosammlung ist etwas kaputt. Ich will das reparieren, und das muss dann dauerhaft halten«, sage ich meiner Mutter. Sie will mir helfen, und im Schreibwarengeschäft kaufen wir einen Zweikomponentenkleber. Sie möchte, dass ich einen guten Eindruck bei Herrn Doktor Lösch mache, meinem Biologielehrer. Niemand sagt »Herr Doktor Lösch«. Aber meine Mutter sagt, ich soll »Herr Doktor Lösch« sagen, weil man den Titel mitnennt, wenn einer einen Titel hat, und sie lernt wie besessen mit mir im Biologiebuch.

Sonst haben meine Eltern keinen besonderen Ehrgeiz bei meinen Hausaufgaben. »Das ist etwas, was das Kind zu machen hat, und Eltern sollen da nicht eingreifen, sonst kann der Lehrer den Lernerfolg ja gar nicht überprüfen«, sagt mein Vater.

Und so erledige ich meine Hausaufgaben allein, außer Biologie. Und so werde ich ungewollt sehr gut.

»Was habt ihr auf in Bio?«, fragt meine Mutter.

»Nichts«, sage ich meistens, denn meistens ist das so.

»Na, worüber habt ihr denn gesprochen im Unterricht?«, fragt meine Mutter am Nachmittag nach der Arbeit.

»Ich weiß nicht mehr«, sage ich widerwillig, denn ich weiß es wirklich nicht mehr, auch wenn die letzte Stunde erst wenige Stunden her ist.

»Aber das war doch heute Vormittag, da musst du dich doch dran erinnern«, sagt meine Mutter. Sie greift in meinen Scout-Ranzen, blau-gelb mit oranger Mäppchentasche. Sie greift das grüne Biobuch heraus, auf dem das Schwarz-Weiß-Foto einer *Bellis perennis* zu sehen ist. Das klingt nach viel, ist aber nur ein Gänseblümchen. Aber meine Mutter liebt es, Pflanzen und Tiere mit ihren lateinischen Namen zu kennen. So, als sei das deren eigentlicher Name und als lebten die Lebewesen sonst unter Pseudonym, wie Geheimagenten. Meine Mutter liebt alles an Biologie. In der Theorie. Der Garten um unser Fertighaus ist aus Desinteresse weitgehend auf sich selbst gestellt.

Auch der Mensch ist in lateinische Regionen aufgeteilt, und

ich soll sie alle kennen. Widerwillig lerne ich mit ihr, denn auch der lateinische menschliche Körper hat zu viele Peinlichkeiten. Aber ich traue mich nicht, ihr zu widersprechen. Sie sagt, dass nur Lernen der Weg zum Wissen ist, und wenn man erst mal da ist, beim Wissen, dann hat man den Weg vergessen. Das finde ich nicht und verstehe es auch nicht, aber die Begeisterung meiner Mutter für die Natur und das Leben darin und das Wissen darum beeindruckt mich.

Ein besonderes Faible hat sie für Hormone.

»Testosteron ist ein Wunderstoff. Nicht nur für euch Männer. Auch wir Frauen produzieren Testosteron«, sagt sie beim Blättern durch das Buch.

Ich will mit ihr über so was nicht reden, und das merkt sie auch.

Daher sagt sie: »Das ist alles ganz normal. Das steht ja auch hier auf Seite zweiundsechzig.«

Sie dreht das Buch zu mir. Ich lese die Kapitelüberschrift »Die Hormone und ihre Aufgaben«, und darunter stehen auf einem Foto ein nackter Mann und eine nackte Frau vor einer blassorangen Wand.

Ich ziehe die Augen zu Schlitzen und drehe den Kopf zur Seite. Meine Mutter und ich sollen nicht zur selben Zeit im selben Buch nackte Menschen betrachten und so tun, als wäre das wie ein Mathebuch, nur mit Hormonen.

Außerdem habe ich mir das Foto ja schon ausführlich allein angeschaut. Die gehören nur mir, der Mann und die Frau. Vor der blassorangen Wand. Die Gesichter der beiden schauen so teilnahmslos und neutral, als stünden sie am Flughafen bei der Passkontrolle, und der Polizeibeamte schaut, ob ihre Gesichter vor der blassorangen Wand auch die sind, die er in ihren Ausweisen sieht. Meine Mutter sagt wieder was über

Hormone, aber in mir schimmert das Bild der beiden nackten Menschen weiter, und da flüchte ich mich hin.

Ich stelle mir die beiden in einem fremden Land vor. Sie sind sich sehr nah. Sie lächelt liebevoll, wenn es was bei ihm zu belächeln gibt, und er weiß souverän mit ihren gelegentlichen Ungehaltenheiten umzugehen. Und in dem fremden Land gibt es fast nur sie. Vielleicht auch andere Menschen, aber die sind weit entfernt. Sie sehen diese Menschen von ihrer Ferienwohnung aus, die im zweiten Stock liegt, in einer kleinen Nebengasse. Aber wenn man sich etwas aus dem Fenster lehnt und nach links schaut, kann man unter dem blauen Himmel das Meer sehen und die Strandpromenade, auf der die anderen Menschen laufen. Die Menschen auf der Promenade sind nackt. Das ist hier so. Alle sind ruhig. Jeder scheint zufrieden. Das sieht auch die Frau vom zweiten Stock aus, denn sie ist zum Fenster gegangen und hat sich hinausgelehnt. Und um die Menschen dort draußen noch besser zu sehen, hat sie sich auf die Zehenspitzen ihres rechten Fußes gestellt und das linke Bein nach hinten gestreckt, um den nach vorn aus dem Fenster gespannten Oberkörper auszubalancieren, was eine komisch galante Bewegung ist. Der Mann, der aus dem Badezimmer aus der Dusche kommt, sieht, wie die Frau aus dem Fenster schaut. Er sieht ihre Beine, die sich unter dem knielangen Rock abzeichnen. Er findet die Frau so schön. Und sie sagt: »Die sind alle nackt da auf der Promenade. Wir sollten auch immer nackt sein.« Und der Mann sagt: »Das bin ich schon, ich war ja gerade duschen.« Und die Frau dreht ihren Kopf zu ihm, ohne ihre Körperhaltung aufzugeben. Und sie lächelt, und sie beschließen, ab jetzt immer nackt zu sein, und sie zieht sich aus, und noch im Flugzeug sind sie ganz aufgeregt, weil sich ihr Leben jetzt verändert hat. Sie sitzen nackt nebeneinander. Die wenigen anderen Fluggäste schauen aus dem Fenster in die Wolken und lösen Kreuzworträtsel und sind angezogen, aber abwesend. Und der Mann und die Frau halten sich an den Händen, und die Chefstewardess kommt zu ihnen und fragt, ob sie noch etwas trinken wollen. Und sie verneinen. Und ihre nackte Haut fühlt sich gut an auf den Kunstledersitzen.

Und dann landen sie und stehen in der Schlange bei der Passkontrolle vor der blassorangen Wand. Und da macht jemand, vielleicht einer vom Grenzschutz, ein Foto von ihnen, das dann im Biobuch landet als Beispiel für Nackte. Und ihnen ist nicht kalt, nur ein bisschen komisch seit dem Foto. Und das Licht ist auch nicht mehr so schön wie in dem fremden Land. Und dann plötzlich, als sie vor dem Polizisten stehen und ihm ihre Ausweise hinstrecken, fühlen sie sich erkannt und versuchen, so unauffällig neutral wie möglich zu schauen. Und als sie dann ihre schweren Koffer vom Kofferband ziehen und dabei einen Mann mit Mantel und Hut und Brille streifen, knurrt dieser böse. Es ist nicht wegen des Remplers. Dem Mann missfällt ihr Nacktsein, das sich auch durch ihre teilnahmslosen Gesichter nicht mehr verheimlichen lässt. Sie nehmen ihr Gepäck und versuchen weiter neutral zu blicken, auch unter den Blicken der anderen, und sie gehen in das große Parkhaus, das ein eigenes riesiges Haus ist, und suchen ihr Auto. Die Zeit hat sie vergessen lassen, wo es stand.

Ich sehe meine Mutter. Sie hat sich in das Kapitel über Hormone eingelesen. Ich wünschte, ich könnte wieder zu den beiden aus meinem Tagtraum. Aber sie sind mir fremd geworden. Sie sind nur noch das Bild im Biobuch.

Und dann sagt meine Mutter: »Neunzig Prozent des Testosterons bei Frauen werden in den Eierstöcken und zehn Prozent in der Nebennierenrinde hergestellt.« Dann schaut sie mich so an, als müsste ich das schon wissen. Ich versuche möglichst neutral zu blicken.

Sie liest weiter: »Jetzt kommt, was Testosteron bei Männern macht.«

Und in der nächsten Biostunde sitze ich im Biologiesaal an einem der Gruppentische, mit sechs anderen Kindern. Testklassenarbeit. Herr Lösch geht von Tisch zu Tisch. Und ich frage: »Herr Doktor Lösch?« Und meine Freunde um mich herum lachen. Es ist nicht schlimm. Ich habe das erwartet. Meine Eltern leben in ihrem Verständnis der Welt zehn Jahre hinterher. Und viele Eltern meiner Freunde sind nicht anders, oder sie sind sogar schlimmer. Herr Lösch ist freundlich und sagt nur: »Ja, Doktor Matschke?«

Ich sage: »Ich bin hier fertig und wollte in die Biosammlung, das Skelett kleben.«

Doktor Lösch sagt: »Aber bist du denn schon mit der Testklassenarbeit fertig?«

Ja, das bin ich.

1. *Was sind Hormone, und nach welchem Prinzip kommunizieren sie?*
   Hormone sind Botenstoffe und kommunizieren mit der Zelle nach dem Schlüssel-Schloss-Prinzip.

2. *Wann werden die Hormone Adrenalin und Noradrenalin ausgeschüttet?*
   Bei geistigen Belastungssituationen, bei Angst vor Versagen oder Gesichtsverlust.

3. *Das Hormon Testosteron wird auch als Dopingmittel eingesetzt.*
a) Bei welchen Sportarten zum Beispiel?
b) Welchen unerwünschten Effekt kann Testosteron haben?
a) Leichtathletik, Radrennsport
b) Vermännlichung von Frauen

4. *Ein hoher Testosteronspiegel fördert …?*
Antrieb, Ausdauer und sexuelles Verlangen.

»Gut, wenn du fertig bist«, sagt Doktor Lösch, »dann geh los und verarzte deinen Patienten.«

Ich nehme den Zweikomponentenkleber aus meinem Schulranzen und gehe zum Eingang der Biosammlung, hinten am Ende des Saals. Es hat etwas Verbotenes, wie ich mich von meiner Klasse entferne. Ich drehe mich nicht um, aber ich spüre die Blicke meiner Klassenkameraden auf meinem Rücken, als seien sie lautes Getöse. Warum habe ich eine solche besondere Position inne? Warum weiß ich so viel über Testosteron? Warum nenne ich den Lösch »Herr Doktor«?

Ich schließe schnell die Tür.

Die Geräusche aus dem Biosaal sind nicht mehr zu hören. Die Tür ist gepolstert, so wie in alten Arztpraxen, um Diskretion zu garantieren. Jemand hatte hier wohl zuerst etwas anderes vor als den Zugang zu einer Biosammlung.

Hier ist alles leblos, niemand hört mit. Komisch, denke ich, dass alles tot ist, wenn es doch um Leben geht in der Biologie. Diesen Satz denke ich immer, hier hinter der Tür, als wäre er ein kurzes Gebet. Hier ist alles erstarrt. Deswegen bin ich hier. Ich horche in die Stille hinein.

Die Sammlung ist ein einziger großer Geruch von Linoleum und alten Exponaten. Überall stehen Dinge, die aus der Zeit gefallen sind. Da sind zum Beispiel ausgestopfte Vögel auf Ästen, Steinproben aus Bergwerken, aber auch ein altes Stück Holzzaun in einem runden Glasbehälter, so groß wie ein Unterarm. Der Zaun ist von braunem Formaldehyd umgeben, das aussieht wie flüssiger Bernstein. Niemand kann mehr sagen, ob auf dem Zaun etwas war oder ob er selbst das Objekt der Betrachtung ist. Das Etikett am unteren Rand des Glases gibt es noch, ist aber offenbar einmal nass geworden und hat die blaue Tinte in einen türkisen unlesbaren blassen See verwandelt. Ich kümmere mich mit großem Aufwand um diese verwaisten Gegenstände. Einige habe ich trotz fehlender Kennzeichnung alten Karteikarten in den langgestreckten Schubladen des Karteischranks zuordnen können. Aber vieles wartet hier unerkannt auf die Auferstehung.

Meine Kreppsohlen quietschen bei jedem Schritt auf dem Linoleum, und ich gehe weiter an den Schränken vorbei. Es ist, als würde ich durch ein altes Schloss mit abgründigen Geheimnissen schleichen. Ein Zehntklässler hat sogar einmal behauptet, in der Sammlung gebe es eine menschliche Totgeburt in einem putzeimergroßen Glas zu sehen. Aber diese Behauptung hat Herr Doktor Lösch unaufwendig weggelächelt, als ich mich danach erkundigt habe.

Ganz hinten in der Ecke gibt es noch eine Tür, die zu dem langen Gang mit den anderen Klassenzimmern führt. Neben der Tür steht ein Kartenständer, und daneben stehen zwei Rollbilder, hochkant wie weggestellte Rollos. Ich weiß, dass es sich dabei um den menschlichen Verdauungstrakt und um die schematische Zeichnung einer pflanzlichen Zelle handelt. Ich selbst habe sie dort hingestellt. Direkt daneben hängt das Skelett an dem galgenartigen Rollstativ. Ich rücke es, um es mit mehr Licht reparieren zu können, Richtung Fenster, um den riesigen Exponatenschrank herum, der den Raum längs in zwei Hälften teilt. Und nun stehe ich in der Hälfte am Fenster vor dem Skelett, reiche ihm die rechte Hand, um den Schaden besser betrachten zu können. Wir stehen uns wie Hände schüttelnde Menschen gegenüber, und ich denke, das wird nichts werden. Ich hätte mir die Sache genauer betrachten sollen, bevor ich großspurig behauptet habe, dass man das kleben könne. Ein dünner leicht verrosteter Draht hat die Elle und den Handwurzelknochen einmal verbunden und in Form gehalten. Aber nun ist dieser dünne Draht gerissen, vielleicht aus Altersschwäche oder unsachgemäßer Beanspruchung. Ich überlege, ob ich um den Drahtstumpf an der Elle und um den Drahtrest am Handwurzelknochen zwei große Klebetropfen tropfen und diese nach kurzem Antrocknen aneinanderpressen soll. Aber auch das wird nicht halten. Und außerdem: *Der* Handwurzelknochen ist zu ungenau. Es handelt sich um mehrere kleine Handwurzelknochen. Das sieht man sehr schön an der lateinischen Bezeichnung: *Ossa carpi. Ossa* ist Plural und macht klar, dass es sich um eine Gruppe von kleinen Knochen handelt. Der mit dem abgerissenen Draht heißt *Os lunatum*, zu Deutsch Mondbein, und den werde ich mir zwei Monate später brechen.

Mit meinem grünen Bonanzarad fahre ich an einem langweiligen späten Sonntagnachmittag durch das Dorf. Ich habe das Rad von meinem Cousin geerbt. Er hat ein anderes bekommen, das seinen siebzehn Jahren mehr entspricht. So hat es meine Tante meiner Mutter gesagt. Das Bonanzarad ist in seiner Ausstattung edel: breiter hoher Motorradlenker, gefederte Hinterachse unter dem langen Bonanzasattel und in der Mitte, oben auf dem Rahmen zwischen Lenker und Sattel, gibt es die Gangschaltung. Und die sieht aus wie die Automatikschaltung in einem Auto, mit richtigem Schaltknüppel. Die Schaltstufen lauten:

1
N
2
3

Wozu braucht ein Fahrrad die Stellung *N*, einen Leerlauf? Egal. Ich schalte hin und her, als sei dies ein Auto. Man muss aufpassen, dass man die Gänge genau einstellt, sonst springt die Schaltung auf *N*, und man tritt in die Pedale, ohne dass etwas passiert. Das sieht unschön aus, und man könnte stürzen.

Meine Eltern sind nicht zu Hause. Sie sind in der Mehrzweckhalle, die unten im Dorf an der Bundesstraße B 426 liegt, in der normalerweise Handball, Seniorengymnastik und Heimatvertriebenentreffen stattfinden. Heute Abend gibt es eine Zusammenkunft der Bewohner unseres Dorfes. Es wird darüber informiert, dass die Lehmgrube am Dorfrand neben der stillgelegten Ziegelei unter Umständen als Mülldeponie genutzt werden soll. Meine Eltern finden das unmöglich. Meine Mutter sorgt sich um die Biologie in der verwaisten Grube. Mein Vater sagt, dass ihm Umweltschutz zu links ist. »Schau dir doch nur die Spinner von der Startbahn West an«, sagt er. »Aber das mit der alten Ziegelei, das geht zu weit.«

Ich fahre durch das leere Dorf mit meinem Fahrrad und treffe auf Jens Zoller, der in meiner Straße, aber etwas weiter weg wohnt. Alle Erwachsenen sind in der Mehrzweckhalle. Wo die anderen Kinder unseres Alters sind, wissen wir nicht. Das Dorf ist wie eine sturmfreie Bude.

Wir rollen mit unseren Rädern an dem kleinen Löschwasserbecken vorbei, das die freiwillige Feuerwehr als Wasserspeicher neben ihrer Gerätehalle ausgehoben hat. Das Bassin ist nicht größer als ein Wohnzimmer und mit mannshohem Maschendrahtzaun umgeben. Wie tief es ist, weiß man nicht. Das grüne Wasser ist blickdicht. Da uns das Dorf gehört, kommen wir auf Ideen.

Da liegt ein verlorenes Baustellenschild, keine zehn Meter weiter, auf dem ein stilisierter Bauarbeiter mit einem langen schwarzen Strich in ein dreieckiges Häufchen sticht. Wir lachen uns darüber kaputt, wie sinnfrei das aussieht, wenn man es länger betrachtet. Und dann beschließen wir, das Schild im Löschwasserbecken zu versenken. Einfach so. Und ich überzeuge Jens, dass er es sein soll, der es versenkt. Ich habe die Führung. Unsere Räder stehen auf der Straße, fluchtbereit. Ich sitze schon auf meinem, und Jens geht zum Maschendrahtzaun. Er hält das Schild mit spitzen Fingern, als ginge es darum, Fingerabdrücke zu vermeiden. Und dann steht er kurz da und dreht sich zu mir um: »Aber du weißt: mitgegangen, mitgehangen!«

»Jaja«, murmele ich.

Er schnippt das Schild wie eine schlecht geworfene Frisbeescheibe über den Zaun, der jetzt immer mehr mit der beginnenden Dunkelheit gleich wird, und das Schild trudelt Richtung Wasseroberfläche, Symbolbauarbeiterseite nach oben. Dort kommt es flach auf. Für kurze Zeit scheint es, als könne das Schild schwimmen. Und dann, mit einem großen Sog nach unten, ist es verschwunden.

Plötzlich biegt ein Scheinwerferpaar etwas weiter entfernt in die Straße.

»Schnell weg!«, rufe ich übertrieben und warte nicht, bis

Jens auf sein Rad aufspringt, sondern trete mit vollem Antritt in die Pedale.

Aber ich habe nicht sauber geschaltet, und das lässt den ersten Gang auf *N* springen. Ich trete wie besessen, und meine Beine kreiseln, aber das Fahrrad kommt nicht in Fahrt. Dafür fällt es mit großer Langsamkeit nach links. Viel zu spät halte ich meine Hand Richtung nahender Boden.

Dabei bricht das Mondbein, im Handwurzelknochen. Das merke ich aber erst am nächsten Tag, denn beim Aufprall schlage ich mir ein Stück Schneidezahn ab, und mein Kinn muss später mit neun Stichen genäht werden.

Eine Woche lang kann ich nicht sprechen. Es ist eine andere Art von Kiefersperre. Und einen Gips für die Hand bekomme ich auch.

Aber das, der Fahrradunfall, das ist erst in zwei Monaten, und jetzt stehe ich dem Skelett Hand in Hand gegenüber und weiß nicht, wie ich es reparieren soll. Da klingelt es zur Zwanzigminutenpause. Draußen hinter der Tür zum Flur hört man die Schüler aus den Klassenräumen strömen. Es stört mich nicht, dass ich die Pause verpasse. Ich ärgere mich, dass ich an keine andere Reparaturmöglichkeit gedacht habe als an diesen blöden Kleber. Da liegt Paketklebeband auf der Fensterbank, aber das wäre eine Niederlage. Meine Absicht ist, das Skelett für Generationen von Schülern wieder lehrreich zu machen.

Plötzlich wird in die Tür zum Flur ein Schlüssel gesteckt. Der Schlüsselbund klappert mit seinen Schlüsseln gegen die Holztür, als sie sich öffnet. Diese Tür wird nie genutzt, und ich erschrecke und fühle mich ertappt, obwohl es nichts zum Ertappen gibt.

Frau Grunert betritt den Raum, gefolgt von Herrn Poelzig.

Frau Grunert ist die Biologie- und Chemiereferendarin, und Herr Poelzig ist die Mathe- und Physikinstanz der Schule. Ich sehe die beiden durch die breiten Glasscheiben des großen Exponatenschranks hindurch, vorbei an einem ausgestopften Korsischen Scheibenzüngler *(Discoglossus montalentii)* und einem Kehlkopfmodell.

Das reicht als Deckung, sodass sie mich nicht sehen. Sie sind aber auch zu sehr mit sich selbst beschäftigt.

Die Tür haben sie wieder geschlossen. Sie schauen sich an, stehen sich gegenüber, ganz nah, so wie ich dem Skelett gegenüberstehe. Ich traue mich nicht zu atmen, sie offenbar auch nicht.

Dann nimmt Frau Grunert die Hände von Herrn Poelzig und führt sie zu ihren Brüsten. Herr Poelzig streichelt die Brüste, und das wird immer intensiver. Zum Streicheln kommt Küssen, und dann greift Frau Grunert nach dem Gesäß von Herrn Poelzig. Und Herr Poelzig lässt von den Brüsten ab und öffnet seinen Hosenreißverschluss und zückt geschickt sein Glied. Es sieht aus wie ein Teil des Skeletts, vor dem ich stehe. Weiß, steif und verknöchert.

Ich habe so was noch nie gesehen. Meine Eltern habe ich bis zu diesem Zeitpunkt noch nie beim Beischlaf erwischt, aber irgendwie weiß ich, was jetzt kommt.

Und es ist nicht Scham, was ich spüre, da ist eher eine Taubheit in mir, so als wolle mein Körper, dass ich so unauffällig und tot bin wie die Exponate um mich herum.

Das gelingt mir auch. Aber da ist noch ein Gefühl: Verärgerung, dass diese beiden Menschen in mein Reich eingedrungen sind. Das hier ist ein Ort, wo das Leben aufgehoben wird, das tote Leben. Das ist das Reich von Bewahrern, von Restauratoren, nicht von Liebespaaren, die Leben leben wollen.

Minuten später stehen beide noch heftig schnaufend ganz nah beieinander. Frau Grunert sagt mit geschlossenen Augen: »Wie soll ich jetzt den Zehntklässlern was von Fotosynthese erzählen?«

Herr Poelzig grinst weltfremd: »Zeig doch einen Film, mach ich in Physik auch immer, wenn ich meine Ruhe haben will.«

Er zeigt auf den Stapel großer runder Blechbüchsen. Auf dem Etikett der obersten steht: »Du und deine Zähne, 1951«, und darunter: »Landesbildstelle Hessen Süd«.

Die Büchsen liegen neben dem Filmprojektor auf einem Wagen. Einmal in der Woche werden gesehene Filme abgeholt und neue auf diesem Wagen angeliefert.

»Wir müssen«, sagt Frau Grunert jetzt. Herr Poelzig nickt stumm, und Frau Grunert steckt vorsichtig ihren Kopf aus der Tür, und beide huschen hinaus.

Dann verschließt der Schlüssel die Tür.

Ich versuche nicht weiter über die beiden nachzudenken. Dennoch ist da weiter Wut in mir. Die beiden gehören nicht hierher! Das Skelett hat immer noch eine Elle, die nicht da ist, wo sie hingehört. Ich nehme den Zweikomponentenkleber, einen großen Tropfen aus der einen Tube, einen großen Tropfen aus der anderen. Ich vermische das Ganze in meiner Handinnenfläche zu einem walnussgroßen Ball und klebe die beiden Knochen des Unterarms – Radius und Ulna – aneinander. Das ist zwar falsch, fällt aber im Gesamtbild des Skeletts nicht auf.

Ich schiebe das Skelett in die Ecke vor die Tür, genau dahin, wo gerade noch Herr Poelzig und Frau Grunert gestanden haben, und gehe zurück in den Biosaal.

Da steht nur noch mein Ranzen, allein an meinem Platz.

Sonst sind alle weg und haben ihre Sachen mitgenommen. In der nächsten Stunde haben wir Latein. Die Fenster sind weit offen, um Sauerstoff hereinzulassen. Draußen, unten auf dem Hof, hört man die spielenden Kinder. Ich nehme meinen Ranzen und gehe zur Tür.

Sie ist abgeschlossen.

Ich setze mich auf meinen Platz zurück. Ich reibe meine Handinnenflächen aneinander. Sie sind immer noch unangenehm pappig vom Kleber. Ich reibe, bis schwarze kleine Dreckwürmchen entstehen.

Ich überlege, ob ich *Frau Grunert + Herr Poelzig* an die Tafel schreiben soll.

Die Schulklingel schellt, und ich merke, wie sich die Schüler vor der Tür versammeln.

Es fühlt sich an, als wäre ich in der Zeit verrutscht.

Ich gehe an die Tafel und suche nach der Kreide. Da wird die Tür aufgeschlossen, und Frau Grunert kommt herein. Sie erschrickt, als sie mich dort sieht.

»Was machst du denn hier?«, fragt sie.

»Herr Doktor Lösch hat mich eingeschlossen«, sage ich und gehe zur Tür und dränge mich an den hereinströmenden Zehntklässlern vorbei.

GOTT

Ich bin Matthias Matschke. Am Sonntag, dem 17. Juni 1984. In weniger als einem Monat beginnen die Sommerferien, in denen ich vom Apfelbaum falle.

Mein Vater spricht nicht viel mit mir über Glauben in all den Jahren. Ich kann nicht sagen, warum das so ist. Vielleicht weil Glauben immer da ist. Glauben ist für ihn etwas Gegebenes, so wie Gefühle: mal stärker und mal schwächer, aber nicht zu leugnen. Menschen, die nicht an Gott glauben, gibt es auch, ja. Aber mein Vater ist sicher, dass die Sehnsucht nach Gott in jedem von uns ist und schlummert.

Mich würde er nie fragen, ob ich an Gott glaube, er geht einfach davon aus, dass ich das tue. Und da er mich nicht fragt, gehe ich irgendwie auch davon aus.

Ihm geht es mehr darum, wie der Glaube aussehen soll, sagt er. Was das heißt, verstehe ich nicht. Wahrscheinlich fehlt mir das Interesse zu wissen, was das genau heißt. Ich sehe, wie er sich um die Leute im Dorf kümmert. Er organisiert Zusammenkünfte. Meine Mutter hilft ihm dabei, manchmal hält sie diese Zusammenkünfte selbst ab. Zum Beispiel den Bibelkreis der Landfrauen. Wahrscheinlich hat nie jemand, den ich persönlich kenne, so viel über katholisch und evangelisch geredet wie mein Vater. Er ist in seiner Jugend Ministrant gewesen, als Kind einer katholischen Familie.

Warum er evangelisch geworden ist, das werde ich nie herausfinden. Immer wenn ich ihn frage, bekommt er einen verschwörerischen Gesichtsausdruck. Und es ist wie eine unausgesprochene Vereinbarung, dass ich zwar fragen darf, aber keine, höchstens eine nebelige Antwort erhalte.

Wahrscheinlich will er mir alles erzählen, wenn ich groß genug bin. Diese Zeit wird nicht kommen.

»Das ist etwas, das man aus der Zeit heraus verstehen muss, aber das kann ich nicht in ein, zwei Sätzen erklären«, sagt mein Vater in leichten Varianten dann, wenn ich beginne zu fragen. Und dabei bleibt es. Auch der Umweg über meine Mutter führt ins Nichts. »Das waren die Umstände, und er wollte ja auch mit mir zusammen sein, weißt du?«

Es muss etwas mit seiner Mutter zu tun gehabt haben. Eine störrische Frau, die meistens keine Alternativen zu ihrem Willen zulässt. Nur ich bin ihr Liebling und ihr Held, aber das nützt nichts, denn ich leide, wenn mein Vater unter ihr leidet.

Je älter ich werde, merke ich, dass es mich nicht wirklich interessiert, warum mein Vater einmal katholisch war. Warum auch? Mein Vater ist der, wie er sich mir zeigt, und das genügt mir. »Christian Matschke hier«, sagt er, wenn er am Telefontisch in unserem Flur steht. Wie er sich vor das einbeinige Tischchen stellt, hat etwas Militärisches. So als müsste man der Telefontechnik Ehrerbietung zeigen, damit man sie nicht verärgert. Wenn ich ihn so sehe, frage ich mich, wer das ist, der da steht und seinen Namen sagt. Viel wichtiger als das Katholisch-evangelisch-Geraune ist mir sein Name, den er meist aufsagt wie ein Gedicht.

Ich bin enttäuscht, als ich ein halbes Jahr vorher in seinem Schreibtisch nach einem Anspitzer suche und in der Schublade unter der Schreibtischmitte seinen Reisepass finde. Das grüne Büchlein mit dem Bundesadler hat den Geruch des Nussbaumtisches, in dem es schon so lange liegt, komplett angenommen. Mein Vater hat keine unveränderlichen Kennzeichen, lese ich, aber er hat viele Namen. CHRISTIAN LUDWIG GEORG MATSCHKE. Das stört mich. Warum weiß ich nicht, wie mein Vater heißt? Ich frage meinen Vater, als er vom Konfirmandenunterricht nach Hause kommt. »Du hast ja noch viel mehr Vornamen als nur Christian«, sage ich. Und diesmal kein Moment von Verschwörung, eher ein offenes Lächeln. »Ja, ich bin alle drei. Christian und Ludwig und Georg. Drei Leben in einer Person, aber ich habe mich dazu entschlossen, Christian zu sein. Der bin ich. Ich bin Christian Matschke.«

Und von dem erzählt mir mein Vater dann doch ein wenig. Christian ist der, der mit seiner Mutter an der Hand aus einer kleinen schlesischen Stadt Richtung Westen geflohen ist, mit seinem Bruder Günter im Kinderwagen. Sein Vater ist Georg Matschke. Er hat eine Firma für Tee und Heilkräuter und muss 1944 mit zweiundfünfzig Jahren zusammen mit den anderen Männern aus der kleinen Stadt in einen Zug steigen und nach Breslau fahren, um die Stadt zu verteidigen. Sie ist zur Festung erklärt worden. In einem Schrebergarten, in einem äußeren Bezirk der Stadt, explodiert eine russische Stielhandgranate zu nah neben ihm. Ein Splitter wird in seinen Kopf getrieben. Aber er lebt. Er wird verwundet mit einer Ju 52 nach Jüterbog geflogen und sieht seine Firma und sein Zuhause nie mehr. Seine Familie findet er nach eineinhalb Jahren Kriegsgefangenschaft in einem kleinen Dorf in Hessen wieder.

Und später, als der Krieg schon lange vorbei ist und ich in der Grundschule bin und er mit meiner Großmutter in einer winzigen Wohnung in Groß-Gerau lebt und ein Leben in Hessen hat, streiche ich ihm mit meinen Kinderfingern über den rasierten Schädel und kann den Splitter spüren. Deutlich und hart. Der Splitter hat ihn nie beeinträchtigt. »Zum Glück wandert er nicht«, sagt meine Mutter. Das sieht in meiner Vorstellung komisch aus. Ein Splitter, der wandert. Aber dieser Splitter wandert nicht. Und vergeht nicht. Auch wenn mein Großvater irgendwann sterben muss. Und dann ist da der Splitter neben den Knochen meines toten Großvaters im Sarg und wandert nicht, sondern liegt da. Das kleine Stück Metall, das irgendwo in der Sowjetunion zu einem Gerät montiert wurde, das dann in tausend Teile mit viel Wucht zerspringen soll.

Ich bin Matthias Matschke, ich spiele Pilot hinten rechts im Volvo meines Vaters. Das fühlt sich verboten an, denn ich bin mit dreizehn ein wenig zu alt, um so was noch zu spielen. Und so tue ich es dezent und verdeckt. Ich stelle mir vor, wie es wäre, eine große Maschine mit vollem Schub zu beschleunigen, wenn mein Vater auf der Beschleunigungsspur der Autobahneinfahrt Gas gibt. Ich stelle mir vor, dass der Kreisel der Ausfahrt auf der A 5 die letzte Schleife vor dem Anflug auf die Landebahn ist. Ich will Pilot werden.

Meine Eltern und ich fahren manchmal nach der Predigt meines Vaters am Sonntagmittag nach Frankfurt zum Flughafen und essen zu Mittag im Restaurant der Besucherterrasse. Wir reden nicht viel, schauen auf die vielen Menschen, die von überallher kommen und ihre eigenen Gerüche und Gesichter mitbringen. Und wie sie dem Gepäck auf ihren Kofferkulis hinterherlaufen. Man muss den Griff, an dem man schiebt, herunterdrücken, sonst blockieren die Räder, und das Weiterkommen ist mühsam. Wir schauen, wie viele der Menschen sich damit schwertun. Und gemeinsam haben wir etwas Schadenfreude. Zusammen und heimlich.

Und dann schauen wir auf die startenden und landenden Flugzeuge draußen hinter der Scheibe. Die größten schweben immer ganz langsam. Jeder von uns träumt sich dahin, wo sie hinfliegen und herkommen. An diesen Sonntagen ist der Himmel meistens blau, und die Flugzeuge sind schon ganz lang als kleine schwarze hintereinander schwebende Punkte zu sehen, die größer werden. Und heller. Auch am Tag haben sie die Scheinwerfer eingeschaltet. Aus Sicherheitsgründen. Das weiß ich, denn ich will ja Pilot werden und versuche mir Details von überallher zusammenzuholen. Die weißen Lichter ihrer Scheinwerfer sind wie ein kleiner Lärm im sonst stillblauen Himmel.

»Wie ist eigentlich euer Religionslehrer?«, fragt mein Vater beim Nachtisch. Die Frage schwebt in der Luft wie die großen Flugzeuge draußen. Und mit der Routine des Fluglotsen im Tower sage ich, nach einer Pause, weil ich gerade den Flugzeugen zuschaue: »Okay.«

Meine Mutter sagt: »Singapore Airlines hat den besten Service der Welt.« Ich weiß nicht, woher sie das weiß, denn meine Mutter fliegt nicht, wegen Flugangst, und auch wenn sie keine hätte, würden meine Eltern nie nach Asien fliegen. Mich ärgert es, und es ist mir peinlich, oder beides, dass meine Mutter so etwas sagt. Ich weiß doch, dass sie das nicht wissen kann. Und deshalb frage ich etwas wirsch: »Wieso?« Mein Vater und meine Mutter verstehen nicht, wem mein »Wieso« gilt. Meine Mutter reagiert als Erste: »Weil solche asiatischen Länder in ihrer Tradition ja die Höflichkeit –«

»Nein!«, sage ich noch unwirscher. »Ich mein Papa. Wieso?«

Mein Vater hat, da bin ich mir ziemlich sicher, ganz normal einfach mal gefragt, wie mein Religionslehrer so ist. Nun aber, da ich so geladen zurückgefragt habe, muss er von seinem Coupe Dänemark aufschauen und ein Gespräch beginnen.

»Na ja, das kann ich doch erfragen«, sagt mein Vater. »Wie heißt der überhaupt?«, fragt er, als ob das das Wichtigste wäre, um herauszufinden, wie mein Religionslehrer eigentlich so ist.

»Herr Zitelmann«, sage ich, »es geht gerade um Prozesstheologie«, und hoffe, dass mit diesem Fachbegriff das Gespräch vorüber ist.

Dann sagt mein Vater: »Prozesstheologie? Nie gehört, was ist das?«

Ich merke, dass ich nun ungewollte Aufmerksamkeit habe. Auch meine Mutter schaut von den Flugzeugen zu mir.

»Na, dass die Welt im Prozess ist und nicht schon fertig und dass Gott auch nicht mehr wert ist als wir.«

»Warum?« Es ist nicht Entrüstung, sondern Interesse, das meinen Vater fragen lässt.

»Das kann man nicht in ein, zwei Sätzen sagen. Und das kommt dann so richtig als Stoff erst in der Oberstufe«, sage ich, um das Ganze abzuschließen.

»Aber du musst doch wissen, worum es da grundsätzlich geht«, sagt mein Vater.

Aus meiner Peinlichkeit wird Pampigkeit.

»Das weiß ich auch, aber wenn du mehr wissen willst, dann musst du ihn schon selbst fragen!«

»Ja, wahrscheinlich«, sagt mein Vater.

»Schaut mal, das Blau-Weiße dort. Weiß jemand, wo Cathay Pacific beheimatet ist? Das sind doch auch Asiaten, oder?«

Niemand anderes versucht so offensichtlich aufkeimende

Streitigkeiten durch Ablenkungen zu verhindern, wie meine Mutter. Normalerweise regt mich das noch mehr auf, aber hier und jetzt, im Restaurant der Besucherterrasse, bin ich froh.

Herr Zitelmann ist mein Religionslehrer, ein Mann mit zerknittertem und lachendem Gesicht. Klaus' Eltern haben rausgefunden, dass er wohl vier oder fünf Kinder hat. Er war früher Pfarrer und ist dann an meiner Schule Religionslehrer geworden. Er kommt in den Unterricht und singt. Das ist das Erste, was er tut. Er hat einen Lautsprecher dabei, der an allen vier Seiten mit orangem Klebeband zusammengehalten wird. Das Kabel des Lautsprechers führt zu einem Kassettenrekorder, dessen Kabel Herr Zitelmann in die Steckdose neben dem linken Flügel der Klassentafel steckt. Dann wird gesungen. »Hevenu schalom alejchem«, »Wenn das Rote Meer grüne Welle hat«, aber auch »Die Affen rasen durch den Wald«. »Denn Lachen ist Teil des Ganzen«, sagt er. Man kann nichts machen gegen die positive Laune, die er mitbringt.

Die Klassenlehrer wechseln, aber Herr Zitelmann bleibt über die Jahre, und wir hören von Moses und davon, was ihm in Ägypten passiert. Von Josef und seinen Brüdern und von Daniel in der Löwengrube. Wir hören zu und dürfen malen, wenn wir wollen. Er erzählt frei, ohne Bibel, ohne Vorlesebuch. Er steht da, meist erzählen seine Hände viel mit, und es ist, als würde er die Geschichten alle gerade eben erleben oder erfinden. Aber immer gehören sie in den Tag, der gerade ist.

Zu Beginn jeder Stunde fragt er: »Wo waren wir?« Er bekommt es gesagt und legt los. Und jedes Thema wird zum Thema gemacht: Afrika, Benachteiligung von Frauen, Freiheit und Sex, Glauben trotz Leid, atheistisch glauben und Prozesstheologie. Aber das ist später.

Als ich meinem Vater eben gesagt habe, dass es bei uns im Religionsunterricht gerade um Prozesstheologie ginge, war das nicht komplett gelogen. Herr Zitelmann hat kürzlich gesagt, dass sie Stoff in der Oberstufe wäre. Mehr hat er nicht gesagt.

Ich gehe mit meinen Eltern vorbei an blassorangen Wänden zurück zum Flughafenparkhaus, das ein eigenes riesiges Haus ist. Für einen Moment fühlt es sich so an, als gehörten wir zu der Masse der Leute, die nach einer langen Zeit von ganz weit weg wieder nach Hause kommen und jetzt ihr Auto suchen. Die Zeit hat sie vergessen lassen, wo es stand. Mein Vater weiß, wie ihm das nicht passieren kann, denn er sagt von sich, er sei der Virtuose der Eselsbrücken. Über komplizierte Systeme merkt er sich alles Mögliche. »Je komplizierter, desto besser«, sagt er. »Das provoziert das Gehirn!« Unsere Parkplatznummer lautet B36.

»B36!«, hat mein Vater vorhin gerufen, als wir das Auto abgestellt haben, als wolle er das Schild über dem Parkplatz beschwören. »B wie Den Bösen sind sie los, die Bösen sind geblieben, Goethe, *Faust*, Hexenküche! Und sechsunddreißig, wie 36 nach Christus, Pontius Pilatus wird wegen strenger Regierung auf Wunsch der Juden als Landpfleger von Judäa abgelöst.«

Und jetzt, als wir zurückkehren, schaut er orientierungslos über die endlosen Reihen von Autohinterteilen.

»B36«, sage ich noch immer verstimmt.

Wir fahren aus dem Parkhaus. Meine Eltern vorne und ich als grimmiger Pilot hinten rechts. Vorne reden meine Eltern darüber, für wie lange man ein Grab kauft. Denn für meinen Großvater geht es ans Sterben. So hat meine Großmutter das gesagt, kurz bevor wir die kleine Wohnung der beiden in Groß-Gerau gestern verlassen haben, als wir sie besucht haben. Er liegt schon seit mehreren Wochen auf dem Sofa, das eigentlich nur zum Sitzen dient, und steht nicht mehr auf. Er hat sein Leben lang geraucht, immer wenn es ging. In der Wohnung darf er nicht rauchen, das hat meine Großmutter verboten. Runter auf die Straße gehen will er nicht. Aber er darf zum Klofenster hinaus rauchen. Dazu muss er in das schmale kleine Bad gehen. Vorbei an der Badewanne, die mit zwei Koffern und einem kleinen Ölradiator mit Rollen vollgestellt ist. »Die Großeltern haben das Leben als Flüchtlinge nie ganz abgelegt«, sagt mein Vater.

Das Toilettenfenster ist ganz oben an der Decke, hinter der Toilette. Man kann, wenn man im Stehen pinkelt, nicht rausschauen. Mein Großvater hebt den Plastikklodeckel hoch, der zu dünn ist zum Draufstehen, und stellt sich dann mit beiden Schuhen auf die Klobrille, um eine HB-Zigarette aus dem Toilettenfenster zu rauchen. Ich denke, dass das wie Liebe sein muss, wenn man so sehr rauchen will, dass man auf die Klobrille steigt, die Ellbogen auf Kinnhöhe. Mindestens einmal in der Stunde.

Ich stehe neben der zugestellten Badewanne im engen Gang zum Klo und sehe vor dem grellen Licht den Hinterkopf meines Großvaters mit dem fast unmerklichen Granatsplitterhügel. Ich glaube, da oben ist er glücklich. Aus seinem Kopf kommen Schwaden wie aus den Räuchermännchenköpfen, die wir als Dankeschön für unsere Westpäckchen aus der DDR bekommen.

Aber mein Großvater stirbt nicht direkt an Zigaretten. Ein

Jahr vor seinem Tod sagt ihm ein Arzt, dass sein rechter Zeh abstirbt und dass das vom Rauchen kommt. Und als wäre nichts einfacher als das, fasst er von einem Tag auf den nächsten keine Zigarette mehr an. Der Zeh lebt weiter, aber er stirbt nach einem Jahr den natürlichen Tod eines Mannes von vierundachtzig Jahren.

»Man kann ein Grab für fünfundzwanzig Jahre kaufen, danach wird es eingeebnet«, sagt meine Mutter. Mein Vater nickt.

Ich finde, dass so ein Grab für die Ewigkeit sein sollte. Warum gibt es das in fünfundzwanzig Jahren nicht mehr? Warum kann ich dann, wenn ich siebenunddreißig bin, nicht mehr zum Grab meines Großvaters gehen und um ihn trauern? Soll er dann vergessen sein? Und es ärgert mich, wie meine Eltern über das Grab eines Menschen sprechen, der noch am Leben ist. Als wollten sie ihn da hineinreden, ins Grab.

Wir fahren die A5 hinunter Richtung Weiterstadt, vorbei an Spargelfeldern mit den langgezogenen Hügeln, die aussehen wie endlos lange frische Gräber.

»Als hätte Gott mit seinen Fingern persönlich die Furchen in den Sand gezogen«, sagt mein Vater. Und dann sagt er mit angehobener Stimme: »Natürlich ist es wunderbar, Herr seines Schicksals zu sein. Aber sind wir dafür gemacht, Herren zu sein? Wären wir dann nicht ewig?« Und, nach einer kleinen Pause: »Das mit der Prozesstheologie interessiert mich.«

»Ach, fahren wir doch kurz in Braunshardt raus, da gibt es einen Spargelstand«, sagt meine Mutter. »Die Saison ist ja schon fast vorbei.«

Am Abend sitzen wir vor dem Fernseher und essen Spargel mit brauner Butter und Kartoffeln.

GROSSVATER

Und dann im Spätsommer, nach den Ferien, kurz bevor ich vierzehn werde, stirbt mein Großvater.

Ich bin allein im Haus und habe wieder mein Ohr. Es ist das letzte Mal, dass ich eine geschwollene Ohrspeicheldrüse habe. Die Parotitis bleibt in der Kindheit zurück.

Krank zu Hause, meine Eltern bei der Arbeit, bin ich noch im Schlafanzug und lese in der Zeitung, als das Telefon im Flur klingelt. Obwohl Kauen weh tut, habe ich mir ein Nutellabrötchen gemacht. Ich stelle mich vor das Tischchen und hebe ab.

»Christian?«, fragt die Stimme meiner Großmutter.

»Nein, ich«, sage ich.

»Dein Großvater ist gerade ganz friedlich eingeschlafen.«

Ich kann nicht sprechen. Das Brötchen. Und die Drüse. Aber auch, weil ich nicht weiß, was ich sagen soll. Ich liebe meinen Großvater. Und so, wie meine Großmutter es gesagt hat, hörte es sich an, als hätte er sich nur mal kurz aufs Ohr gelegt. Als wäre es noch nicht entschieden.

Weil ich nichts sage, sagt meine Großmutter: »Gräm dich nicht zu sehr. Das versuche ich auch.« Dann legt sie auf.

Ich drücke die Nutellakugel in die nichtentzündete Backe

und rufe meine Mutter an ihrem Arbeitsplatz an. Sie sagt, sie komme sofort, und legt auf.

Alle legen auf. Auch Frau Schnitzler, die mir am Telefon sagt, dass mein Vater bei Herrn Keupert ist, und sonst nichts mehr.

Ich weiß nicht, was ich tun soll. Und weil ich das nicht weiß, will ich schnell zu meinem Vater rennen und es ihm sagen. Ich streife meine Kleider vom Vortag über den Schlafanzug, so als müsste ich mich beeilen. Alles ist etwas zu eng, und meine Backe pulsiert. Ich schwitze, noch bevor ich renne. Ich laufe zum Haus von Herrn Keupert. Ich bin eine Weile unterwegs, bis ich bemerke, dass das gekaute Nutellabrötchen noch als feuchter Ball an meinem Gaumen klebt. Ich spucke den braunen Brocken im Gehen gegen eine Häuserwand. Ich weiß nicht, ob mich jemand gesehen hat.

Herr Keupert hat früher die Gaststätte »Zum kühlen Grund« gehabt, an der Bundesstraße, die durch unser Dorf führt. Dann ist sein Bruder gestorben, mit dem zusammen er das Gasthaus geführt hat, und er hat zugemacht. Hinter dem Gasthaus gibt es einen Saalbau. Dort gab es früher Feste und Darbietungen auf einer kleinen Bühne.

Mein Vater versucht schon länger den Saalbau für die Gemeinde zu kriegen. Hier sollen Senioren tanzen oder sich Konfirmanden treffen. »Eine Gemeinde ist immer in Bewegung und braucht Raum«, sagt mein Vater. Das wirkt wie aufgesagt, denn er ist der unsportlichste Mann, den ich kenne. Ich finde, er lebt in seinem Körper wie in einem möblierten Zimmer.

Der Saalbau wird nicht mehr genutzt. Die Scheiben sind verraucht und schmutzig und lassen nicht viel Licht hinein, aber ich erkenne, wie mein Vater dort mit Herrn Keupert steht. Sie stehen auf der kleinen erhöhten Bühne und schauen in den leeren Saal.

Herr Keupert ist alt und dick mit Schnurrbart und einen Kopf kleiner als mein Vater. Die beiden sehen aus wie Dick und Doof, die stumm und steif auf Publikum warten.

Mein Atem beschlägt rhythmisch die Scheibe, das Gesicht nah am Glas. Ich muss wohl außer Puste geraten sein, wie ich hierhergelaufen bin. Ja, stimmt, ich bin gerannt, nachdem ich den Kloß gegen die Wand gespuckt habe.

Ich wische mit einem hastigen Schwung mit dem linken Arm den Beschlag von der Scheibe, um besser zu sehen. Aber die beiden stehen nicht mehr auf der Bühne. Ich gehe wieder.

Ich will meinen Vater gar nicht treffen. Ich will meinem Vater gar nicht sagen, dass sein Vater tot ist.

Ich gehe los.

Ich bin zurück zu Hause.

Niemand hat mich gesehen, und als meine Mutter bald nach Hause kommt und fragt, ob ich mit Papa gesprochen habe, sage ich: »Nein, aber Frau Schnitzler sagt, er ist bei Herrn Keupert.«

Zwei Stunden später höre ich meinen Vater nach Hause kommen.

Ich habe im Bett gelegen und gedämmert. Meine Backe hat ungewöhnlich stark geschmerzt, und nun schleiche ich mich an meine Zimmertür, um meine Eltern durch einen Spalt zu beobachten.

Meine Mutter umarmt meinen Vater, und leise und vertraut sprechen sie miteinander. Wie ein verliebtes Paar. Das traurig ist. Selten habe ich zwei Menschen so dicht beieinanderstehen sehen. Vielleicht Herrn Poelzig und Frau Grunert in der Biosammlung.

Dann geht mein Vater wieder. Ich höre das Klackern des Rolltors.

Jetzt müsste die Zündung des Motors zu hören sein. Und dann das Surren des Kühlerventilators vor dem Volvo-Motorblock. Aber da ist nichts. Ich höre nichts. Ich mache mir Sorgen.

Ich tapse auf Strümpfen und im Schlafanzug zur Garage und lunse um die Ecke.

Mein Vater sitzt versteinert in der Fahrerkabine mit runden Schultern und gesenktem Blick. Auf einmal schaut er auf und in den Rückspiegel und sieht mich dort um die Ecke schielen. Er öffnet die Fahrertür und steckt mit verdrehtem Nacken seinen Kopf schräg heraus.

»Du warst vorhin bei Keupert am Saalbau«, sagt er ohne Arg.

Ich weiß nicht, was ich sagen soll, und trete ein Stück aus meiner Deckung.

»Wie geht es dir?«, fragt er.

»Na ja, nicht gut«, sage ich.

»Tut's weh?«, fragt er.

Ich verstehe nicht. Er tippt auf seine Ohrspeicheldrüse und deutet mit dem Kinn kurz in meine Richtung. »Ja«, sage ich. Und fange an zu weinen. Und mein Vater weint auch. Und er schließt die Tür. Und er startet den Motor. Dann setzt er den Wagen zurück, wobei er den Beifahrersitz in den Arm nimmt wie einen Kumpel und nach hinten schaut.

Zwei Wochen nach der Beerdigung sitzen wir zusammen im Volvo und machen einen Sonntagsausflug nach dem Gottesdienst. Mein Vater ist entspannt. Die Predigt ist gehalten. Und hinter dem Steuer fühlt er sich geborgen.

An vielen Tagen scheint er nicht traurig zu sein. Eher wütend. Meine Großmutter hat aus Bayern angerufen. Sie sagte, sie sei in die Nähe ihrer Freundin gezogen und werde nun dort leben. Viel zum Umziehen hätte sie sowieso nicht gehabt. Das meiste an die türkischen Nachbarn untendrunter verschenkt. Sie hätte ihm nichts vorher sagen wollen, denn er hätte ja nun seine eigene Familie und seinen eigenen Glauben. Sie hat meinem Vater am Telefon gesagt: »Günter ist tot, Georg jetzt auch, jetzt gibt es nur noch Gott, der auf mich wartet, und dem will ich nahe sein.«

Mein Vater grinst komisch und schüttelt den Kopf, als er das erzählt. Die Freundin, von der meine Großmutter spricht, ist Oberin eines Klosters. Um das Kloster herum gibt es Wohnungen, die nicht mehr als ein Zimmer, eine kleine Küche und eine Toilette haben. Und in so einer Wohnung lebt meine Großmutter nun.

»So was gab es schon immer um die Klöster herum. Da haben Frauen im Mittelalter Schutz gesucht«, sagt mein Vater.

»Das ist wieder eine der verrückten Ideen deiner Mutter«, sagt meine Mutter.

»Daran ist nichts verrückt! Die katholische Kirche hat Schutzbedürftigen Schutz gewährt! Und das war verdammt noch mal ihre Aufgabe.«

»Man darf nichts gegen deine Mutter sagen, dann wirst du immer so unsachlich«, sagt meine Mutter.

Solche Streite machen mich immer schläfrig. Manchmal will ich mich zwischen die beiden stellen, doch meistens lasse ich die Schwere in meinem Körper zu. Die Schwere, die mich wie unter die Wasseroberfläche zieht und mich tauchen und träumen lässt. Wie im flaschengrünen See im Sommer. Man sieht nicht viel, aber um einen herum wirkt alles zeitlos. Bis die Luft knapp wird.

Ich denke darüber nach, was meine Großmutter gesagt hat: »Jetzt gibt es nur noch Gott, der auf mich wartet, und dem will ich nahe sein.« Irgendwie heißt das doch, dass beide, Gott und sie, das Gleiche wollen. Beieinander sein. Also muss meine Großmutter einfach sterben, dann haben beide, was sie wollen. So etwas traue ich mich nur im grünen See zu denken.

»Ich habe deinen Herrn Zitelmann mal eingeladen«, sagt mein Vater. »Er ist ja von Haus aus Pfarrer, da kann er doch mal bei uns predigen, habe ich mir gedacht.«

Ich muss schnellstens zurück zur Oberfläche. Es ist, als schnappte ich nach Luft, und das hört sich wohl an wie »Ja«, denn mein Vater nimmt es als Zustimmung. Aber denken tue ich ein klares »Nein«. Ich bin wütend auf meinen Vater! Wie kann er es wagen, jemanden aus meiner Welt in seine Welt zu holen?

In der Schule bin ich der Matthias Matschke, der ich sein will, und das geht euch gar nichts an. Und wenn ihr das nicht wollt, warum habt ihr mich jemals dorthin gehen lassen? Das möchte ich schreien. Warum habe ich überhaupt etwas gesagt, als mein Vater mich nach dem Religionsunterricht gefragt hat? Ich hasse mich.

Das Gefühl, stark wie die Liebe.

Das Gefühl, so stark wie der Glaube meines Vaters.

Das Gefühl, das ich verspüre, als ich vor einem Jahr im Wartezimmer der Notaufnahme nach meinem Fahrradunfall sitze. Mit zerschundenem Kinn und halb fehlendem Zahn. Nachts, leise weinend mit Eltern rechts und links von mir. Nicht wissend, was größer ist: der Schmerz im Körper oder der Hass gegen mich selbst im Kopf.

Seltsam ist es in der Notaufnahme. Der Geruch von Linoleum, aber anders als in der Biosammlung. Eher derb und von Desinfektionsmittelschwaden überlagert.

»Wie ist das denn genau passiert?«, fragt meine Mutter.

Das will ich sicher nicht sagen. »Der scheiß Leerlauf vom Fahrrad.« Das scheint als Antwort zu reichen. Jedenfalls streichelt sie mir über den Rücken. Und dafür bin ich dankbar. Mein Vater sitzt da, hat etwas wie ein Lächeln auf den Lippen. Aber es wirkt nicht spöttisch. Eher so, als wolle er damit zeigen, dass er Hoffnung hat, dass man auch diesen Moment der Misere überstehen wird. Er lächelt weiter, bis der Chirurg die Wunde am Kinn mit neun Stichen verschließt.

Und jetzt, ein Jahr später, fahre ich mit meinem linken Zeigefinger über die rubbelige Narbe und spüre den Hass auf mich selbst von damals. Und der Volvo meines Vaters schießt weiter über die Landstraße beim Sonntagsausflug.

Und am Dienstag in der vierten Stunde sagt Herr Zitelmann zu mir: »Ich komme ja demnächst zu euch in die Kirche.« Und zu allen: »Wer kommen mag, der ist herzlich eingeladen. Es geht um Prozesstheologie. Das ist dann schon ein kleiner Ausblick auf das, was euch in der Oberstufe erwartet.«

Und in der Fünfminutenpause vor der Fünften sagt Ulf Keller zu mir, dass ich so ein Schleimer sei, dass ich sogar dem Religionslehrer in den Arsch krieche.

Und er boxt mir in die Milz.

HERR ZITELMANN

»Das geknickte Rohr wird er nicht zerbrechen, und den glimmenden Docht wird er nicht auslöschen«, sagt mein Vater. Und er sagt, dass dies der Wochenspruch sei, heute, am 9. September 1984, dem zwölften Sonntag nach Trinitatis.

Als er das zur Begrüßung der Gemeinde sagt, sitze ich ziemlich weit hinten in der Kirche, in der vorletzten linken Bank, unterhalb der Empore mit der Orgel.

Vor mir zähle ich sechsundvierzig Personen außer meinen Eltern. Die kleine Kirche ist damit halb gefüllt. Die Konfirmanden meines Vaters sitzen vorne links in der ersten Reihe. Drei Kinder, zwei Mädchen und ein Junge.

Meine Mutter sitzt mit zehn Landfrauen auf der rechten Seite. Ihre Männer sitzen in einer kleinen Gruppe links vom Mittelgang. Die jüngeren Familien, die später ins Dorf gezogen sind, sitzen gemischt, noch mit sommerlichen Kleidern, wo sie wollen. Meine Familie ist weit verteilt. Mein Vater am Lesepult vorne vor dem Altar, meine Mutter in der Mitte bei den anderen, und ich allein ganz hinten, wo die Bänke sonst leer sind. So sitzen wir in der weißen Kirche, in die durch die großen Fenster die Sonnenstrahlen einzeln fallen. So macht es jedenfalls den Anschein. Kein Bündel, sondern tausend

Strahlen, die wie Mikadostäbchen auf die bierdeckelgroßen roten Bodensteine fallen. Aber das nehme ich nur nebenbei wahr, genauso wie das Aufstehen und das Hinsetzen und das Amen und die Predigt und alles. Heute soll er kommen, aber keiner weiß, wann genau. Vielleicht ist er ja schon da? Aber das wüsste ich. Ich habe jede Reihe mehrmals Hinterkopf für Hinterkopf durchgeschaut, und keiner davon ist Herr Zitelmann.

Gestern Abend ist meine Mutter zu mir an den Bettrand gekommen und hat mich gefragt, was denn so schlimm daran sei, wenn Herr Zitelmann bei uns einmal einen Vortrag hielte.

»Die Gemeinde und das alles, das gehört euch, aber die Schule ...« Ich weiß nicht weiter, und daher sage ich etwas zu aggressiv nur: »Ach vergiss es!«

Meine Mutter weiß nicht, ob sie das tadeln oder sich weiter um Verstehen bemühen soll. Ich versuche nicht zu weinen.

Sie sagt: »Aber das ist doch kein Grund zu weinen, Matthi!«

Ich hasse mich, drehe mich zur Wand, ziehe das Kissen über den Kopf, und mit Groll schlafe ich ein.

Jetzt in der Kirche wache ich aus meinen Gedanken wieder auf. Ich rieche ihn.

»Hallo!«, sagt Herr Zitelmann halblaut in meine Richtung. Er steht hinter meiner Bank an den Holzpfeiler der Empore gelehnt.

Ich bin überrumpelt und will aufspringen, aber er macht eine Bleib-sitzen-Geste, und ich sinke zurück in die Bank.

Ich schaue wieder nach vorne. Mein Vater ist bei den Abkündigungen angelangt. Er erzählt, dass einer in der vergangenen Woche zu Grabe getragen wurde, dass meine Mutter sich freut, wenn sie den Bibelkreis am folgenden Donnerstag um 16:30 Uhr bei Frau Zeilinger begrüßen darf. Frau Zeilinger sorgt netterweise für Kaffee und Kuchen. Und dass, wie ja auch im Gemeindebrief angekündigt, im Anschluss an den heutigen Gottesdienst ein Vortrag von Pfarrer Zitelmann, der am Ludwig-Georgs-Gymnasium in Darmstadt als Religionslehrer tätig sei, zu einer neuen Strömung in der christlichen Lehre stattfinde.

Wer schon gehen müsse, solle ruhig gehen, aber sicher nicht ohne den Segen Gottes, und er hebt die Hände. Der Körper rund wie immer. Wie ein kugeliger Käfer im Rivalenkampf.

Die Gemeinde erhebt sich, auch ich, und dabei blicke ich verstohlen nach hinten.

Da ist niemand.

Herr Ganther spielt über mir auf der Empore an der Orgel ein Lied, bei dem sich mein Vater noch einmal zum Altar dreht und leicht verbeugt und sich dann wieder zur Gemeinde zurückdreht. Aus der Gemeinde gehen dreiundzwanzig Leute aus der Tür. Ich zähle mit. Meine Mutter konnte die Landfrauen überzeugen, geschlossen in der Kirche zu bleiben, einige ihrer Männer gehen. Herr Zitelmann drängt sich aus dem Nichts lächelnd an den Gehenden vorbei nach vorne zu meinem Vater, der ihn jetzt unter der lauten Musik begrüßt.

Handschlag wie zwei Staatsmänner. Gerne wüsste ich, was sie sagen.

Die letzten Orgeltöne wabern durch den Raum, und die Stimme meines Vaters stemmt sich dagegen.

»Ich freue mich, dass so viele von Ihnen noch geblieben sind, um dem Vortrag von Pfarrer Zitelmann zu folgen.«

Zuerst wollte ich nicht, dass überhaupt einer kommt. Aber jetzt ist es mir peinlich, dass nicht mehr geblieben sind.

Herr Zitelmann nickt fröhlich, und mein Vater bleibt stehen. Er hat den richtigen Moment verpasst, um seinen Talar auszuziehen, und so wirkt er weiterhin seltsam steif und offiziell.

Er zieht das Lesepult für die Evangeliumslesungen mehr vor die Altarmitte. Offenbar geht er davon aus, dass Herr Zitelmann sein Manuskript für den Vortrag gleich darauf ablegen wird, um uns daraus vorzulesen.

Der aber ist mit leeren Händen gekommen, außer der Tasche, einer Handgelenktasche, worin, wie in der Schule, seine Pfeife und sein Tabak stecken. Manchmal kaufe ich mir ein *Yps*-Heft in einem Kiosk, der vor allem Pfeifentabak führt. So riecht Herr Zitelmann.

Er dankt meinem Vater für das Pult, sagt, dass er lieber frei rede, das Pult aber gerne zum gelegentlichen Anlehnen benutze.

Er sieht nicht aus wie einer, der sich anlehnen muss. Er hat eine beige Hose an. Und eine Weste gleicher Farbe. Darunter das Hemd in Khaki. Er wirkt wie ein Naturforscher, der gleich von seiner letzten Expedition in das Herz Afrikas erzählt.

Er hebt die Hände und sagt: »Hallo, liebe Geschwister! Ich freue mich sehr, in eure Waldenserkirche eingeladen worden zu sein. Das ist kein Zufall, denn Matthias Matschke ist ein ganz besonders wissbegieriger Schüler! Daran sieht man, dass der berühmte Newton'sche Apfel meist nicht weit vom Stamm fällt, denn sein Vater, euer Pfarrer Christian, hat mich gebeten, heute ein wenig mit euch über Prozesstheologie zu plaudern. Das tue ich sehr gerne. Und ich muss dich gleich ein wenig korrigieren, lieber Christian: Neu ist die Prozesstheologie nicht, höchstens jung, denn es gibt sie in Nordamerika seit Anfang unseres Jahrhunderts, und die Ursprünge sind noch viel älter!«

Ich rutsche immer tiefer in die letzte Bank. Einige zuhörende Köpfe vor mir haben sich kurz zu mir gewendet. Mein Puls schlägt gegen die Innenwände meines Schädels.

Ich wissbegierig? Meistens sitze ich stumm im Unterricht und male beim Zuhören Figuren mit schlecht verteilten Proportionen. Malen dürfen wir, während Herr Zitelmann Geschichten aus dem Alten und dem Neuen Testament und alles andere erzählt. Einmal, als sein Blick auf meine Figuren fällt, sagt er: »Du bist ein Gott-Schöpfer, der noch übt.«

Mein Vater aber, vorne in der ersten Bank links, sitzt dort wie ein verdorrter Zweig in einem Trauerkranz. Ich weiß, er mag es nicht, ungefragt geduzt zu werden, und das halte ich für übertrieben. Jeder sollte jeden duzen. Für ihn ist aber du meist wie ein Schimpfwort. Es geht ganz nah.

Herr Zitelmann hebt die Hände und sagt: »Liebe Schwestern und Brüder, auch euer Dorf wird alles in allem sein!«

Der kahle Kirchenraum wirft den Satz mit halligem Nuscheln zu Herrn Zitelmann zurück. In unseren Klassensaal hat er schon oft solche rätselhaften Sätze hineingerufen. Dann hat er erklärt, und am Ende hat vieles einen zunächst nicht erkannten Sinn ergeben.

Er betrachtet die Wände: »Keine Bilder, kein Kreuz, nichts zum Anbeten – außer Gott. Und der ist nicht sichtbar, und gemalt werden will er auch nicht. Warum nur?«

Er schaut hinauf zur kahlen Decke: »Der große Michelangelo soll, als er die Decke der Sixtinischen Kapelle bemalt hat, eingeschlafen sein und Gott im Traum gefragt haben: ›Warum willst du denn keine Bilder von dir malen lassen?‹ Und Gott hat geantwortet: ›Weil es mich nicht gibt.‹«

Eine Pause entsteht, und keiner weiß, ich und die anderen nicht, ob hier eine Pause sein soll. Dann sagt Herr Zitelmann: »Von Michelangelo wollen wir nachher noch einmal sprechen, aber zuerst wollen wir von euch reden! Eure Vorfahren in diesem Dorf, liebe Waldenser, eure verfolgten Brüder und Schwestern, Ururgroßväter und Ururgroßmütter, haben das Licht vor sich hergetragen, als sie sich auf den Weg aus der Heimat hierher gemacht haben: Das Licht in Form ihres Wahlspruches: *Lux lucet in tenebris.* Das Licht leuchtet in der Finsternis. So wurde es ihnen vom Johannesevangelium versprochen.

Das Licht, diese Urkraft, die schnellste Energie, die das Universum zu bieten hat, die Hoffnung, die vom Licht ausgeht, konnten sie auf ihrer Flucht mitnehmen – nicht viel mehr. Nichts Weltliches, nicht ihre Habe, nicht ihr Vieh.

Als ich heute zu euch in die Kirche gekommen bin, da habe ich eure Kühe gesehen, die bei euch, Gott zum Lob, nicht im Mastbetrieb, sondern frei auf der Weide stehen. Ich habe mir diese archaischen Tiere mit Ruhe angeschaut, und viele Kühe haben zu mir zurückgeäugt.

Nur Stille war da. Still standen wir und beäugten uns, ich und die stumme Kreatur. Wir. Geschöpfe unterschiedlicher Art. Aber gemeinsam!«

Herr Zitelmann schaut, als er redet, aus den Kirchenfenstern, als würden die Kühe in Hörweite grasen und bräuchten nur aufzuschauen, um das wieder zu tun, wovon er erzählt.

»Dass Mensch und Tier, ja die ganze Schöpfung sich gegenseitig Mitgeschöpfe sind, das findet man schon im Alten Testament. Jesaja zum Beispiel sieht dereinst alle, Mensch und Tier, im Paradies in Frieden vereint.«

Während er spricht, krempelt er sich die Hemdsärmel auf. Das macht er auch oft im Unterricht, und wir spielen in der Pause nach, wie er das macht.

»Mit Beginn der frühen Neuzeit beginnen die Menschen

langsam, aber behände einen Strich zwischen sich und den Tieren zu ziehen. Descartes macht sie in seiner Beschreibung sogar zu Automaten, zu Eiweißlieferanten, zu rechtlosem Material für den Menschen. Warum? Weil ihnen die Begabung zum Sich-selbst-Begreifen fehlt. Als hätten sie kein Bewusstsein. Formuliert das nicht geradezu das Ende einer Beziehung?«

Herr Zitelmann schaut fragend über die Gemeindeköpfe.

»Einige Jahrhunderte zuvor sieht das der Apostel Paulus im Römerbrief noch ganz anders: Er sieht alles, die gesamte Schöpfung, noch im Geburtsstadium. Und beschreibt das nicht eine Beziehung in Entwicklung?

Der heilige Franz von Assisi treibt es im Mittelalter sogar noch weiter. Er sieht alles in Bewegung hin zu Gott. Alles! Feuer, Luft, Erde und sogar die Gestirne! Alles, wirklich alles, findet sich selbst und ist in Bewegung hin zu Gott.

Und damit sind wir dem Grundgedanken der Prozesstheologie, über die wir heute reden wollen, auf der Spur: Alles ist in Bewegung, und die Evolution ist der Motor. Alles, wirklich alles ist auf Erkundungstour, alles ist im Prozess!

Nichts bleibt, wie es war, und tja: Fallen wir gleich mit der Tür ins Haus: Gott ist tot. Zumindest so, wie wir ihn kennen. Das Bild, das wir uns von ihm gemacht haben, das können wir nun museal in der Sixtinischen Kapelle bewundern.«

Herr Zitelmann lächelt und schaut zu meinem Vater, der immer noch gakelig zwischen die erste und die zweite Kirchenbank geklemmt sitzt. Und dann spricht er ihn auch noch an: »Und tja, lieber Christian, tja, liebe Gemeinde, da kommt mir wieder das Bild von Newtons Apfel in den Kopf. Der Apfel wird unabänderlich zur Erde hingezogen. So will es das erste Newton'sche Gesetz. Er drängt nach Ablösung vom Baum und nach der Vereinigung mit der Masse der Erde.«

Es ist, als wüsste Herr Zitelmann von meinem Sturz vom Baum. Wie ich im Sommer der Masse der Erde entgegengeflogen bin.

Es ist, als wüsste er, dass ich im Frühling mit Markus Dornbach Kuhstumbe gespielt habe. Das geht so: Man schleicht nachts auf die Weide und schubst auf drei mit aller Wucht eine schlafende Kuh von ihren Hufen. Die Kuh springt auf und prescht in Panik in den Pulk der anderen schlafenden Kreaturen. Die ganze Wiese gerät in Bewegung.

Ich sinke noch mehr in die Bank. Ich fühle mich erkannt.

»Bei Newton ist es die Schwerkraft, die die Verbindung zu allem erstellt. Die Prozesstheologie aber sieht die andere kosmische Dimension, die Zeit, als das Bindeglied zu Gott.

In seinen Briefen sagt Paulus das so: Dann wird Gott alles in allem sein!

Alles läuft auf Gott zu, und auf dem Weg zu ihm erkunden sich die Dinge selbst: Das klingt erst mal schön und harmlos. Aber das Ganze ist Dynamit für das felsenfeste Selbstbildnis von uns Menschen.

Stellt euch vor, liebe Gemeinde, was die Prozesstheologie da alles sprengen will: unser Gottesbild, unseren Status als Krone der Schöpfung, unsere Exklusivität im Weltall. Und, Moment mal, etwa auch unsere persönliche Einzigartigkeit?«

Ein tiefer Orgelton erklingt. Kurz wie ein Hupen an der Kreuzung und durchdringt alles. Viele schauen zur Empore.

Von dort hört man ein leises fahriges »'tschuldigung, abgerutscht!« von Herrn Ganther.

Aber Herr Zitelmann scheint das gar nicht bemerkt zu haben.

»Schauen wir uns das explosive Gemisch etwas genauer an: Gott ist also tot oder, besser: Das Gott-im-Himmel-auf-Erden-die-Menschen-Denken endet.«

Herrn Zitelmanns Zeigefinger zeigt nach oben.

»Aber betrachten wir es zum hoffnungsvollen Trost im Großen und Ganzen: Unsere Schöpfung – alles Alles – ist im Prozess. Wir stehen am Anfang unserer Möglichkeiten, auch wenn es uns mit unseren menschlichen Empfindungen und Erkenntnisfähigkeiten nicht so scheint! Gott existiert nicht mehr im Raum, wird aber in der Koordinate Zeit wiederentdeckt. Man könnte sagen: Er durchdringt die Zeit und dringt damit durch alles Existierende. Und zeitgleich ist er das, worauf seine Schöpfung, das gesamte Universum zuläuft!

Und warum ist es eigentlich so schwierig, das alte Gottesbild loszuwerden?

Ich sage Matthias und seinen Mitschülern immer wieder: Versteht den Religionsunterricht zu gleichen Teilen als Religionslehre und als Religionskritik. Oder besser noch: als Religionsemanzipation!«

Das hat er uns noch nie gesagt, aber wahrscheinlich kommt es in der Oberstufe.

»Neunundneunzig Komma neun Prozent der Dinge, die wir über Gott annehmen, nehmen wir über uns an. Wir nehmen an, dass wir die sind, für die das Weltall gemacht ist, wir glauben, dass er uns die moralischen Gesetze diktiert, dass er uns Dominanz über anderes Leben befiehlt. Aber ich glaube: Mit unserer Vorstellung von ihm wollten wir ihn domestizieren, seine Unbegreifbarkeit nehmen, damit sie uns nicht erdrückt.

Und wo bleibe ich? Ich mit meinen Gefühlen, meinen Sorgen und Freuden? Wie soll ich mit so etwas Ungreifbarem eine Beziehung eingehen können, geschweige denn zu ihm beten? Hoffnung in ihm suchen?

Aber bevor wir uns diesen Fragen stellen, lasst uns noch mehr an Unsicherheiten auftürmen: Paulus sagt: *Alles* läuft im Schöpfer zusammen, um eins mit ihm zu werden. Von diesem *allem* sind Menschen und ihre zeitliche Beteiligung daran ein verschwindend kleiner Bruchteil! Man muss fast sagen, *alles* andere ist mehr! Alle Schöpfung ist vor dem Schöpfer genauso viel wert wie *ich.* Und mit dieser Erkenntnis wird der Mensch als Krone der Schöpfung im Evolutionsfeuer eingeschmolzen.

Unsere Einzigartigkeit ist dahin. Gott sei Dank!«

Herr Zitelmann lächelt.

»Denn unsere Einzigartigkeit ist nur ein Rohstoff, aus dem in Verbindung mit dem Rohstoff Zeit ein neues, viel wertvolleres Produkt geschmiedet wird: Selbstbestimmung!

Die ganze Schöpfung ist ein offener Lernprozess, dessen Ziel es ist, die eigene Entwicklung und Geschichte selbst zu steuern und zu bestimmen. Und an diesem universalen Lernprozess hat alles teil, von den Elementarteilchen über die singenden Wale bis hin zum menschlichen Bewusstsein.«

»Und was ist mit Jesus?«

Es ist die Stimme eines alten Bauern, der eine Bank vor mir ganz am Rand sitzt. Niemand hat sich umgedreht, weil alle seine durchdringende Stimme kennen. Ich weiß nicht, wie der Mann wirklich heißt, aber im Dorf sagen alle Bumpe-Schorsch zu ihm, weil sein Hof direkt hinter der alten Dorfpumpe liegt.

»Ist der noch Gottes Sohn, oder gibt's den dann auch nicht mehr?«, fragt er.

Meine Penisspitze zwickt zweimal.

»Es gibt ihn, und ihm kommt eine zentrale Rolle zu!«, ruft Herr Zitelmann freudig.

Er geht auf meinen Vater zu, als wolle er ihn gleich mit einem Schlag niederstrecken. Neben meinem Vater auf der Bank liegt eine Bibel, die er sich greift und in der er schnell zu einer Stelle blättert.

»›Solange wir unmündig waren, sind wir wie Sklaven den herrschenden Zwängen ausgeliefert gewesen. Als aber die Zeit reif wurde, beauftragte Gott Jesus und handelte durch ihn. Wir sollten mündig werden und als Töchter und Söhne Gottes leben.‹« Herr Zitelmann lächelt, reicht meinem Vater die Bibel und ruft der Gemeinde zu: »Wir sollen den Gesetzesgehorsam mit Liebesfähigkeit und Geschwisterlichkeit ersetzen!« Mein Vater streckt steif die Hand zum Buch, aber die Hand bleibt leer, denn Herr Zitelmann reckt jetzt die Bibel in die Luft und ruft: »Aber Gott als Leithorizont aller Dinge ist größer als jede Bibel und jeder Koran, größer als jede Religion und sonstig zeitlich Gesegnetes. Wir können nur darüber reden, was Gott für uns ist, aber nicht, wie er wirklich ist. Da versagen unsere menschlichen Mittel, seien es Ratio oder Emotionen.«

Herr Zitelmann lächelt, schaut sanft und ratlos.

»Und was nun? ›Kein Bild, kein Ton, wir kommen schon!‹«, zitiert er die Werbung.

In der Klasse hätten wir jetzt sicher gelacht.

Herr Zitelmann lächelt immer noch. »Wir können uns dem Werden und Vergehen, dem Entstehen und Verlieren nicht entziehen. Das ist unser Platz oder besser: unser Zustand, liebe Brüder und Schwestern!«

Herr Zitelmann strahlt, als wäre ihm das gerade eben eingefallen.

»Wir sind im Prozess. Und am Ende werden wir alles in allem sein.

Euer Dorf, eure Tiere, die Mitgeschöpfe, die Natur um euch, liebe Brüder und Schwestern: Alles wird alles in allem sein!

Aber wie werde ich dieses Gefühl los, dass ich – alles in allem – nicht mehr als ein Zufall bin? Ein Irgendwas aus einer Milliarde genetischer Möglichkeiten? Nun, ich bin ein Zufall, das wird so bleiben, aber: Ich werde durch eine Sache dem Zufall entrissen: ›Gott ist Liebe, und wer in der Liebe bleibt, der bleibt in Gott, und Gott in ihm‹, sagt Paulus. Die Liebe lässt mich überhaupt erst mehr als die Summe meiner Bausteine sein.

Geliebt werden lässt mich kein Zufall sein, denn geliebt zu werden bedeutet, dass ohne mich, genau mich, die Welt des Anderen ein Loch hätte.«

Er blickt meinen Vater an, er gibt ihm die Bibel und sagt ihm ins Gesicht: »Die Schöpfung ist jung, wissensdurstig und draufgängerisch wie ein Krabbelkind. Und das ist ihr Imperativ an uns Menschen: Sei Teil dieser Neugier. Ja, vielleicht ist das der wichtigste Gedanke: Was wir tun, ist das Hinbewegen auf Gott, ohne dass wir eine Richtung dafür einschlagen. Ohne dass wir uns ein Bild von ihm machen.

Apropos: Nachdem Michelangelo die Sixtinische Kapelle ausgemalt hat, kommt Gott noch einmal im Traum zu ihm. ›Michelangelo‹, sagt er, ›du hast mich ja doch gemalt!‹ Michelangelo ist verlegen und antwortet: ›Nein, Herr, mein Auftraggeber, der Papst, bestand auf einem Bild von dir. Ich konnte ihm doch nicht sagen, dass es dich nicht gibt!‹ – ›Verstehe‹, sagt Gott, ›und was hast du getan?‹ Michelangelo zögert, dann sagt er: ›Nun, in meiner Verlegenheit habe ich mich gemalt.‹ – ›Dich?‹, fragt Gott. ›Aber auf dem Fresko sieht man zwei Personen, deren Finger sich fast berühren.‹ – ›Ja‹, sagt Michelangelo. ›Ich habe mich gemalt, einmal als jungen Mann und einmal als alten Mann. Und unsere Finger berühren sich fast.‹ – ›Aha. Und wo bin ich?‹, fragt Gott. Nach kurzem Zögern antwortet Michelangelo: ›Alles, was zwischen mir als jungem Menschen und mir als altem Gott liegt, das bist du!‹ Damit gibt sich Gott zufrieden, und zufrieden leben die beiden bis an ihr gemeinsames Ende. Amen.«

Ich merke, dass ich schwitze. Dabei ist es eher kalt als warm in der alten Kirche. Das Licht streicht ums Gebäude wie ein hungriger Hund und markiert mit ein paar satten Strahlen das Gelände.

Das Nächste, was man hört, ist, wie mein Vater sich aus seiner eingeklemmten Haltung in der Kirchenbank zwängt. Ein Geräusch, wie wenn man ein verkeiltes Buch aus dem Buchregal zieht. Er geht zu Herrn Zitelmann, der immer noch in der Mitte vor dem Altar steht.

»Ja, vielen Dank, Herr Zitelmann! Das war ein wirklich spannender Einblick in die Welt der Prozesstheologie, sicherlich nicht ganz leichter Tobak. Aber schön, dass Sie unsere kleine Gemeinde in ihre Ausführungen miteinbezogen haben, denn wir sind unserer Tradition als Waldensernachfahren sehr verpflichtet. Und so möchte ich mich gerne in unser aller Namen bedanken.«

Er greift mit der linken Hand hinter die aufgeklappte Bibel auf dem Altar, wo er wohl vor dem Vortrag von Herrn Zitelmann eine Flasche Wein versteckt hat. Die möchte er Herrn Zitelmann reichen. Aber der sagt: »Danke, Christian, für die nette Gabe. Aber vielleicht möchten ja noch ein paar Leute

Fragen stellen, die ich gerne beantworte.« Er lächelt in die Runde. Und nun stehen er und mein Vater mit der Flasche in der Hand weiter nebeneinander. Ein seltsames Paar, das wartet.

Frau Landwehr, die in der ersten Reihe gesessen hat, steht auf, dreht sich dann um und geht gebückt Richtung Tür. Als sie an meiner Mutter vorbeikommt, die in der vierten Bank bei den Landfrauen sitzt, sagt sie nur kurz: »Mein Mann«, und schleicht weiter zum Ausgang.

Immer noch stehen die beiden Männer da vorne vor dem Altar.

Und plötzlich hört man eine aufgeregte Stimme. Diese Stimme gehört meiner Mutter.

»Also, ich bin die Mutter von Matthias Matschke, und ich interessiere mich besonders für Biologie und Natur, auch wenn ich das nicht studiert habe. Ich bin im Fernmeldewesen bei der Post. Aber das hat mich natürlich doch angesprochen, was Sie da gesagt haben mit der Evolution. Im Grunde ist doch die Veränderung der Normalfall, und das ist von Gott so gewollt.«

»Ja, so ist es«, sagt Herr Zitelmann, »sehr gut gesagt!«

»Ja«, sagt meine Mutter, »deshalb habe ich mich auch gefragt: weil Sie auch noch gesagt haben, dass man sich gar kein Bild von Gott machen kann: Aber dann kann man ihn ja auch nicht kennen.«

»Na ja, ich denke –«, sagt Herr Zitelmann, aber meine Mutter redet einfach weiter.

»Oder anders: Man müsste sagen, man kann Gott gar nicht kennen, weil wir uns nur ein Bild von ihm machen. Aber dann haben wir nur das Bild von ihm und nicht Gott selbst. Wir betrügen uns selbst damit. Und jetzt habe ich mich gefragt:

Ist das nicht bei allen so? Also, bei allen Beziehungen, meine ich? Bei allen wichtigen Beziehungen? Kann ich meinen Mann wirklich kennen, oder kenne ich nur die Vorstellung, die ich mir von ihm mache?«

Ihr Mann wird noch verspannter, als er es schon war, steht mit der Flasche in der Hand vor dem Altar, neben Herrn Zitelmann, und sieht ihn unsicher an. Herr Zitelmann lächelt und sagt: »Ja, wahrscheinlich gibt es da wirklich eine Ähnlichkeit. Wer sollte sich anmaßen, seinen Liebsten, seinen Freund, seine Kinder wirklich zu kennen, und nicht beim Bild, das man sich zurechtgelegt hat, das einem auch Verlässlichkeit bietet, stehenzubleiben, sondern durch dieses Bild durchzudringen? Ich glaube, dass es immer wieder die Liebe ist, die die Verbindung zwischen Vorstellung und Wahrheit bringt.«

Ich kann meine Mutter nur von hinten sehen, aber ich merke, dass sie aufgeregt ist, als hätte sie Neuland entdeckt.

»Gut«, sagt mein Vater, »wenn dann keine –«

»Ich weiß auch nicht«, sagt meine Mutter, »aber irgendwie fühle ich mich von dem, was Sie gesagt haben, getroffen. Als wäre ich beklaut worden.« Der letzte Satz kommt mit einem Zittern in der Stimme.

»Interessant«, sagt Herr Zitelmann. »Das erinnert mich an einen Text von Sigmund Freud mit dem Titel: ›Kränkungen der Menschheit‹. Darin beschreibt er, wie die Menschen durch verschiedene wissenschaftliche Entdeckungen in ihrem Selbstverständnis als Menschen in Frage gestellt werden und dass dies eine gesellschaftliche narzisstische Kränkung hervorruft. Ihr Selbstgefühl wird verletzt. Die erste Kränkung nennt Freud die kosmologische Kränkung, ausgelöst durch Kopernikus und sein Weltbild, das die Welt nicht mehr als Mittelpunkt des Kosmos hat. Die zweite Kränkung nennt er die biologische, ausgelöst durch Darwin und seine Entdeckung, dass der Mensch aus einer Tierreihe entstammt. Und die dritte Kränkung beansprucht er für sich selbst und seine Entdeckung der Psychoanalyse und nennt sie daher die psychologische Kränkung. Die Kränkung besteht darin, nicht mehr Herr im eigenen Haus zu sein. Das Unbewusste regiert.

Vielleicht, denke ich gerade, könnte man die Prozesstheologie die vierte Kränkung nennen, denn sie nagt komplett am theologischen oder besser noch am religiösen Selbstverständnis der Menschen, weil sie diese eben nicht als höhergestellt, sondern als gleichwertig mit *allem* anderen in der kosmologischen Geschichte betrachtet, nicht mehr, aber auch nicht weniger. Die Würde, das möchte ich noch hinzufügen, nimmt sie den Menschen aber nie!«

Es regt sich Unruhe in der kleinen Kirche. Die Menschen, die nach dem Gottesdienst noch geblieben sind, möchten nun wie Frau Landwehr in ihre Häuser zurückkehren.

»Nun gut«, setzt mein Vater wieder an, »dann danke ich Ihnen herzlich und auch Ihnen, liebe Gemeinde, fürs Zuhören und wünsche mit diesen interessanten Gedanken einen schönen und geruhsamen Sonntag.«

Die Menschen brechen auf.

Auch meine Mutter. Sie will mit den Landfrauen zum Naturfreundehaus in Brensbach wandern und dort zu Mittag essen.

Herr Zitelmann und mein Vater stehen steif beieinander. Ich stelle mich dazu, mein Vater sagt: »Mein Sohn hat mir nicht zu viel versprochen, das ist wirklich sehr interessant, was

Sie da in unsere kleine Dorfgemeinde gebracht haben. Das muss der ein oder andere sicher noch ordnen.«

So stehen wir zu dritt. Die Zeit fließt um uns herum. Der Tabakduft. Der Talar meines Vaters.

Dann, nach der Stille, sagt Herr Zitelmann: »Ich habe erst jetzt erfahren, dass Ihr Vater gestorben ist. Das tut mir aufrichtig leid.« Und dabei reicht er meinem Vater die Hand. Mein Vater zuckt zusammen. So sanft, dass nur ich es merke, und dann kommt eine große Entspannung in seinen Körper, als hätte man eine Luftmatratze von zu viel Luft befreit.

Herr Zitelmann verabschiedet sich. Mein Vater fragt, ob er ihn fahren soll, Herr Zitelmann dankt, nein, er laufe noch ein Stück. Und er verschwindet, wie er gekommen ist.

Ich habe ihm das mit meinem Großvater nicht erzählt.

Mein Vater und ich stehen vor dem Altar. Ich bin selten hier vorne, um in die Kirchenbänke zu schauen. Oben auf der Empore schließt Herr Ganther seine Orgel ab und winkt zu uns nach unten. Wir winken stumm zurück. Dann sind wir ganz allein.

Mein Vater fragt, ob wir noch etwas Zeit miteinander verbringen wollen. Ich sage: »Gerne.« Wir gehen langsam zur Tür. Er schließt die Kirche ab, dazu muss man mit einer Hand kräftig ziehen und den Schlüssel mit der anderen unter Druck im Schloss drehen. Den Talar hat er wie ein großes Badehandtuch über eine Schulter gelegt.

»So, zu«, sagt er. Alles ist ruhig, und wir lachen gemeinsam über die Kühe, die nicht frei vor der Tür stehen.

Als wir losgehen wollen, kommt uns Frau Weidner, die Metzgerin, auf ihrem Fahrrad entgegengefahren. Ihrem Mann gehe es nicht gut, sagt sie. Er sage, es gehe zu Ende. Er sitze hinten im Hof, wo er sonst schlachte, und möchte gerne den Herrn Pfarrer sehen. Ohne sich von mir zu verabschieden, geht mein Vater los. »Ich hole nur schnell mein Auto.«

»Aber das sind doch nur –«, beginnt Frau Weidner einen Satz.

»Ich brauche mein Auto!«, ruft mein Vater und steigt in den Volvo, der auf dem Parkplatz mit den drei Parkplätzen vor der Kirche steht, und fährt los.

SPITFIRE

Fünfzig Meter weiter, vor der Metzgerei Weidner, hält er an und steigt aus. Ich sehe ihn in das Hoftor verschwinden.

Ich will Fahrrad fahren. In der einen Ecke des Parkplatzes sind eine Bank und ein kleiner Fahrradständer, wo sonst die Fahrräder der Konfirmanden angeschlossen werden. Irgendjemand hat mein Fahrradschloss geöffnet. Ich bin mir ganz sicher, dass ich das Fahrrad, bevor ich in die Kirche gegangen bin, abgeschlossen habe. *1710* eingeben, meine Geburtszahlen, Schloss einrasten und dann die vier Zahlenkränze in alle Richtungen verdrehen. Das habe ich gemacht.

Nun liegt das Schloss da, wie tot, neben den Reifen des Bonanzarades. Ich schaue mich um. Niemand da. Ich gehe weiter, schiebe das Fahrrad über den Parkplatz bis zur Straße.

Ich setze mich auf das Rad, es hat beim Unfall mit der gebrochenen Hand keinen Schaden genommen.

Nur der Lenker war leicht verdreht. Mein Vater hat das Vorderrad zwischen die Knie genommen, hat das Fahrrad beim Lenker gepackt, wie einen Stier bei den Hörnern. Und nachdem er alles gerade gerückt hat, hat er gesagt: »So, dann kannst du wieder fahren, wenn du wieder fit bist.«

Ich bin wieder fit, ich gebe dem Fahrrad auch keine Schuld mehr.

Die Bundesstraße, an der auch die Kirche liegt, macht in der Mitte des Dorfes eine große enge Kurve. Wenn man da aber geradeaus in die Gasse fährt, kommt man zum Friedhof und von dort über eine breite Wiese in den Wald. Auf der Wiese stehen die Kühe und schauen zu mir, aber ich will nicht anhalten.

Ich fahre in den Wald, an die Stelle, wo im Zweiten Weltkrieg ein britischer Flieger abgestürzt ist. Herr Masuch hat mir früher einmal die Stelle gezeigt. Tiefer drin im Wald, wo es dunkler und die Luft kälter ist. Ich komme öfter hierher. Herr Masuch ist der Mann meiner Kinderfrau, Frau Masuch. Sie hat auf mich aufgepasst, früher zu Grundschulzeiten nachmittags, immer wenn meine Eltern beide arbeiten mussten.

Einmal mache ich mit Herrn Masuch und mit Elke, einer seiner drei Töchter, einen Spaziergang in den Wald. Der Wald ist ohnehin nahe, daher fühlt es sich nicht wie ein Spaziergang an. Wir laufen vom Pfarrhaus nicht mehr als fünfzehn Minuten zu der Stelle, wo das Flugzeug aufgeschlagen ist. Dort gibt es auch eine schmale Lichtung. Vielleicht hat ja der Pilot noch versucht, seine Spitfire auf der langgestreckten Waldwiese notzulanden. Das weiß ich nicht, und ich weiß auch nicht, ob es wirklich eine Spitfire war, aber es ist mein absolutes Lieblingsflugzeug. Ich habe es schon zweimal als Plastikmodell nachgebaut. Einmal in klein und einmal in etwas größer.

Das Flugzeugwrack ist weg. Was genau passiert ist, weiß Herr Masuch auch nur vom Hörensagen, er ist nicht in diesem Dorf aufgewachsen, sondern ist erst nach dem Krieg hier in die Gegend gekommen. Auch er ist ein Flüchtlingskind, aber seine Familie kommt aus Ostpreußen.

Aber er kennt den Namen des Piloten. Sam Pickwick. Ein Bauer aus dem Dorf hat ihm alles erzählt. Bumpe-Schorsch, der Bauer, der vorhin in der Kirche nach Jesus gefragt hat.

Das Flugzeug ist an einem Nachmittag gegen Ende des Krieges im Frühling mit stotterndem Motor in den Wald eingeschlagen, nicht weit weg von einem der Äcker des Bauern. Er hat seinen Pflug dort in die Krume gesteckt stehenlassen, das Pferd davor in aller Eile ausgespannt, damit es auf dem Acker frei herumlaufen kann.

Der Bauer rennt in den Wald zu der Stelle des Einschlages, an der eine schwarze Rauchsäule aufsteigt. Die hohen Fichtenstämme, die am Rand der Lichtung sehr dicht stehen, haben die Flügel und den Rumpf des Flugzeuges sauber voneinander getrennt wie ein übergroßes Küchenwerkzeug. Schwelende Stücke der Maschine, Metallteile, Ösen und Kolben und Gummi liegen weit verteilt. Es ist der Motor, der, offenbar in einem Stück aus dem Rumpf gerissen, am weitesten von der Einschlagstelle entfernt ist und den weit sichtbaren Rauch erzeugt.

Der Bauer hat die Flugzeuge immer nur aus großer Distanz gesehen, hoch oben im Himmel in Formationen, die dann ausgeschwärmt sind, um ihre Bombenlast über dem siebzehn Kilometer entfernten Darmstadt abzuwerfen. Aber dieses Flugzeug hat keine Bomben, sondern nur zwei Bordkanonen, die wie lange Nadeln in den Flügeln stecken. Der Bauer atmet schwer. Die Luft ist beißend von dem brennenden Gummi. Der Rumpf liegt seitlich in einem Stück wie ein bauchiger Fisch an Land. Das Höhenleitwerk fehlt. Der Bauer nähert sich dem Rumpf. Das Glas der Kabine ist zerborsten. Darin sitzt der Pilot, noch an seinem Sitz festgegurtet. Es wirkt, als würde er schlafen, ohne Sorgen. Der Bauer sieht dem Piloten ins Gesicht, und als er ihn anspricht, schlägt der Mann die Augen auf, aber gleich darauf schließt er sie wieder. Ob er weiß, wo er ist, ob er Schmerzen hat, kann der Bauer nicht sagen. Aber er sagt: »Ich hole Hilfe!« Doch er geht nicht los. Irgendetwas hält ihn an dem Ort. Er muss wohl eher bleiben als fortlaufen.

Später erzählt der Bauer Herrn Masuch, dass der Pilot an dieser Stelle gestorben ist.

Als Herr Masuch und Elke und ich auf die jetzt grüne Stelle schauen, die nach nichts Schlimmem aussieht, überkommt mich ein Schauer. Es gibt ein paar solcher Stellen um unser Dorf. Jugendliche, die in einer Kurve nach der Disco geradeaus fahren und tot sind. Ein vom Gegenverkehr übersehener Motorradfahrer. Die Messerstecherei mit zwei Toten am Hahner Bach. Diese Stellen sind wie Zeitmäuler, in die die Menschen gestopft und verschluckt werden. Diese Stellen sind noch kurz schmutzig mit Blech und Stahl, bis der Müll weggeräumt und die Stelle wieder grün vernarbt ist. Wie diese hier.

Ich stehe hier mit meinem Bonanzarad. Nur die Zeit dehnt sich aus und sonst nichts. Oder wie Herr Zitelmann das gesagt hat. Ist das dann Gott, den ich spüre? Erst jetzt fällt mir auf, dass ich seit mehr als einer Stunde niemanden mehr gesehen habe. Seitdem mein Vater im Metzgereitor verschwunden ist.

Ich bin einsam. Aber nicht schlimm einsam. Wenn ich mich nicht rege, fließt die Zeit um mich herum. Das hohe Gras, in dem ich stehe, ist hier immer feucht. Das kann ich durch meine Schuhe spüren. Ich schaue auf die Bäume vor mir, die nichts von dem abgestürzten Engländer erzählen. Ich wüsste nichts darüber, hätte Herr Masuch nicht ein wenig erzählt, was der Bumpe-Schorsch ihm erzählt hat.

Die Militärpolizei kommt an die Stelle, um die Leiche zu untersuchen und wegzubringen. Die Männer spüren das feuchte Gras durch ihre Stiefel und haben Angst vor Zecken und fluchen. Sie kommen in einem normalen Pkw, ungeeignet zum Transport von Leichen. Sie legen den Engländer auf den Leiterwagen des Bauern, der ihn gefunden hat. Sie sagen ihm, er solle die Leiche mit Pferd und Wagen nach Darmstadt zur Untersuchung bringen.

Aber der Bauer sagt, er fahre den Engländer nur, wenn er wisse, wie der tote Mann heiße. Die Militärpolizisten werden ungeduldig und fragen, warum das wichtig sei. Das sei nichts weiter als irgendein dreckiger Tommy, um den es nicht schade wäre.

Der Bauer sagt, er fahre den Tommy nur, wenn er auch seinen Namen kenne.

Die Militärpolizei droht, aber Bumpe-Schorsch bleibt stur stehen. Schließlich schaut einer der Polizisten in den Dienstausweis des Piloten, der bei ihm in der Brusttasche gefunden wurde und nun bei der angelegten Akte liegt.

Man sagt dem Bauern, dass in dem unversehrten Dienstausweis des Piloten der Name Samuel Pickwick stehe.

Und später, nach dem Krieg, wird der Wald von Kriegsresten bereinigt, und das Wrack und die Einzelteile verschwinden. Die Stelle ist wieder grün verwachsen.

Nur verborgene Hinweise. Man sieht noch gelbe Flüssigkeit, die an einem der Baumstämme heruntergeronnen ist, sie ist erstarrt und mit der Rinde des Baumes eins geworden.

Der Bauer, Bumpe-Schorsch, der den englischen Piloten gefunden hat, ist alt und Witwer und kommt jeden Sonntag in den Gottesdienst meines Vaters. Er singt nicht mit. Er sitzt stumm in den hinteren Bänken. Bis heute, als er nach Jesus gefragt hat.

Und ein halbes Jahr nachdem Herr Zitelmann bei uns in der Kirche war, gerät mein Vater mit dem Bauern in Streit. Ich weiß nicht, wodurch der Streit entstanden ist. Es ist auch mit Nachfragen nicht herauszukriegen. Aber es muss sich um eine Lappalie gehandelt haben, so wie mein Vater sich dann streitet. Er schafft es nicht, sich mit dem Bauern zu vertragen. Die Sache eskaliert, der Gemeinderat wird involviert.

Meiner Mutter ist das alles sehr peinlich. Aber mein Vater bleibt unversöhnlich stur, und am Ende spricht man mit dem Dienstherrn meines Vaters, und danach ist er nicht mehr der Pfarrer der drei kleinen Dörfer.

Aber wir bleiben in unserem Haus im Neubaugebiet. Mein Vater sagt, er sei nun lange genug geflohen. Er beuge sich nicht noch einmal vor Menschen, die ihn wieder vertreiben wollen. Mein Vater wird in die Verwaltung der evangelischen Kirche von Hessen und Nassau versetzt und fährt fortan mit seinem Volvo von Montag bis Freitag nach Darmstadt, um hinter einem Schreibtisch zu sitzen und Projekte zu entwerfen.

Das ist am Anfang, nach allem, was geschehen ist, komisch. Aber nach einem knappen Jahr gerät vieles in Vergessenheit. Es fühlt sich an, als wäre alles immer schon so gewesen. Und mein Vater scheint viel zufriedener als früher.

Eine Pfarrerin besetzt recht bald die vakante Stelle meines Vaters. Sie schafft es, dem Dorf und meinem Vater das Gefühl zu geben, als wäre er zu einer wichtigen Aufgabe abberufen worden. Dass dies zwar bedauerlich sei, sagt man bald im Dorf, aber weil kein anderer als mein Vater dieser Aufgabe in Darmstadt gewachsen sei, sei es umso schöner, dass er weiter hier wohne und präsent sein könne. Und die Pfarrerin fragt meine Mutter, ob sie weiterhin die Landfrauentreffen leiten möge, was sie gerne tut. Es gibt keine Niederlage, auf keiner Seite. Und sogar der Bauer und mein Vater grüßen sich wieder verstohlen.

Jahre später, bei der Beerdigung meines Vaters, erzählt mir Herr Ganther, der Organist, wie es zu dem Streit gekommen ist.

Mein Vater hat dem Bumpe-Schorsch gesagt, dass er bezweifle, dass der Pilot wirklich so geheißen habe, Sam Pickwick. Das könne doch nicht sein, denn Samuel Pickwick sei doch der Name der Hauptfigur in Charles Dickens' erstem Roman, *The Pickwick Papers.* Der Bauer weiß nicht, was er sagen soll, und sagt: »Doch!«

»Die Militärpolizei hat Sie belogen, um ihre Ruhe zu haben«, sagt mein Vater.

»Ich lass mich nicht belügen!«, sagt der Bauer. »Nie!«

»Sie sollen unseren Nachfahren aber die Wahrheit erzählen«, sagt mein Vater.

»Ich wohne hier schon immer und Sie nicht!«, sagt der Bauer.

Der Bauer wird sehr alt, aber das ist später.

Und jetzt steige ich auf mein Fahrrad und fahre zurück. Immer noch niemand da. Ich komme wieder am Friedhof vorbei und halte diesmal an. Das Gittertor ist geschlossen. Ich schaue hindurch. Ich kenne jeden Namen, der dort auf den Friedhofssteinen eingemeißelt ist.

In der Ferne steht mein Vater vor der Metzgerei und an den Volvo gelehnt. Und vor ihm Gerd Weidner. Die beiden schütteln sich die Hände, mein Vater steigt ein und fährt zum Parkplatz.

Ich nehme einen Stein, der glatt ist wie ein Osterei. Jedenfalls rotiert er unrund, als ich ihn auf das kleine Toilettenfenster der Aussegnungshalle werfe. Die Scheibe zerbricht. Ein Loch. Faustgroß. Ich bin Matthias Matschke.

JOHANNA

Als es 1981 ist und ich elf Jahre alt werde, bringt mich mein Vater zum ersten Schultag ins Gymnasium in Darmstadt. Dort findet die Begrüßungsveranstaltung in der Aula für die Fünftklässler statt. Meine Mutter kann nicht, denn sie ist im Fernmeldezentrum in Dieburg unabkömmlich. So hat mein Vater es formuliert, und er freut sich auch, dass er es ist, der mich zu diesem neuen Lebensabschnitt, wie er es nennt, bringen darf. Wir betreten den Haupteingang der Schule. »Das ist ein Bauhausgebäude«, sagt mein Vater. Und ich finde das Gebäude auch sehr schön, aber da unter dem langen Dach der Pausenhalle sind all die anderen Kinder, die schon Schüler sind und laut und lachend und souverän ihre große Pause genießen. »Georg Büchner war Schüler dieser Schule«, sagt mein Vater. Das sagt mir nichts.

Als wir in der Aula ankommen, sind dort lauter Kinder in meinem Alter. Ein paar springen herum, als wären sie schon hier zu Hause, aber die meisten sind ähnlich verunsichert wie ich und suchen die körperliche Nähe ihrer Eltern. Alle setzen sich in die Stuhlreihen vor der eineinhalb Meter hohen Bühne, auf der ein noch unbekannter Lehrer lächelnd wartet. Während er alle begrüßt, äuge ich verstohlen durch die Reihen und schaue mir die zukünftigen Fünftklässler an. Aus der Masse der Kinder werden zuerst die 5a, dann die 5b. Und dann werden auch die Namen meiner zukünftigen 5c aufgerufen: Monica Mazza, Oliver Junge, Klaus Biedermann, Thomas Altstein, Matthias Matsche –

Ich zucke zusammen, bleibe sitzen und schaue meinen Vater an. Irgendwie wünsche ich mir, dass er aufspringt und ruft: »Das ist falsch! Dieser Junge heißt nicht Matthias Matsche. Er heißt Matschke, es muss Matschke heißen!«

Und dann stelle ich mir vor, wie mein Vater wirklich aufsteht und das ruft, und dann wünsche ich es mir nicht mehr.

Er sagt nichts. Er blickt mich auffordernd an, so als sei mein Zögern schon der Beweis, dass ich noch nicht genug Disziplin für den neuen Lebensabschnitt habe. Meine Augen drücken kurz, als wollten sie tränen. Dann springe ich auf und gehe nach vorne, die vier Stufen hoch auf die Bühne, vorbei an dem mich anlächelnden fremden Lehrer, und stelle mich zu den 5c-Kindern. Mit Blick auf den Boden.

Der Lehrer steht nun zwischen uns hier auf der Bühne und den Eltern da unten in den Stuhlreihen. Er blickt hin und her und sagt, dass dies nun ein neuer Lebensabschnitt und er hier Lehrer für Musik und Altgriechisch sei und dass diese zwei und all die anderen Fächer, die es an der Schule gebe, uns zu dem machen, was wir eigentlich schon seien. Das verstehe ich nicht, macht aber doch ein gutes Gefühl.

Und dann dreht sich der Lehrer zu uns, der Masse der Neuen, und sagt, dass wir jetzt einen Kanon singen. Er fragt, ob jemand wisse, was ein Kanon sei, und viele Mädchen melden sich. Auch ich weiß das, aber ich melde mich nicht, weil sich so viele Mädchen gemeldet haben, und das ist vielleicht peinlich, wenn ich mich als Junge dann auch noch melde, und außerdem bin ich ja auch noch böse mit dem Lehrer, der meinen Namen nicht aussprechen kann.

Der Lehrer summt uns erst die Melodie vor, und alle sollen mit summen. Und alle summen mit. Und dann sagt er uns den Text. Er nennt ihn ein kleines Gedicht, das Johann Wolfgang von Goethe geschrieben habe, und sagt, dass es viel mit uns zu tun habe, auch wenn Goethe uns gar nicht kannte, aber so sei das mit der Bildung manchmal. Er spricht uns den Text vor:

Eines schickt sich nicht für alle!
Sehe jeder, wie er's treibe,
sehe jeder, wo er bleibe,
und wer steht, dass er nicht falle!

Und als wir das dreimal mit ihm im Chor gesprochen haben, fügt er Melodie und Text zusammen, und wir singen. Erst alle zusammen, dann die Klassen 5a, 5b und 5c verteilt in Kanonstimmen.

Und alle Kinder aus meiner neuen Klasse singen, auch ich. Erst leise, dann lauter, sich und den anderen Mut zusingend. Alle singen. Klaus Biedermann und Oliver Junge und ich und Thomas Altstein.

Thomas geht fünf Monate nach unserem Abitur, das er mit 1,2 absolviert, in die Garage seiner Eltern und trinkt die schwarze Plastikflasche mit dem Pflanzenvernichtungsmittel aus. Vorne auf dem Etikett ein reiner Garten, hinten auf dem Etikett zwei Warnhinweise in roten Vierecken auf weißem Grund.

Keiner von uns weiß etwas zu sagen.

Aber heute, ein Jahr vor dem Abitur, sind wir alle ungefähr

achtzehn. Heute ist der 26. August 1989. Der erste Schultag meines letzten Schuljahres.

Es ist Spätsommer, und neben dem Unterricht bin ich in den verschiedenen AGs meiner Schule beteiligt: Chor, Orchester, Schülerzeitung und Theater. Die meisten meiner Freunde sind da auch überall dabei. Ansonsten verhalte ich mich nach wie vor unauffällig.

Mein Vater ist ständig erkältet. »Ich habe mich ein bisschen verkühlt«, sagt er oft. Seitdem er am Schreibtisch in der Kirchenverwaltung sitzt, friert er. Auch wenn er dort viel glücklicher zu sein scheint als in der Zeit als Dorfpfarrer. Er war schon immer unglaublich verfroren. Das sagt auch meine Mutter. Aber jetzt bewegt er sich noch weniger als vorher. Aber das ist es nicht. Glaube ich. Es ist, als hätten seine Eltern vergessen, ihm beizubringen, wie man Kleider benutzt. Er trägt Angoraunterwäsche. Mit einundfünfzig Jahren. Und er geht mit einer Mütze ins Bett und mit zwei Wärmflaschen. Manchmal verspotte ich ihn dafür, und er lacht, und manchmal schimpft er und sagt: »Matthi, ich muss das machen, ich bin ja schließlich nur noch erkältet.«

Und manchmal sehe ich ihn im Bett liegen und schlafen, fast nackig, alle wärmenden Utensilien weit weg auf dem Boden versprengt.

Unsere gemeinsamen Fahrten mit dem Auto von zu Hause nach Darmstadt werden immer seltener. Zu viel Krankschreibung. Das stört mich aber nicht. Er fragt mich ohnehin zu viele Sachen, auf die ich gar nicht antworten will.

Wir haben uns nicht so viel zu sagen. Ich möchte Radio hören, er nicht. »Warum die Gedanken und ihre Stille zerstören?«, fragt er.

Deswegen fahre ich meistens mit dem Bus, und am Nachmittag bleibe ich in der Stadt. Die vielen AGs. Oder ich bin mit meinen Freunden unterwegs, meistens im *Café Chaos*. Aber heute bin ich allein hier. Ich habe Latein abgewählt und zwei Freistunden. Im *Café Chaos* gibt es KiBa, Kirsch-Bananen-Saft, und Rohkostsalat und die richtige Musik, das ist für meine Freunde und mich das Wichtigste. Aber es ist ganz gut, dass meine Freunde nicht da sind, denn ich habe mir gerade eine Jazzplatte gekauft, und Jazz ist in unserem streng geführten Musikkanon nicht gern gesehen: Wave ja. Hiphop nein. Pop sehr ausgedünnt. Mahler ja. Mozart nein. Heavy Metal nein. Punk ja. Bach ja. Deutschrock nein. Alban Berg ja. Jazz nein.

Die Plastiktüte ist genau auf die Größe von Schallplattenhüllen zugeschnitten und spannt sich so über die Platte, die ich bei *Uli's Musicland* vor fünfundzwanzig Minuten gekauft habe, dass man den Titel durch das Plastik hindurch lesen kann. Später will Klaus noch kommen. Aber jetzt sitze ich allein da. Wir sitzen immer am selben Vierertisch. Ganz hinten mit Blick auf den Eingang und auf die verspiegelte Säule mitten im Raum. Und wir starren auf unsere Gesichter in der Säule. Und auf den Eingang, denn vielleicht kommen ja Mädchen.

Und wir denken uns Geschichten aus zu denen, die an den anderen Tischen sitzen. Zwei Tische weiter weg hat sich eine junge Frau hingesetzt, die schön ist. Das fällt mir erst nicht auf. Frauen, in die ich mich verliebe, fallen mir meistens erst nicht auf.

Sie heißt Johanna, aber das weiß ich noch nicht, denn sie fällt mir nicht auf. Aber ich falle ihr auf. »Du magst Al Jarreau?«, fragt sie durch den Raum.

Ihre Stimme. Das ist das Erste, was in mir eine ungekannte Sehnsucht nach Nähe zu ihr auslöst. Sie erwischt mich ohne Vorwarnung. Niemand sonst spricht so schön. Gleichmäßig rund und raumgreifend. Als füllte sich der Raum mit gesprochenem Wohlgeruch. Noch wehre ich mich dagegen. Was soll man auch machen mit unbekannten Gefühlen?

Ich sage: »Ich mag auch Al Jarreau, aber normalerweise höre ich etwas anderes.«

Ich bin nicht wirklich zufrieden mit meiner Antwort.

»Ungewöhnlich für einen Jungen«, sagt sie. »Fast schwul.«

Ich weiß nicht, was das heißen und was ich sagen soll. Sie lacht. Diese Art von Scherzen sind mir bis dahin nicht vertraut. Wir bleiben an unseren Tischen sitzen und unterhalten uns. Wir wahren die Distanz.

Und jetzt fallen mir ihre Beine auf, übereinandergeschlagen und mit Rock bis kurz über die Knie. Was ist das mit mir und den Beinen der Frauen?

Meine Eltern haben keine Freunde, höchstens Bekannte, und nur wenige gemeinsame. Aber es gibt die Familie Bonini. Frau Bonini arbeitet mit meiner Mutter im Fernmeldewesen. Und mein Vater und Herr Bonini arbeiten im selben Gebäude. Das hat man durch Zufall festgestellt. Herr Bonini hat seine Druckerei im Erdgeschoss, und die Verwaltung der Kirche von Hessen und Nassau sitzt obendrüber und versorgt ihn reichlich mit Druckaufträgen.

Alle kennen sich. Und einmal sagt Frau Bonini zu meiner Mutter, dass das ja ein schöner Zufall sei, dass alle sich kennen, und dass wir uns alle doch einmal zum Sonntagnachmittagskaffee bei ihnen in Dieburg treffen sollten. Das können meine Eltern nicht ablehnen, und wir fahren hin.

Ich bin noch klein, vielleicht sieben. Die Boninis leben in Dieburg, und Frau Bonini hat gerade ihre zwei Jahre jüngere Schwester zu Besuch, die in Göttingen wohnt und dort eine Ausbildung zur chemisch-technischen Laborantin im Bereich Lebensmitteltechnik macht. Das weiß ich so genau, weil meine Mutter meinem Vater auf dem Weg nach Dieburg davon erzählt. Mein Vater, sowieso schon gelöst, weil er seine Sonntagspredigt gut hinter sich gebracht hat, beginnt lauthals zu lachen. Das habe ich selten bei ihm erlebt, eher nie. Er lacht über diese absurde Wortkette mit chemisch und technisch und Bereich, und meine Mutter, die diese Berufsbezeichnung zunächst gesagt hat, als sei sie völlig geläufig, fängt nun auch an zu lächeln. Leicht peinlich berührt, als hätte sie etwas Falsches gesagt. Mein Vater sagt immer wieder: »Chemisch-Technische Assistentin im Bereich Lebensmitteltechnik.« Und er muss wieder heftig darüber lachen. Und auch meine überbeherrschte Mutter lacht. Und lacht noch mehr, und bis zu Tränen. Die Ausgelassenheit meiner Eltern kommt unerwartet und ist befremdlich. Aber je mehr ich merke, dass dies ein Zustand ist, den ich suche, Quatsch machen, bis der Bauch kitzelt, desto mehr finde ich Gefallen daran. Auch ich lache nun lauthals, und mein Vater brüllt vor Lachen, und ich schreie und bin ganz hochatmig. Meine Mutter lacht auch und immer noch. Jetzt ist gerade mal alles egal. Unser Volvo erlaubt das.

Mein Vater brüllt: »Und jetzt Hessisch: Schemischteschnischeassistentinimbereischlebensmiddeldeschnik!«

Wir lachen so, so sehr.

Und der Panzervolvo schießt federleicht und unbeschwert über die Straße. Wie eine Zeitkapsel gleitet er durch den Raum.

Bei der Kollegin angekommen, stehen wir wie ein kleines Touristengrüppchen vor der drei Stufen höhergelegenen Tür, als betrachteten wir andächtig ein Altarbild. Der Türspion das Auge Gottes. Das Auge Gottes weicht zurück, die Tür öffnet sich. Frau Bonini erscheint mit einem kleinen Bäuchlein. Sie ist im fünften Monat schwanger. Wir gehen die drei Stufen hinauf und geben Hände.

Und dann kommt aus dem Dunkel des Flurs die Schwester, und ich muss sofort leise lachen. Ich schaue sofort zu meinem Vater, aber der schüttelt mit steifer Miene die Hand der Laborantin und scheint sich nicht an die Fahrt im Volvo zu erinnern.

Da ist auch noch eine weitere fremde Frau dabei, die als die Nachbarin vorgestellt wird. Meine Eltern sind in ihrer gewohnten eckigen Anspannung im Umgang mit dem Außen. Gastfreundschaft strengt sie an. Meine freudige Erregung zerfällt ansatzlos und leise. Dann sitze ich brav mit den anderen am Tisch und schaue auf die Schwarzwälder Kirschtorte. So was schmeckt mir nicht. Frau Bonini entschuldigt ihren Mann. Er habe zu einer Sondersitzung gemusst. Er ist Stadtverordneter für die Grünen, und so habe sie spontan die Nachbarin zum Kaffee dazu eingeladen.

Und bei »für die Grünen« hat mein Vater so dezent gezuckt, dass nur ich es merke.

Hier gibt es nur Schwarzwälder Kirschtorte, und als ich das Glas Milch ausgetrunken habe, das man mir hingestellt hat, weil Kinder ja immer Milch mögen, schaue ich mir hungrig die Erwachsenen um mich herum an. Es fühlt sich an, als sei ich hier nicht passend. Für sich sitzen die Erwachsenen da beieinander. Ihr Gespräch ist wie ein Gesang in fremder Sprache. Mein Kinn habe ich auf die Tischkante gelegt. Die

Kunststoffdecke riecht nach Plastik, und langsam lecke ich mit meinem Zünglein daran, bis ein kleiner feuchter Fleck entsteht. Als meine Mutter das mit einem strengen kurzen Blick bremst, warte ich ein wenig und rutsche sanft vom Stuhl unter den Tisch.

Und hier bin ich allein. Es ist, als gehöre die Welt hier unten nicht zu der über der Tischplatte da oben.

Ich sitze dicht vor vielen Frauenbeinen.

Ich weiß nicht, warum, aber plötzlich bin ich wieder hochatmig wie zuvor. Als sei die lustige Stimmung von vorhin im Auto wieder da. Nur ohne Lachen. Ich weiß mir nicht zu helfen. All diese nackten Frauenbeine, und alle tragen knielange Röcke, und die Knie sind nebeneinandergereiht wie strammstehende Soldaten. Bis auf ein Beinpaar. Das ist übereinandergeschlagen, und die Ballerinas liegen ausgezogen und flach daneben. Ich bin voller Erregung, von der ich noch nicht weiß, dass es Erregung ist. Ich kann nicht anders, als die glatten Beine der Schwester aus Göttingen berühren zu wollen. Und dann streichle ich sie vorsichtig. Leise antworten die Beine mit einem Wippen. Von oben aus der anderen Welt höre ich die Schwester sagen: »Huch, da haben wir wohl ein kleines Hündchen unterm Tisch, das da um meine Beine streicht.« Und dann höre ich die Stimme meiner Mutter, die sagt, ich solle jetzt mal wieder hochkommen und mich richtig hinsetzen. Meine Zeit unterm Tisch endet, aber der Anblick von Frauenbeinen unter Tischen bleibt ein sogartiges Gefühl aus Geborgenheit und Sehnsucht.

Das Mädchen mit den schönen Beinen unterm Tisch im *Café Chaos* heißt Johanna, und sie sagt, sie sei fünf Jahre älter als ich, als ich ihr sage, dass ich achtzehn bin. Sie hat auf der Georg-

Büchner-Schule Abitur gemacht, aber studiert noch nicht. Sie will erst mal das Leben entdecken. Sie hat die Schule gehasst.

Mehr Gegenteil von mir geht nicht. Ich kann mir nicht vorstellen, schon in weniger als einem Jahr kein Schüler mehr zu sein. Ich habe keinerlei Ahnung, was ich nach meinem Abitur werden will. Da ist nichts, was mich einschneidend interessiert, nichts, wofür ich brenne.

Johanna geht das nicht anders, aber es stört sie nicht. Schon lange nicht. Sie war ein halbes Jahr in einem Kibbuz. »Danach habe ich bei meinem Vater im Geschäft gearbeitet, in der Kundenbetreuung. Ich habe immer die schweren Fälle bekommen. Die, die sich über alles aufregen wollen.«

»Und was für ein Geschäft hat dein Vater?«

»Er verkauft Autos.«

Ich lache verlegen, weil ich auf einen Witz tippe, den ich nicht verstanden habe.

»Autohaus Sell.«

Ich muss wieder lachen, weil ich denke, dass sie einen Scherz macht. Das Autohaus Sell ist der größte Volkswagenhändler in Südhessen. Das weiß sogar ich.

Ich weiß nicht, was ich sagen soll, sage aber: »Und du interessierst dich für Autos?«

»Nein«, sagt Johanna, »für Jazz. Ich will Sängerin werden.« Und in die Stille fragt sie: »Warum passen wir nicht in die Welt?«

Alles, was sie sagt, lässt sie mir in allem überlegen erscheinen. Aber das stört mich nicht, denn das gibt mir Geborgenheit. Und Zeit, sie zu betrachten. Johanna erzählt mir, dass sie Jazzgesang studieren will und sich auf die Aufnahmeprüfungen vorbereitet. Wenn sie nicht gerade jobben muss. Ihre Eltern geben ihr nichts, sie soll sich alles selbst verdienen.

Aber immerhin darf sie in der Einliegerwohnung in ihrem Elternhaus wohnen.

»Das ist so ein krankes Familienethos«, sagt Johanna. Aber es macht ihr nichts aus, und sie darf immer bei ihren Eltern wohnen, auch wenn sie lieber allein wohnt. »Oder bei meinen Lovern«, sagt sie. Da sie aber derzeit weder Geld noch Lover habe, wohne sie eben wieder zu Hause.

»Willst du mitkommen?«

»Jetzt?«

»Hast du noch was anderes vor? Ich lasse alles gelten außer Schule.«

»Nein, ich habe heute keinen Unterricht mehr«, lüge ich.

Zu dem Zeitpunkt bin ich noch nicht verliebt in Johanna. Es geht mir eher um Mithalten und Sich-keine-Blöße-Geben.

Das Haus, in dem Familie Sell wohnt, steht in einem parkähnlichen Garten im Paulusviertel. Ich kenne die Gegend um den Paulusplatz. Mein Vater hat hundert Meter von hier sein Büro in der Kirchenverwaltung, und dort gegenüber bin ich zum Konfirmandenunterricht in die Pauluskirche gegangen. Als mein Vater seine Pfarrstelle vor vier Jahren abrupt beendet hat, hat er auf keinen Fall gewollt, dass ich in die Hände eines Kollegen falle. So hat er es ausgedrückt. Er hat einen Kommilitonen aus dem Studium angerufen, Herrn Schweckendiek, der in der Paulusgemeinde Pfarrer ist. Und der hat mich als externen Konfirmanden in der Gemeinde akzeptiert. Ich wehre mich nicht. Ich verhalte mich unauffällig.

Schon damals ist mir das Gebäude, das hinter einer hohen weißen Mauer versteckt ist, aus der Ferne aufgefallen.

Die Tür ist mehr ein Tor, und die Mauer gewährt keinen Einblick in den Garten, der mehr ein Park ist. Das Dach des Hauses ist hoch und steil und tief nach unten gezogen. Vor dem Hauseingang stehen große Töpfe mit kleinen Bäumen, und rechts und links an den Wänden neben der großen Eingangstür hängen mächtige Laternen wie in einem Schloss.

Wir nehmen aber nicht diesen Eingang, sondern gehen über die sehr große Terrasse. Jemand scheint da zu sein. Die Terrassentüren stehen offen, es ist noch spätsommerwarm, und man hört Stimmen.

»Meine Eltern sind nicht da«, sagt Johanna, und: »Keine Sorge.« Als hätte ich mir darum Sorgen gemacht.

Wir reden den ganzen Nachmittag und hören Musik, die ich noch nie gehört habe. Und Johanna redet über Dinge, über die ich noch nie geredet habe.

Das Licht ist mäßig und weich, wenn ich Johanna anschaue. Ihr Gesicht im Profil. Die Haut blass wie bei Herrscherinnen aus dem Geschlecht der Medici. Man kann sich Johanna gut vor einer Toskanalandschaft denken.

Irgendwann klopft es an der Tür.

»Das ist Frau Hannemann«, sagt Johanna, und: »Ja, Frau Hannemann!«

Frau Hannemann öffnet die Tür einen Spalt, steckt ihren Kopf hindurch und sagt: »Entschuldige, Johanna, möchtet ihr etwas trinken?«

»Danke, wir holen uns dann selbst was.«

Das war also eine der Stimmen, die ich vorhin gehört habe. Aber wem gehört die andere?

Wären da nicht die Stimmen und das Strahlen von Johanna, würde ich denken, ich sei in einem Haus der Geister.

»Komm, wir gehen in den Garten«, sagt meine Geisterbeschützerin jetzt. Wir gehen in die letzte Ecke des zweigrundstückegroßen Gartens, weit weg von der riesigen Terrasse, wo jetzt zwei Lichter brennen. Hier, im nahenden Dunkel des Abends, gibt es einen Teich, eine Trauerweide und ein kleines Häuschen mit großen bodentiefen Scheiben und einem Bett darin. Es ist noch alles wie Sommer, nur das Licht geht früher.

Dann wird der Garten laut. Mit den kleinen Tieren und den Blättern. Wir stehen mittendrin im schwindenden Licht und in der schimmernden Dunkelheit.

Dann nimmt Johanna meine Hände mit den ihren und zieht mich zu sich heran. Ganz dicht stehen wir beisammen. Sie küsst mich, dann küsse ich sie, dann küssen wir uns. Das geht, als hätte ich das schon sehr oft getan. Aber das stimmt nicht.

Nach einer Weile sage ich: »Ich muss jetzt gehen.« Dabei will ich, dass das gar nicht aufhört.

»Das macht doch nichts«, sagt Johanna, »du kannst ja bald wiederkommen. Ich bleibe noch ein wenig hier.«

Sie lächelt. Ich bin verunsichert. Ich gehe.

Ein paar Schritte weiter drehe ich mich noch einmal um, und als Johannas Schatten sich immer mehr mit dem Dunkel der hinteren Ecke des Gartens verbindet, erschrecke ich mich mit einem großen Ruck durch meinen Körper. Da steht eine Gestalt. Aber es ist eine Art des Schreckens, mit dem man rechnet an solchen Orten. Die Geister. Die Gestalt ist ganz in Schwarz gekleidet und trägt eine Baskenmütze.

»Hallo, Matthias Matschke«, sagt die Gestalt.

»Hallo«, murmele ich zurück, viel zu verstört, um erschreckt zu sein, und beschleunige meinen Schritt zügig Richtung Tor. Ich gehe hinaus, und anstatt zur Straßenbahnhaltestelle zu gehen, gehe ich eine andere Strecke, als sei ich auf der Flucht.

Ich kann nicht sagen, ob ich verliebt bin. Es wirkt, als sei die Frage bereits übersprungen, durch die Küsse und das alles.

Ich denke so viel, bis ich nicht mehr denken kann. Dann laufe ich nur noch, bis ich an der Haltestelle ankomme, wo ich sonst in den Bus umsteige, wenn ich mit der Straßenbahn komme, um in mein Dorf zu fahren.

Der Bus am Böllenfalltor glimmt fahl in der Dunkelheit und wartet auf mich. Und jetzt weiß ich, wer die Gestalt mit der Baskenmütze war: Claudius Sell.

Claudius und ich waren zusammen in der Konfirmandengruppe von Herrn Schweckendiek. Gesprochen haben wir nicht viel in dieser Zeit. Eigentlich gar nicht. Wir wissen nicht mehr voneinander als unsere Namen. Nach dem Konfirmationsgottesdienst habe ich ihn nie mehr wiedergesehen.

Als ich bei meinen Eltern ankomme, hat mich keiner von beiden vermisst, auch wenn es schon nach elf ist.

»Willst du noch was essen?«, fragt meine Mutter, als ich auf dem Weg in mein Zimmer bin.

»Nein.«

»Willst du morgen früh mit mir im Auto zur Schule fahren?«, ruft mein Vater vom Fernseher aus.

»Ja.«

TELEFONTISCH

Ob ich mit Johanna zusammen bin, lässt sich nicht wirklich klären, denn ich habe keine Telefonnummer von ihr, und einfach bei ihren Eltern anzurufen wirkt auf mich sehr seltsam. Ich wäre gerne mit ihr zusammen, denn ich würde gerne meinen Freunden erzählen, dass ich eine Freundin habe. Ich bin achtzehn Jahre alt, und da war noch nichts.

Am nächsten Nachmittag suche ich die Nummer von Familie Sell im gelben Telefonbuch, das neben den Kunstbänden im Bücherregal meines Vaters steht. Dort wirkt es wie ein Mann mit Jogginganzug unter Gästen einer Operngala. Aber meinen Vater stört das nicht, er macht da keine Unterschiede zwischen dem Profanen und dem Anspruchsvollen, zwischen Information und Kontemplation.

Er sitzt an seinem Schreibtisch, der wie ein Elefant in einem zu kleinen Käfig in dem Fertighauszimmer steht. Aber auch das stört meinen Vater nicht. Das ist sein Schreibtisch. Und er sitzt da und kränkelt wieder. Auf seiner Krankschreibung, die vor ihm auf dem großen Schreibtisch liegt, steht »grippaler Infekt«. Aber ihm ist vor allem nur kalt. Wie so oft.

Ich weiß nicht so recht, warum er einen Tisch zum Arbeiten hat, ja gar ein ganzes Arbeitszimmer. Als er Pfarrer der

Gemeinde war, war das verständlich. Aber jetzt geht er zur Arbeit, so wie die anderen Väter meiner Mitschüler, die meistens in Büros sitzen. Wenn ich bei meinen Freunden zu Hause bin, haben die Väter ihre Arbeit an ihren Arbeitsstellen gelassen und sitzen stumm vor dem Fernseher oder mähen Gras im Garten mit kurzen Hosen und Zigaretten im Mundwinkel.

Das, oder sie sind nicht da.

Mein Vater braucht den Schreibtisch für seine Projekte, sagt er. Er ist Beauftragter für die Verwaltungskoordination der evangelischen Kirche in Hessen und Nassau. Was das genau bedeutet, weiß ich nicht, und es interessiert mich zu wenig, um verwaschene Antworten auszuhalten. Ich weiß nur, dass er sich sehr viele Listen und Tabellen auf seinem Nadeldrucker in seinem Zimmer ausdruckt, auch jetzt, als ich bei ihm klopfe. Er spricht von Personal und neuer Struktur und malt mit schöner Schrift Pläne mit geometrischen Figuren, die die Zukunft der Kirche vereinfachen sollen. So sagt er. Er sagt, er sei der Don Quijote der evangelischen Kirche, und lacht selbst am meisten über diesen Witz. Seine Windmühlen sind die Strukturen, und Herr Buchinger ist sein Vorgesetzter. Und mit dem streitet er leidenschaftlich. Und dann kränkelt er. Aber auch dann sitzt er am Schreibtisch im Bademantel und plant Umstrukturierungen und Verbesserungen.

Meine Mutter sagt, es hängt an der Flucht, als Kind, dass er immer friert und die Verbesserung der Dinge plant.

Ich klopfe an der Tür zu seinem Arbeitszimmer, trete ein, ohne auf eine Antwort zu warten, und gehe an ihm vorbei zu dem gelben Buch mit den dünnen Seiten. »Na, mein Goldzähnel«, sagt er freundlich. Er wird nie aufhören, mich so zu nennen. »Brauchst du Hilfe?«

»Nein«, sage ich zu schroff, wie ich im Nachhinein finde. Er muss ja nicht spüren, dass ich nervös bin und nicht weiß, ob und wie ich Johannas Nummer finde.

Ich gehe mit dem Telefonbuch aus dem Schreibtischzimmer und lege es in meinem Zimmer auf den Bettrand. Und beginne zu blättern.

Das Autohaus Sell hat eine doppelseitige Anzeige und für jede Autoart eine andere Durchwahl. Jahreswagen die -06, Nutzfahrzeuge die -12.

Außerdem gibt es elf private Sell-Einträge, aber keine im Paulusviertel.

Die Zentrale des Autohauses Sell hat die -0. Aber wie soll ich mich da weiterverbinden lassen, was soll ich sagen? Egal, ich muss das probieren.

Wie im Pfarrhaus steht der einbeinige Telefontisch auch im Fertighaus direkt am Eingang. Andere Familien haben das Telefon schon viel mehr in ihr Leben gelassen. Da steht es im Wohnzimmer oder im Arbeitszimmer. Bei uns hat es immer noch etwas von einer amtlichen Handlung, wenn man in den Flur geht, um zu telefonieren. Früher war das Telefon grau, jetzt ist es grün. Ich hebe ab. Das Freizeichen. Das große schlappe gelbe Telefonbuch auf dem linken Unterarm. Den Hörer zwischen Ohr und linke Schulter geklemmt und das erste Glied des rechten Zeigefingers im Loch der Wählscheibe, das über der schwarzen Null.

Jetzt merke ich es: Ja, ich bin verliebt. Das fühlt sich zunächst eher wie eine Bedrohung an, die schnelles Handeln erfordert. Meinen Eltern will ich nichts erklären müssen, mein Vater ist keine Gefahr, er sitzt, schwerhörig vor lauter Planung, in seinem Zimmer. Meine Mutter aber schließt in diesem Moment die Haustür auf und sieht mich mit Telefonbuch und eingeklemmtem Hörer. Mein Schreck darüber ist so groß, dass ich das Buch fallen lasse und mich schnell danach bücke und dabei das grüne Telefon vom Tisch ziehe, weil der Hörer noch an meiner Backe klebt.

Meine Mutter erschrickt über das Scheppern. Dann fragt sie: »Hat Papa gesagt, du sollst da anrufen?«

»Was?«, frage ich und verstehe Sekunden später: Das Telefonbuch ist beim Absturz auf der Doppelseite des Autohauses Sell aufgeschlagen liegen geblieben. Mein Vater ist pedantisch mit der professionellen und zeitkorrekten Instandhaltung unserer Autos. Sein Volvo hat keine Inspektion verpasst, seit Anbeginn. Der Golf meiner Mutter hingegen schon. Sie vergisst es, ihr Auto rechtzeitig anzumelden oder überhaupt zur Wartung abzugeben. Das ist zu einem immer gleichen Streit zwischen meinen Eltern geworden. Meine Mutter spricht von Lappalie, mein Vater von Missachtung deutschen Wirtschaftsguts.

»Lass das mal jetzt«, sagt sie, »ich ruf da nachher schon selbst an.« Es ist ein absurder Gedanke, den meine Mutter da denkt. Dass ich, ein Junge von achtzehn Jahren und noch ohne Führerschein, im Auftrag meines Vaters für den Wagen meiner Mutter die Fünfundvierzigtausenderdurchsicht terminlich fix mache. Aber meine Mutter denkt das und geht nach hinten, und ich höre Geräusche von Händewaschen.

Ich hebe das Telefon wieder auf und hinterlasse es so, wie ich es vorgefunden habe. Das Telefonbuch nehme ich mit in mein Zimmer. Ich sitze wieder auf dem Bettrand und denke an Johanna.

Und ab jetzt fühlt es sich sehr schön an, verliebt zu sein. Mein Zimmer ist immer noch ein Kinderzimmer. Die Möbel sind zu klein für einen jungen Erwachsenen, Abenteuerliteratur für Dreizehnjährige steht noch in den Regalen, und eine Reihe alter Schulhefte steht Spalier. Aber das wird mir nun zum Vorteil: Als ich jetzt am Bettrand sitze und nicht weiterweiß, sehe ich den hellblauen DIN-A5-Ordner. Darin habe ich alles abgeheftet, was uns Pfarrer Schweckendiek in dem Jahr Konfirmandenunterricht an Unterlagen gegeben hat. Und ganz vorne ist, wie ich mich nun erinnere, eine Liste aller Konfirmanden.

Claudius Sell steht auch auf dieser Liste. Und als meine Eltern am Abend vor dem Fernseher sitzen, gehe ich unbemerkt zum Telefon.

»Ja, hallo?«, fragt eine Stimme.

»Ja, hallo, hier ist Matthias Matschke.«

»Guten Abend, Herr Matschke«, sagt die Stimme am anderen Ende, und ich erkenne Frau Hannemann. Die Frau, die fragte, ob wir etwas bräuchten.

»Ich wollte gerne mit Johanna sprechen.«

»Ich weiß gar nicht, ob Johanna da ist. Moment, ich schaue nach. Wollen Sie warten?«, fragt Frau Hannemann.

»Äh, ja«, sage ich.

Der Hörer wird abgelegt, und Schritte entfernen sich. Ich warte. Die Zeit wird langsam. Aber dann merke ich etwas. Ein Atmen? Ich versuche meinen Atem anzuhalten, damit ich hören kann, was da ist.

»Hallo?«, frage ich in die dunkle Leitung.

»Sie ist nicht da«, sagt dann eine Stimme. Aber es ist nicht Frau Hannemann.

»Claudius?«

»Sie ist nicht da.« Und dann ist da das Geräusch, wenn Plastik auf eine Steinplatte trifft, und dann nichts mehr. Plötzlich, ohne ein Geräusch davor, höre ich Frau Hannemanns Stimme. »Hallo, Herr Matschke? Johanna kann gerade nicht ans Telefon kommen, wird sich aber bei Ihnen melden. Claudius hat ja Ihre Nummer. Ich wünsche Ihnen einen schönen Abend.« Und sie legt auf.

Ich höre noch eine Weile in die tote Leitung hinein, dann gebe ich auf. Ich gehe in mein Zimmer und setze mich wieder neben das Telefonbuch.

So fühlt sich Gegenwart an, denke ich.

Am nächsten Morgen fahre ich mit dem Bus, denn mein Vater kränkelt noch.

Meinen Freunden in der Schule erzähle ich nichts. Was sollte ich auch sagen? Dass es da ein Mädchen gibt, das aber viel älter ist als ich und dessen Familie mich gut zu kennen scheint, ich aber nichts, oder fast nichts, über dieses Mädchen weiß?

Als ich am Nachmittag wieder nach Hause komme, hat mein Vater in seiner unfassbar schönen Handschrift einen kleinen quadratischen gelben Zettel unter den Fuß des Telefontischchens geklemmt. Das ist der Ort für Nachrichten aller Art in unserer Familie. Auf dem Zettel steht: »Johanna Sell bittet um Rückruf bzgl. Abendplanung.«

Mein Vater hat sich hingelegt, um die Kränkelei zu kurieren. Meine Mutter ist noch nicht von der Arbeit zurück. Kein Golf-Diesel-Geräusch, kein Klackern des Garagenrolltors.

Es ist der richtige Moment, um Johanna zurückzurufen.

Ich wähle. Es klingelt ein Mal. Dann nichts.

»Hallo?«, frage ich. Und weil nichts kommt, sage ich noch mal: »Hallo.« Und: »Ich bin Matthias Matschke.«

Und dann ist da ihre Stimme: »Ah, hallo, entschuldige, dass du mich nicht erreicht hast! Willst du zu mir kommen?«

»Wann?«

»Jetzt.«

»Dauert aber ein bisschen, ich komme ja mit dem Bus, und der braucht eine halbe Stunde nach Darmstadt.«

»Dann bleib doch gleich hier über Nacht.«

Und als ich nicht sofort antworte, sagt sie: »Claudius ist die Woche auf Klassenfahrt.«

Ich klemme einen gelben Zettel unter den Fuß des Telefontisches, auf den ich meinen Eltern schreibe, dass ich bei einem Kumpel übernachte. Das ist nicht ungewöhnlich, sondern passiert häufig in letzter Zeit. Die meisten meiner Kumpel wohnen näher an der Schule als ich, und welcher Kumpel es genau ist, wollen meine Eltern sowieso nicht wissen.

Und als ich nun mit demselben Busfahrer in die Stadt zurückfahre, mit dem ich zuvor in mein Dorf gefahren bin, fühle ich mich komisch ertappt, obwohl dem Busfahrer offensichtlich alles egal ist. Am Böllenfalltor wechsele ich in die Straßenbahn, Richtung Stadtmitte. Jetzt sind es noch drei Stationen.

Johanna holt mich von der Haltestelle Beim alten Friedhof ab, so haben wir es vorhin am Telefon ausgemacht. Als die Straßenbahn bremst, kann ich sie sehen. Diese unglaubliche Gelassenheit. Diese schönen Beine. Die Straßenbahn hält.

Es ist das erste Mal, dass ich mit einer Frau schlafe. Und dennoch ist es merkwürdig vertraut. Vieles ist so, wie ich mir das immer ausgemalt habe, vieles auch profan und auch traurig. Und schön.

In den kommenden Wochen bin ich immer wieder bei ihr.

Sehr häufig. Ihre Eltern treffe ich nicht, außer ein Mal, als sie fein gemacht am Tor zu ihrem Haus stehen und auf das Taxi warten, um eine Opernpremiere zu besuchen. Sie grüßen freundlich, und ich grüße zurück. Ansonsten lebt Johanna in der Einliegerwohnung mit eigenem Zugang und Bad. Wie auf einer kleinen Insel mit Sicht zum Festland.

Claudius ist verschwunden. Nur Frau Hannemann klopft ab und an und fragt, was wir brauchen. Geschickt, immer nur im passenden Moment.

Wir reden viel. Über alles. Über Kunst und Musik und über das, was wirklich lustig ist und was nicht. Johanna hat alle Marx-Brothers-Filme gesehen und auf VHS-Kassette. Ebenso Buster Keaton.

»Viel mehr musst du nicht über Komik wissen«, sagt sie, als hätte ich gefragt, wie man viel über Komik rauskriegen kann. Und: »Ich glaube, du solltest was mit Komik machen.«

Ich bleibe stumm. Ich habe noch nie mit ihr über meine Pläne nach dem Abitur geredet, denn ich habe keine.

Ich fühle mich ihr in diesem Moment wirklich nah. So nah. Und dennoch nur wie ein Besucher. Das ist ein angenehmer Zwischenstand.

Und bei ihr erfinde ich keine Geschichten. Alles ist so, wie es ist.

Wie Johanna wirklich lebt, weiß ich nicht.

Manchmal geht sie zum Üben mit einer Band und zu einem privaten Gesangsunterricht. Was sie sonst macht, wie sie sonst in der Welt ist, weiß ich nicht. Gerne würde ich sie meinen Freunden präsentieren. Und Johanna sagt: »Ja, wenn es sich ergibt.« Aber es ergibt sich nicht.

Einmal sagt sie auch, dass sie sich nicht festlegen will, und ich sage, dass mir das genauso geht. Aber das ist nicht die

Wahrheit. Ich glaube, ich will sie für immer, will sagen können: Das ist die, die ich ganz will.

Aber da ist die Sorge, dass ich sie verlieren könnte, wenn ich ihr das sage. Und deshalb tue ich so, als sei mir das egal und ich gelassen.

SCHLOSS LICHTENBERG

Und dann, an einem Nachmittag im November, komme ich von der Schule zurück, und unter dem Telefontischfuß klemmt ein Zettel in der Handschrift meines Vaters mit Johannas Nummer und darunter der Satz: »Bitte Rückruf Johanna Sell.«

Ich lasse den Zettel dort und gehe schnell, um mir die Hände zu waschen und Johanna danach in Ruhe anzurufen. Aber als ich die Hände unter dem Wasserstrahl habe, höre ich das Läuten des Telefons und die Schritte meiner Mutter. Und dann: »JabitteMatschke.«

Und dann nach einer Pause, ruft sie mit gewohnter Steifheit beim Umgang mit dem Außen: »Matthias, für dich!«

Sie steht mit dem Hörer in der Hand und überreicht ihn mir persönlich, als handele es sich dabei um ein Einschreiben mit Empfangsbestätigung.

Ich nehme den Hörer und warte, bis meine Mutter wieder die Wohnzimmertür hinter sich geschlossen hat.

Nach meinem »Hallo« sagt Johanna, heute sei Jour fixe, und da möchte sie mit mir hingehen. Dass ich mit der Antwort zögere, zeigt ihr, dass ich nicht weiß, was das ist, und sie erklärt, dass es sich um ein regelmäßiges Treffen von Künstlern handele, die meisten aus Darmstadt. Den Gastgeber Wolfram Küfer kenne sie über ihre Eltern. Ein Maler, bei dessen Vernissage sie auch einmal gesungen habe.

»Und wo ist das?«, frage ich.

»Auf Schloss Lichtenberg.«

»Schloss Lichtenberg? Das ist zehn Minuten von da, wo ich wohne.«

»Ich weiß. Ich hole dich nachher um halb neun mit meinem Auto ab«, sagt Johanna.

»Du hast ein Auto?«

»Ja. Einen Volkswagen.«

Sie legt auf, und ich begreife die Ironie erst später. Und ich ärgere mich, und beim Abendessen streite ich mich mit meinem Vater.

Und später um halb neun kommt sie wirklich zu mir. Sie hupt ein Mal, stellt den Motor nicht ab, als sie im Oldtimer-Käfer auf mich wartet. So, als hätte sie es eilig.

Ich klopfe an der Tür zum Arbeitszimmer meines Vaters, warte nicht auf Antwort und stecke den Kopf ins Zimmer. »Tschüss, und ich brauche den Schlüssel«, sage ich. Während mein Vater den Ersatzhausschlüssel aus dem Schuhkarton im rechten Fach unten holt, sehe ich auf den Schreibtisch meines Vaters.

Da stehen Notizen, geschrieben in seiner unfassbar schönen Handschrift mit einem bis kurz vor knapp gespitzten Bleistift auf die Rückseite eines alten DIN-A4-Kalenderblattes, die Zahlenkolonnen schimmern durchs Papier. Jedes alte Blatt Papier mit leerer Rückseite macht er zum Raum für Notizen. Es wirkt wie eine Collage des Konstruktivismus, der gerade Thema im Kunstgrundkurs ist, denn neben den handschriftlichen Notizen sind da auch noch ein angehefteter Zeitungsausschnitt und eine Rabattmarke für den Supermarkt zwei Dörfer weiter.

Es gibt auch viele kryptische Abkürzungen: »Umstrukt. BonfinZ über Fr. Weser zmStelle soweit vorhanden. KonGrinz. Morgen«, lese ich, während er im Karton kramt.

Verstehen tue ich es nicht. Ich kann mir nicht vorstellen, dass es ihm anders geht. Und unten rechts auf dem Blatt eine von ihm gefertigte Zeichnung für eine Lampenbefestigung an seinem Schreibtisch. Noch ist er krank, dennoch trägt er nur einen Bademantel und nichts darunter. Ich habe das noch nie verstanden.

Ich denke an Johanna draußen im Wagen. Wie sollte ich ihr so einen Vater erklären oder gar präsentieren? Aber: Es ist auch ein Moment, der mir einen seltsamen Respekt einflößt. Mein Vater, der eigentlich immer friert und trotzdem unter seinem Bademantel meistens nichts weiteres Wärmendes trägt, aber eine Wärmflasche halb unter seinen Hintern geschoben hat, sodass der unbelastete Teil des Gummis prall wie ein Euter ist. So sitzt er da und erschafft einen Notizzettel für die Ewigkeit. Ebenso wichtig wie das Erschaffen ist wohl das Zerstören, denn unweit der Bücher steht ein Datenvernichter. Eine Maschine, die Papierpasta aus DIN-A4-Seiten macht, mit eigenem Abfalleimer.

»Schönes Auto! Sag der Dame das mal!«, sagt mein Vater, als er aus seinem Arbeitszimmerfenster auf die Straße sieht und mir den Schlüssel hinhält.

In meinen Ohren hört sich das irgendwie vulgär an, und ich verlasse eilig mit knappem Gruß das Haus.

Ich steige ins Auto. Johanna fährt los.

Wir sind außer Sichtweite. Johanna hält den Wagen auf

dem schmalen abschüssigen Weg. Links von uns ist die Apfelbaumwiese, wo ich vom Baum gefallen bin. Sie lässt den Wagen laufen, der Motor rasselt weiter. Sie dreht sich zu mir und sagt: »Hier ist der bessere Ort, um sich zu begrüßen.«

Wir küssen uns. Der Kuss passt nicht wirklich hierhin. Gerade deshalb schmeckt er gut.

Auf der kurzen Reise reden wir nicht, außer dass Johanna sagt: »Ich sage dir einfach nichts, dann kannst du das alles unvoreingenommen genießen. Nur so viel: Der Gastgeber heißt Wolfram Küfer, er ist fünfundvierzig Jahre alt, Künstler und Psychologe. Wir hatten mal was miteinander vor vier, fünf Jahren.«

Während ich überlege, ob mich das eifersüchtig machen sollte, rollen wir auf den Innenhof des Schlosses.

Auf der Treppe riecht es wie im Museum. Aber dennoch wird hier gelebt. Das Schloss ist innen wie ein Mietshaus. Kinderfahrräder stehen hinter der Eingangstür, und es gibt sogar einen Treppenhausputzplan zum Eintragen. Ganz oben unterm Dach steht die Tür offen, aus der leise französische Chansons und dicke Luft drängen. Dann kommt Wolfram, so solle ich ihn doch nennen, sagt er, und begrüßt mich mit Handschlag und Johanna mit Kuss und: »Hanna, meine Süße, schön, dass ihr gekommen seid, es wird lustig heute. Dimitrij ist da.«

Wolfram dreht sich um und geht vor, und Johanna dreht sich zu mir um mit einem verstohlenen Lächeln, das mir die Gedanken der Eifersucht wieder nimmt.

Die Wohnung ist groß und hat viele Zimmer.

Wir folgen ihm durch einen Gang mit schwarzen Wänden, an dem sehr viele Bilder, aber vor allem Graphiken, in weißen Rahmen hängen. Außerdem steinerne Gräten von Fischen von vor unserer Zeit.

Wolfram trägt einen dreiteiligen Anzug aus dickem Stoff, und er wirkt darin wie ein Gelehrter der Gründerzeit. Das soll wohl auch so sein. Die Haare stehen wirr und vorwiegend nach oben. Und er trägt eine Brille, die seine kleinen Augen noch kleiner macht. Wie bei Stephen King.

Nun hält er kurz an, dreht sich zu mir und sagt: »Das hier ist mein Atelier.« Rechts geht es in ein Zimmer, in dem es zwei Schreibtische gibt. Beide mit einer in sich beständigen Ordnung, aber zugestellt mit unzähligen Pinseln und Fläschchen und Schaustücken und Kleinwerkzeugen. Frei ist nur die eine Schreibfläche des einen Schreibtisches. Unter der Schreibtischlampe glänzt eine Kupferplatte in der Größe einer Schallplattenhülle und wirft einen orangebraunen Heiligenschein auf die Umgebung. Auch auf die Metallstifte und Spatel daneben, die dort wie zu einer OP bereitliegen und mit denen wohl auf die Platte geschrieben und gezeichnet wird. Das Geritzte darauf ist klein, sehr klein. So als wollte der Erschaffer eins zu eins auf Mikrofilm ritzen. Winzige Textzeilen stehen neben Zeichnungen von Tieren und Menschenleibern. Das alles wirkt wie die in ein Quadrat gestauchte Seite eines Folianten, über den sich Tag für Tag ein mittelalterlicher Mönch beugt.

Es gibt aber auch eine Staffelei, die eine alte Holzplatte trägt. Sie sieht aus, als wäre darauf ein paarmal ein Feuerwerkskörper explodiert, aber außer den Schmauchspuren hätte sie keinen Schaden genommen. Es gibt zwei Wände mit Fenstern, die in den Odenwald schauen lassen. Jetzt ist da draußen aber alles dunkel, außer ein paar dumpf glimmenden Lichtern.

Es gibt eine Wand mit Büchern, die wohl so alt wie das Schloss sind. Und rechts neben dem Eingang bis in die Zimmerecke noch eine hüfthohe Bank, auf der kleine Dinge zum

Kunstmachen und Betrachten stehen. Ganz hinten in der Ecke liegt ein Totenschädel. Er muss echt sein. Alle Zähne stecken noch darin, außer dem einen vorderen Schneidezahn, der ist schräg abgeschlagen. Wie ein stummer Wächter hält er Wache über das Atelier. Und diagonal in der Ecke gegenüber gibt es ein einbeiniges Tischchen mit einem Telefon, wie bei meinen Eltern.

»Ich zeige euch nachher alles genauer. Lasst uns erst einmal zu den anderen gehen«, sagt Wolfram.

Das Zimmer mit den anderen ist sicher zu klein, um eine größere Gruppe Menschen aufzunehmen. Mit uns Neuankömmlingen zähle ich elf Leute. Es ist ein Kaminzimmer mit einer längeren Fensterfront. Der Kamin funktioniert nicht mehr. Im schwarzen Viereck hängt an zwei Fäden eine afrikanische Maske, die einen zu Tode erschrockenen Ausdruck zeigt. Auch diese Wände sind mit vielen Bildern behängt. Auch wenn der Kamin nicht mehr wärmt, sondern die Zentralheizung unter den Fenstern, regelt er weiter, wie man in diesem Raum beisammensitzt. Ein kniehoher kleiner Tisch steht davor. An einer Seite des Tisches sitzen zwei Frauen mittleren Alters auf einem kurzen Sofa, und im rechten Winkel daneben mit direktem Blick auf den toten Kamin steht ein thronartiger Stuhl, auf dem Wolfram schon wieder Platz genommen hat. Johanna setzt sich auf den gemauerten Absatz vor dem Kamin, und ich setze mich auf ein danebenstehendes golden bemaltes Fußbänkchen, die Fratzenmaske im Rücken und die Tischkante auf Augenhöhe. Mehr Platz ist nicht.

»Das sind Johanna und Matthias. Sie sind zum ersten Mal gemeinsam beim Jour fixe. Johanna kennt ihr ja schon, und sie hat gesagt, sie bringt uns einen Schauspieler mit.«

So hat mich Johanna hier angekündigt? Ich traue mich

nicht, sie im Moment anzuschauen. Sicher müssten wir beide lachen.

Aber bestimmt lachen wir später zu zweit im Bett.

Ich weiß noch nicht, was ich jemals sein will, aber so sehe ich mich am wenigsten, als Schauspieler.

Es gibt einen mächtigen hölzernen Stuhl, der aussieht wie aus einem Sandalenfilm. Gemacht für einen Imperator. Ob er wirklich einmal Filmrequisit oder mehr war, ist nicht auszumachen. Aber der Mann, der darauf sitzt, hat den strengen Blick eines Befehlshabers.

»Das ist Dimitrij«, sagt Wolfram über den bärtigen Mann im Römerstuhl, »er lehrt Musikpädagogik an der Akademie für Tonkunst in Darmstadt, aber vor allem ist er Komponist.«

Dimitrij scheint während Küfers Erklärung jedes Wort einzeln zu prüfen und macht dann ein Gesicht in unsere Richtung, das wohl heißen soll, dass seine eigentliche Bedeutung nur an den äußersten Eckpunkten gestreift wurde. Schräg hinter ihm sitzt eine Frau, so als wolle sie ihm bei Bedarf etwas einflüstern, wie eine Übersetzerin beim Treffen zweier Staatschefs. Aber sie sagt nichts und schaut mich mit freundlichen Augen an.

»Brigitte ist Dimitrijs bessere Hälfte, und sie und ich haben eine gemeinsame psychologische Praxis«, erklärt der Gastgeber.

Hinter den Frauen auf dem kurzen Sofa sitzt ein Mann auf einem Stuhl direkt vor der Wand und lächelt freundlich, als er als Dirk und Leiter vom Darmstädter Jazzsommer vorgestellt wird.

»Johanna hat ja schon bei unserem Festival gesungen«, ruft Dirk mir zu über die Damen auf dem Sofa hinweg und lächelt. Das wird sein einziger Redebeitrag für den Abend sein.

Ansonsten isst er sehr langsam Salzstangen aus einer roten Tüte und trinkt Weißwein. Die Sofadamen stellen sich selbst vor: »Ich bin die Simone Knie vom Juwelier Knie am Luisenplatz. Wir haben schon so viele Werke von Herrn Küfer gekauft. Mein Mann steht immer wieder mit der Lupe vor den Graphiken und entdeckt Details.«

»Und ich habe nix mit Kunst zu tun, aber ich bin die beste Freundin«, sagt die Frau, die neben Simone Knie sitzt und sich leicht an sie anschmiegt. Beide lachen zur Lockerung.

Es fühlt sich peinlich an, dass mir diese ganzen Erwachsenen vorgestellt werden. Unangemessen. Aber ich habe Johanna neben mir, die mir das Gefühl gibt, als sei das normal. Gleichheit für alle. Ich fühle mich ihr sehr nahe.

»Da hinten stehen Yves und Bernadette.« Die beiden sehen nicht einmal auf, als Wolfram hinter sich deutet und ihre Namen nennt. Sie stehen am Fenster und besprechen im Flüsterton offenbar ihre Beziehung.

»Und das ist Wolfgang Brauer. Malerkollege.«

Wolfgang Brauer ist der bekannteste unter den Teilnehmern. Selbst ich kenne ihn. Seine Graphiken sollten im neu gebauten Justizgebäude von Darmstadt ausgestellt werden. Darauf waren sexualisierte Gewaltszenen aus der Weltliteratur zu sehen, die Marquise von O. und so. Aber in dem Gebäude sollen auch Sexualdelikte verhandelt werden. Als die Stadt sich als Auftraggeberin gegen die Graphiken wehrte, hat Brauer die Bilder einem Schützenverein als Zielscheiben zur Verfügung gestellt. So stand es im *Darmstädter Echo*, wo ich es an einem Morgen gelesen habe, mit einem Foto von Brauer daneben.

Brauer sitzt, seitdem wir hereingekommen sind, auf einem Stuhl neben Küfers Thron. Den Kopf gesenkt, die Hände zwischen den Knien mit den Fingerspitzen nach unten aneinandergelegt.

Die Nennung seines Namens muss für ihn wie ein Stichwort gewesen sein, um eine schwelende Diskussion wieder aufzunehmen. Denn nun hebt er den Kopf und sagt laut genug über die leise Chansonmusik hinweg: »Ja, jedenfalls, ich lese die *Bild*-Zeitung, Dimitrij. Es macht mir keinen Spaß, aber ich lese sie. Von vorne bis hinten. Natürlich steht da nur Rotz und Dreck drin, aber man muss wissen, was die den Leuten da als reinen Wein einschenken.«

»Dieser Wein ist niemals rein!«, sagt Dimitrij mit großer Inbrunst.

Ich frage mich, ob ihm sein Reim aufgefallen ist. »Dieser Wein ist niemals rein«, murmele ich und schaue auf das gefüllte Weinglas, das mir Johanna gerade gegeben hat, und halte es gegen das Kerzenlicht. Johanna hat es gehört und lacht leise. Vielleicht habe ich es auch lauter gesagt als gedacht, denn auch andere schauen freundlich zu mir, als hätte ich etwas Geistreiches gesagt.

Dimitrij muss unseren ungewollten Spott mitbekommen haben.

»Die machen aus den Arbeitern geistige Sklaven und aus uns Künstlern Prostituierte!«, sagt er mit strafendem Blick auf Johanna.

»Ach, na ja, Dimitrij, wir Künstler waren schon immer Nutten, und die meisten deiner Arbeiter kaufen sich doch die *Bild*-Zeitung, damit sie sich auf der Werkstoilette auf das Seite-drei-Mädchen einen runterholen können«, sagt Brauer.

Der ganze Raum hat sich angespannt, auch die Chansonmusik scheint leiser zu sein, um zuzuhören, wie es nun weitergeht, und auch die Pariser schauen auf Dimitrij.

»Sie reden von Sex, ich rede von Macht, Herr Brauer!«

»Na ja, Dimitrij«, sagt Brauer, »wo ist da der Unterschied? Unser Trieb ist unser Diktator. So ist das halt, stimmt's, Wolfram?«

Wolfram scheint es nicht zu stören, in diesen Streit hineingezogen zu werden. »Wolfgang, wenn ich mir so deine Kunst angucke, frage ich mich, was die Arbeiter mit deinen Bildern machen würden?« Er lächelt, und die beiden Damen auf dem Sofa probieren das auch, in der Hoffnung auf Entspannung der Situation.

Brauer lächelt auch, als sei ihm Anerkennung widerfahren. Yves und Bernadette murmeln wieder in inniger Konzentration.

Aber Dimitrij erhebt sich und sagt über die linke Schulter zu Brigitte: »We go«, und geht Richtung Tür.

»Och nee«, sagt Brigitte, als spräche sie über die Eskapaden eines Haustiers, und steht auch auf, um Dimitrij einzufangen.

Aber Wolfram ist schneller: »Dimitrij, wusstest du, dass auf der Fußbank, auf der Matthias jetzt sitzt, schon Benjamin Britten gesessen hat?«

Wahrscheinlich sieht mich Dimitrij an diesem Abend zum ersten Mal bewusst. Als jemanden, der auf einer Reliquie Platz genommen hat. Er steht an der Tür und starrt zwischen meine Beine mit Wut, die nicht weiß, ob sie ausbrechen oder zerfallen soll.

»Das kam so«, sagt Wolfram. »Britten ist zur ersten deutschen Aufführung seines *Young Person's Guide to the Orchestra* nach Darmstadt angereist und besucht das *Café Bormuth*, wo er in einer der lachsfarbenen Sitzgruppen Platz nimmt.

Und da ist ein Mann, der ihn erkennt.

›Ich bin Klaus Rippert‹, sagt der Mann. Er ist begeisterter

Musikliebhaber. Er stellt sich als Bewunderer vor, und die beiden kommen ins Gespräch.

Rippert besitzt damals diese Wohnung und lebt mit seiner Mutter und seinem Sekretär hier im Schloss. Seine Mutter ist mit nichts mehr als einem Rezept für Apfelschnapsbonbons aus Pommern nach Darmstadt gekommen. Als verwitwete Geschäftsfrau. Ihr Alfons war ein Nazi der ersten Stunde und hat sich Anfang fünfundvierzig selbst aus dem Leben entfernt. Sie kommt mit dem sechzehnjährigen Klaus in den Westen und beschwatzt einen amerikanischen General so lange, bis er ihr die Produktion von Bonbons in einer halb zerbombten Brauerei gewährt. Sie versorgt zunächst die U. S. Army mit den Apfelschnapsbonbons, dann Hessen, dann Deutschland und macht kurz nach der Stunde null in kurzer Zeit ein beachtliches Vermögen. Ihrem Sohn Klaus erlaubt sie alles, unter der Bedingung, dass er niemals arbeiten wird, sondern sich ausschließlich um die schönen Dinge und um Kunst kümmert und von dem gut angelegten Vermögen lebt. Es ist ihre Art, sich an Alfons und seinen Nazikumpanen posthum zu rächen. Klaus nimmt seine Mutter beim Wort, studiert in Florenz, Oslo und Paris und lebt danach wie besprochen und sammelt etwas Kunst. Unter anderem dieses italienische Renaissance-Fußbänkchen, ein Original, denn ohne die italienische Renaissance kommt man in der Kunst nicht weit, nicht wahr, Wolfgang?«

Küfer schaut zu Brauer, und der nickt, als wäre das auch seine Meinung.

»Das alles erzählt Rippert dem staunenden Britten. Der ist von Rippert und seiner Geschichte begeistert und bietet ihm spontan eine Karte für die Aufführung seines Werkes an. Rippert lehnt dankend ab, er habe schon eine Karte, aber er lädt Britten für danach in das Schloss ein. Sein Refugium, wie er es nennt.«

Dimitrij schaut Küfer an. Alle schauen Küfer an. Dimitrij weiß nicht, ob er jetzt noch an seinem Entschluss, entrüstet zu gehen, festhalten kann.

Dann fragt er: »Und?«

»Und dann fahren die beiden nach dem Konzert am späten Abend auf das Schloss. Rippert parkt den Mercedes im Innenhof, da, wo du jetzt parkst, Johanna. Ein junger Mann greift Brittens Gepäck aus dem Kofferraum und öffnet ihm die Beifahrertür. Es ist der Sekretär. Als sie in der Wohnung ankommen, sitzt die Mutter hier im Kaminzimmer. Der Kamin funktioniert noch, und Britten sieht die alte Frau zum ersten Mal im Feuerschein, unter dicken Decken. Das alte Gemäuer ist immer kalt, auch im Hochsommer. Natürlich ist das Zimmer, die ganze Wohnung noch anders möbliert, aber die goldene Fußbank gibt es eben schon, und sie passt zum Rest der Möbel. ›Ein Abklatsch dessen, was wir in Pommern hatten‹, sagt die Frau am Feuer. Britten hat seine Schwierigkeiten mit dem Wort ›Abklatsch‹, aber er versteht das Drumherum.

An diesem Abend erzählt Frau Rippert von ihrem Leben und davon, welche Rolle Klaus darin spielt und dass sie sich nichts aus Bonbons mache, aber darum gehe es nicht im Leben, sondern man müsse den Leuten geben, was die Leute haben wollen, und man selbst müsse sich freischwimmen. Ja, freischwimmen, verstehen Sie, Herr Engländer? Britten versteht, was ihm vermittelt werden soll. Dabei sitzt er auf dem Fußbänkchen, das man ihm empfohlen hat. Dort, dicht bei dem Feuer, fröstelt man am wenigsten. Britten kauert sich auf den Schemel.

Niemand außer Klaus Rippert weiß um die Berühmtheit des Komponisten. Die Mutter nicht und auch nicht der Mann, der wohl sowohl der Sekretär als auch der Geliebte ist von Klaus.

Es gehe darum, sagt Frau Rippert noch einmal, dass man den Leuten da draußen gebe, was sie wollen. Geschichten und Süßigkeiten. Es gehe aber stets auch darum, das Innere zu bewahren, ja vielmehr zu erschaffen. Das haben wir vom Leben verdient, wenn es schon so kurz sei und sich benehme wie ein gefühlloser Arbeitgeber.

Die Nacht wird lang, man redet viel und hört sich zu, und man bittet den Gast, über Nacht zu bleiben. Der stimmt gerne zu, denn er ist fasziniert und müde zugleich.

Der Sekretär hat ein Bett für Britten gemacht, in einem Zimmer, das durch eine Umstrukturierung bei der Renovierung in den Siebzigern nicht mehr Teil der Wohnung ist.«

Dabei deutet Wolfram in die Länge des Gangs vor dem Kaminzimmer.

»Am nächsten Morgen, als Britten aufwacht, findet er einen Zettel, der nachts unter seiner Tür hindurchgeschoben wurde. Rippert entschuldigt sich, dass er nicht da sei. Er müsse in Straßburg kurzfristig als Kurator für eine Ausstellung einspringen und habe seine Mutter mitgenommen. Aber er, Britten, solle bitte bleiben, solange er wolle. Sein Sekretär sei vor Ort, in einer kleinen Wohnung einen Stock tiefer, und über das Haustelefon unter der 02 zu erreichen und könne Britten alle Bitten erfüllen. Britten bleibt für einige Tage hier und bekommt vom Sekretär Essen serviert. Wie lange er wirklich geblieben ist, ist nicht mehr zu ermitteln, aber er beginnt jedenfalls hier seine Arbeit an den *Sechs Hölderlin-Fragmenten.*«

»Und Rippert und seine Mutter?«, fragt Johanna. Alle Köpfe wenden sich zu ihr und dann zurück zu Küfer.

»Klaus und seine Mutter kommen nie mehr hierher zurück. Sie verunglücken mit ihrem Mercedes im Saarland bei der Rückkehr aus Frankreich. Und deine *Bild*-Zeitung, lieber Wolfgang, hat ihre Schlagzeile: ›Schnapsbonbonkönigin – Tot am Brückenpfeiler‹.

Und wir haben einen wunderbaren Ort für die Kunst und unseren Jour fixe. Der Sekretär hat alles geerbt und mitgenommen. Außer dem Fußbänkchen.«

Küfer deutet zwischen meine Beine. Jetzt schauen alle auf mich, als sei ich Teil der Geschichte.

Dann sagt Brigitte, die immer noch neben Dimitrij steht: »Gut, jetzt hat Wolfram monologisiert, und Dimitrij und Wolfgang haben gegockelt, und um die Tradition zu vervollständigen, gibt es in der Küche meine Jour-fixe-Quiche-Lorraine. Wer kommt mit?«

Alle erheben sich, um in die Küche zu gehen, wie Kinder, die aus dem Klassenraum in die große Pause strömen. Auch ich stehe auf, komme aber ins Wanken, wobei ich nicht weiß, ob das von meinen eingeschlafenen Beinen kommt oder vom zu schnell getrunkenen Wein.

Wolfram bleibt noch einen Augenblick sitzen und beobachtet mich.

Ich setze mich wieder, als hätte ich das vorgehabt, und beobachte zurück.

Mein Nacken verspannt sich wie damals, als ich Commodore 64 spielen wollte. Vielleicht merkt Wolfram, wie sehr ich daran zweifle, dass Britten jemals die Fußbank gesehen hat, von der ich gerade hochgewankt bin. Und er bezweifelt mich als Schauspieler.

Ich stecke die Zungenspitze hinter die unteren Schneidezähne und drücke dabei die Zunge nach vorne, sodass sie aussieht wie ein geblähtes Segel. Das könnte eine Lockerungsübung für die schauspielerischen Sprechwerkzeuge sein oder die Begrüßungsgeste der Maori, wenn Staatsoberhäupter empfangen werden. Beides habe ich im Fernsehen gesehen.

Küfer zuckt dezent und nippt an seinem Glas, als er das sieht. Wir beide schielen sekundenkurz nach Johanna.

Sie unterhält sich mit der Juweliersgattin, die ihr sagt, dass sie ihre Eltern schön grüßen soll.

Ich löse mich aus Küfers Blick und gehe allein in die Küche. Ich möchte nicht, dass alle denken, dass ich nur Johannas Anhang bin.

Die Küche ist riesig. Viel größer als das Kaminzimmer. Warum haben wir uns nicht hierhin gesetzt?

Brigitte sieht wohl meinen fragenden Blick: »Das hier war die Gesindeküche. Und das Kaminzimmer gehört zur Kastellanswohnung. Möchtest du Quiche?«

»Ja, gerne«, sage ich, »aber ist da Fleisch drin?«

»Du bist Vegetarier. Warum sind so viele von euch Schauspielern Vegetarier?«

Ich kenne keine Schauspieler außer meinem Onkel, und der war kein Vegetarier.

»Na, wahrscheinlich weil man nicht isst, was man auch verkörpern könnte«, antworte ich.

Ich finde meinen Satz nicht gelungen, aber die Freundin der Juweliersfrau hat halb zugehört, kommt näher und sagt nun: »Stimmt! Im *Sommernachtstraum* muss man ja auch Tiere spielen!«

Und Brigitte fragt: »Kriegst du denn da genügend Nährstoffe ab, so ganz ohne Fleisch?«

Die Freundin der Juwelierin sagt: »Spielst du im Staatstheater Darmstadt? Meine Eltern haben dort seit den Sechzigern ein Premierenabo.«

Und Brigitte sagt: »Hier in dieser Küche gab es nur zu Hochfesten Fleisch. Und das, obwohl die Mägde und Knechte so viel arbeiten mussten.« Sie blickt vorwurfsvoll: »Da ist ganz wenig Speck drin. Aber den musst du dir dann rauspulen. Was sagst du zum Osten?«

Ich möchte nicht sagen, dass ich kein Schauspieler bin, aber ich bin Vegetarier.

Ich halte den Teller, den sie mir gerade gegeben hat, in der linken Hand und eine Gabel in der rechten, so als wollte ich gleich beginnen, müsste aber erst antworten, was ich über den Osten denke. Aber ich denke nichts über den Osten. Seitdem Johanna in meinem Leben ist, denke ich nicht mehr an die Außenwelt. Ich versuche es mit Halbwissen: »Der Osten, na ja, das hängt jetzt alles von Gorbatschow ab. Krenz ist ja nach Moskau geflogen und –«

»Krenz?«, ruft Dimitrij. »Was soll Krenz ändern? Der gehört zu dem alten Kader. Ich komme aus Bulgarien, und ich sag dir, diese Typen sind alle gleich. Die Mauer bleibt noch ewig!«

Wolfgang und Dimitrij stehen am hinteren Ende des langen Tisches, vertragen sich wieder. Der Hunger hat sie wiedervereint. Bauch an Bauch mit vollen Mündern. Wolfgang kaut und schaut lächelnd zu mir herüber, als erwarte er eine Antwort von mir auf Dimitrijs emotionalen Einwurf.

»Jetzt lasst doch den Hamlet erst mal seine Quiche essen!«

Johanna ist mit der Juwelierin in die Küche gekommen und schaut mich mit verbündender Schadenfreude an.

Und die Juwelierin sagt, wie erstaunt sie sei, wie weit sie mit ihrem Schulfranzösisch bei Yves und Bernadette gekommen sei. Sie haben im Kaminzimmer gerade so viel gelacht. Und immer wenn sie aus der Küche das Wort »Quiche« gehört haben, haben sie noch mehr gelacht.

»Es ist gut, dass ihr Bühnenleute euch auch laut macht! Der Russe ist gerade schwach. Das kann denen im Osten nur helfen«, sagt Dimitrij wie ein geweihter Priester.

»Komm, ich muss dir was zeigen«, sagt Johanna, nimmt mir Teller und Gabel aus der Hand, stellt beides auf den Tisch und zieht mich aus der Küche.

Im Flur mit den schwarzen Wänden und den ausgestorbenen Gräten kichern wir wie Kinder nach einem gelungenen Streich. Dann zieht Johanna mich in das Atelier von Wolfram und geht mit mir an der Hand an den vielen Bildern und Objekten vorbei. Dann sieht sie mich an und küsst mich, und ich küsse zurück, und das lange.

»Ach, da seid ihr«, sagt Wolfram und steht in der Tür. Noch in der Umarmung schauen wir zu ihm. Johanna und ich sind kein offizielles Paar, Wolfram und Johanna waren es wahrscheinlich auch nie.

Es ist der Moment, der offenbar auch Johanna verunsichert.

»Ich freue mich richtig, dass ihr da seid!«, sagt Wolfram, und er blickt dabei freundlich aus seiner dunkelgetönten Brille, aber seine Augen dahinter wirken so klein, dass nicht sicher ist, wie ernst er das meint.

»Der ist echt, oder?«, frage ich. Und ich deute hinter mir auf den Schädel in der Ecke.

Wolfram tritt zu uns heran, und aus uns wird eine nahe Dreiergruppe. Johanna und ich stehen Arm in Arm dicht vor Küfer.

»Ja«, sagt er, »echt und keines natürlichen Todes gestorben.« Damit drängt er sich höflich zwischen uns und der langen seitlichen Bank hindurch und dreht den Schädel mit der Rückseite zu uns. Dort ist ein fünfmarkstückgroßes Loch zu sehen.

»Das«, und dabei deutet er auf das Loch, »soll er sich als Fußsoldat für die Protestanten im Dreißigjährigen Krieg hier in der Nähe zugezogen haben und daran gestorben sein.«

»Echt?«, frage ich.

»Echt«, sagt Küfer.

»So echt wie die Brittenfußbankgeschichte?«, fragt Johanna. Dabei schaut sie lustig und traurig zugleich. Wie nur Johanna schauen kann. Das bemerken wir beide, Küfer und ich.

Dann sagt Küfer: »Jede Geschichte braucht so viel Wahrheit, wie sie vertragen kann.«

Das Telefon klingelt. In der Diagonale des Raums. Küfer schlängelt sich an Johanna und mir vorbei, geht ebenso behutsam um die Ecke des einen Schreibtisches zum Telefontisch und hebt den Hörer ab.

»Ja bitte, Küfer.«

Dann dreht er sich zu uns und sagt: »Matthias, für dich, deine Mutter.«

SAFTKUGLER

Meine schönste Zeit des Tages ist der Morgen. Als ich neunzehn bin, habe ich noch die Fähigkeit, so tief wie nur möglich zu schlafen. Bis zum totalen Selbstvergessen. Benommen stehe ich auf, lasse die Sonne langsam in mein Zimmer hinein. Der graue Plastikrollladen der Fertighausfenster wirft mit den Zwischenräumen der Lamellen eine Strichlinie auf den Teppich. Mein Fenster weist nach Westen, und dort drängelt sich das Licht am Morgen. Ich ziehe etwas weiter am Gurt des Rollladens. Ein zweiter Strich erscheint. Ein weiteres sanftes Ziehen am beigen Gurt, und der Boden wird zu einem leeren Notenblatt aus Licht und Schatten. Mit einem Ruck lasse ich die Sonne in mein Kinderzimmer schwappen. Der Staub schwebt wie ein großer Schwarm winzig kleiner Fische durch das Sonnenlicht. In der Ferne sehe ich die Veste Otzberg. Eine alte Burg, ein beliebtes Ausflugsziel meiner Eltern gemeinsam mit mir.

Ich gehe zu dem dunkelgelben Rohr unterhalb des Briefkastens draußen an der Haustür. Das *Darmstädter Echo* steckt darin und wartet auf mich, wenn ich früh genug bin. Sonst liegt es schon zerlesen auf dem unnötigen vierten Stuhl an unserem runden Esstisch.

Aber jetzt ist da keine Gefahr mehr. Sie sind weg. Ich bin allein.

»Zwei-plus-vier-Vertrag unterzeichnet« steht auf dem *Darmstädter Echo.*

Ich schlage die Zeitung auf, genieße den Duft der Druckerschwärze, trinke Filterkaffee aus der uralt Kaffeemaschine in unserer Küche, die nie gereinigt wird und wahrscheinlich deshalb so guten Kaffee macht. Es ist noch nicht so lange her, dass mir aufgefallen ist, dass mir Kaffee überhaupt schmeckt. Vor einem halben Jahr, direkt nach der Abiturprüfung, habe ich zum ersten Mal Kaffee getrunken. Ich. Ganz allein. Im *Café Chaos.*

Jetzt, hier, heute: Kaffee, Toast, Nutella. Und dann, wenn wirklich nichts mehr zu lesen da ist, auch nicht die Notizen der Stadtteile, bleibt in der Zeitung nur noch der Sport. Ich hasse Sport. Das ist der Moment des Erwachens. Neben den Meldungen zum Klassenerhalt des SV98 und dem Herbstringen in Biebesheim kommen die Gedanken zurück.

Heute habe ich frei, und das noch die ganze Woche, denn ich bin Zivildienstleistender beim »Club Behinderter und ihrer Freunde in Darmstadt und Umgebung«. Meine Aufgabe ist die individuelle Schwerstbehindertenbetreuung. Ich betreue eine Person eine Woche zwölf Stunden am Tag. Dann habe ich eine Woche frei. Das ist immer so. Ich bin allein.

Meine Mutter ist in Dieburg, und mein Vater wohnt nicht mehr bei uns. Auch wenn es so aussieht, als würde er gleich wiederkommen, ist damit nicht zu rechnen. Seine Kleider sind noch hier, der Volvo steht in der Doppelgarage, und sein Arbeitszimmer ist unberührt. Selbst der Notizzettel auf dem umgedrehten Kalenderblatt liegt noch da.

Jetzt im späten Sommer liegt das Licht lang und schräg auf

der Landschaft, und die Sonne ist den Tag über noch kräftig. Alles im Außen ist so, wie es die Jahre vorher war. Die Bauern haben das Korn geerntet, und die Mähdrescher haben dabei eine lange Fahne Staub vom ausgedroschenen Getreide hinter sich hergezogen, als sie langsam über das Feld gekrochen sind. Aber doch, vielleicht ist das Licht ein wenig schärfer als früher, denke ich jetzt, da ich vom Esstisch aus auf die Felder schaue.

Anfang Juli bin ich mit meinem Freund Oliver Junge nach Spanien und Portugal unterwegs. Mit seinem R5. Wir wollen Mädchen kennenlernen und die Freiheit feiern, aber wir sind beide ungeübt und ungeschickt und machen stattdessen Urlaub, als seien wir mit unseren Eltern unterwegs. Wir schauen Kirchen und Museen an und hören Fado für Touristen.

Vielleicht ist da aber auch nicht mehr zu wollen, denn zuvor war zu viel los. Das Abitur, die letzten Schultage und so weiter, ja. Und vor knapp einem Jahr der Vorfall. So nennt es meine Mutter.

Ich sage ihr: »Vorfall klingt wie Unfall, das war es aber nicht. Warum sprichst du nicht einfach aus, was passiert ist?«

»Ach, Matthi«, sagt sie, »das muss doch jeder selbst wissen, wie er das formuliert.«

»Mama, es geht nicht um die Formulierung, sondern dass du da so ein Mysterium draus machst!«

Sie sagt nichts mehr und weint still und geht Wäsche machen im Keller, und ich bleibe außen trotzig und schäme mich heimlich, dass ich es so weit getrieben habe.

Von Johanna habe ich seit dem Vorfall nichts mehr gehört. Wahrscheinlich ist auch das der Grund, warum ich kaum Interesse an anderen Mädchen in Spanien oder Portugal habe.

Ich bin noch immer in sie verliebt. Einseitig und hoffnungslos. Und je mehr es Herbst wird, desto weniger ist die Erinnerung an sie und ihren wachen schnörkellosen Geist real. Ihr Körper wird heilig, aber gestaltlos.

Mein Vater hat seinen Körper noch. Aber nicht viel mehr. Denn als meine Mutter bei Wolfram Küfers Jour fixe anruft, hat das, was meine Mutter den Vorfall nennt, gerade begonnen.

Ich gehe zu Küfer und zu seinem Telefontisch in die Ecke. Auf dem Weg durchs Zimmer denke ich darüber nach, wie meine Mutter an Küfers Nummer gekommen sein kann. Und es ist mir peinlich vor Küfer, der mich freundlich aus seinen kleinen Augen anschaut und mir den alten Hörer zureicht und aus dem Zimmer geht. Aber es ist mir auch vor Johanna peinlich, deren Blick ich auf meinem Rücken spüre.

»Ja, hallo?«, sage ich.

»Matthias, du musst sofort kommen. Papa hatte wahrscheinlich einen Schlaganfall.«

»Woher hast du denn die Nummer von hier?«, frage ich. Ich höre mich das sagen und denke im selben Moment, wie unwichtig diese Frage gerade ist, so als wolle ich den Satz mit dem Schlaganfall nachträglich auf später verschieben.

Meine Mutter antwortet ganz ruhig: »Die Telefonnummer deiner Freundin liegt hier, und als ich dort angerufen habe, hat Frau Hannemann mir die Nummer von Herrn Küfer gegeben.«

Und während ich sie reden höre, kommt es bei mir an: Mein Vater hatte einen Schlaganfall! Tränen schießen mir in die Augen, und ich spüre reine Angst. Ich habe mit dem Gesicht zur Wand telefoniert. Jetzt drehe ich mich um. Der Raum ist leer. Johanna muss zu den anderen gegangen sein. Ich will meiner Mutter etwas sagen, aber ich kann nicht. Das spürt sie. Sie sagt: »Er ist vor zehn Minuten mit dem Krankenwagen ins Marienhospital gebracht worden. Ich fahre jetzt mit dem Auto dahin, und wir treffen uns da, ja?«

»Ja«, sage ich. Und lege auf. Meine Mutter ist ein angstvoller Mensch. Aber jetzt scheint es, als hätte sie mir mit einem Mal alle ihre Ängste vererbt und sei nun frei davon.

Ich stehe allein in dem Zimmer mit den vielen Sachen. Den Pinseln und Büchern, den Kistchen und der löchrigen Schädeldecke. Ich höre die Stimmen der anderen. Draußen. Bei mir hier drin steht die Zeit. Als sei sie eine Person, die höflich auf mich wartet. Leicht veraltet, mit Mantel und Hut und zum Losgehen bereit, sobald ich ihr folge. Wenn ich mich jetzt bewege, dann fließt alles, und es gibt keinen Halt mehr.

Aber ich muss zu meinem Vater. Und zwar so schnell wie möglich. Ich muss Johanna suchen. Ich vermute sie bei den anderen in der Küche, aber als ich in den Flur komme, sitzt sie auf einem Stuhl am Eingang. Sie hat da auf mich gewartet, bis ich das Telefonat beendet habe. Den Autoschlüssel in der Hand. Abfahrbereit.

»Wohin?«, fragt sie.

»Äh, nach Darmstadt ins Marienhospital.« Ich dachte, ich müsste mehr sagen.

Ich zögere kurz und schaue zur Küche, weil ich denke, dass ich Küfer eine Erklärung schulde.

»Komm«, sagt sie, und ich folge ihr die Treppe hinunter.

Ich erzähle ihr nur das Nötigste, denn viel mehr weiß ich selbst auch nicht. Johanna hört sehr aufmerksam zu und nickt ein paarmal. Dann sind wir stumm.

Der Weg ist nicht weit und scheint dennoch ewig. Alles, was sich jetzt in den beiden Lichtkegeln der Frontscheinwerfer zeigt, brennt sich mir tief in eine besondere Erinnerung. Die Sträucher an der Straße, die Bäume. Der Jägerhochsitz.

Es ist, als hätte das Auto Mühe, sich seinen Weg zu bahnen. Der Motor rasselt lauter denn je, die Räder wollen sich in den Kurven verkeilen. »In so einen Käfer kann man auch einen Porschemotor einbauen. Technisch geht das, dann hat der richtig Wumms«, höre ich die Stimme meines Vaters sagen.

Es ist, als müsse der Käfer den Weg vor sich herschieben. Ich denke an den Lehrfilm, den Herr Lösch uns kurz vor den Hormonen im Biologieunterricht zeigt.

»Matthias, hol bitte den Film, der auf dem Rollwagen liegt«, sagt er. Ich gehe in die Biosammlung und lese auf der Filmdose »Der Saftkugler *(Rhopalomeris cf. carnifex)*«. Ich gehe zurück zum bereitstehenden Projektor am hinteren Ende des Saales und spanne mit Routine den Film zwischen die Umlenkrollen. Herr Lösch hat seinen großen rasselnden Schlüsselbund genommen und davon einen Patentschlüssel in den grauen handgroßen Kasten neben der Eingangstür gesteckt. Mit einer Vierteldrehung nach rechts bewegt er die blickdichten Jalousien im Biosaal, und alles wird dunkel. Das lässt die Klasse verstummen. Da ist ein Moment der Ungewissheit, sekundenkurz, was nun kommen mag, obwohl alle sich denken können, wie es weitergeht. Aber was, wenn die Dunkelheit ewig ist? Keiner glaubt wirklich daran, aber was, wenn die Realität abbiegt? »Wir können uns dem Werden und Vergehen, dem Entstehen und Verlieren nicht entziehen«, höre ich Herrn Zitelmanns Stimme sagen.

Und in die Finsternis spricht Herr Lösch: »Okay, Matthias.«

Und ich schalte den Vorwahlschalter auf Römisch eins. Die

Kohlelampe geht in die Vorglühphase, und durch die Ritzen des Projektorgehäuses kommen erste Lichtstrahlen und ein unmerkliches Aufatmen in den Raum zurück. In der Anleitung, die ich hinten in der Biosammlung im Ordner »Bedienungsanleitungen« abgeheftet habe, steht, dass diese Phase des Aufwärmens mit dem Wahlschalter auf Position Römisch eins ungefähr drei Minuten betragen soll. Aber nach meinen Erfahrungen ist der Projektor bereits nach vierzig Sekunden auf Betriebstemperatur. Herr Lösch hat die beiden Tafelflügel am anderen Ende des Saals nach rechts und links geklappt. Dahinter ist die weiße Wand, die, mit einem sanften Glitzerlack gestrichen, als Projektionsfläche dient. Ich ziehe den Deckel vom Projektionsobjektiv, und ein dunkelgraues Viereck mit schwachem kantigem Heiligenschein erscheint. Ich schiebe den Filmstreifen langsam weiter. Bis zum ersten Standbild: ein weißer schmaler Kreis und darin die Buchstaben FWU, alles auf dunkelblauem Grund. Als ich den Wahlschalter auf Römisch zwei stelle, beginnt das Bild zu vibrieren. Der Projektor rattert, und erste kleine schwarze Kratzer tanzen neben dem Emblem. Abblende, kurz ist noch einmal alles dunkel, Aufblende, der Titel erscheint in der Bildmitte: »Der Saftkugler«. Ein höhnisches Raunen streicht durch den dunklen Saal. Herr Lösch hat zu Beginn nicht gesagt, worum es heute geht, sondern nur: »Heute schauen wir einen Film.«

Der Film ist zwar in Farbe, aber ohne Ton und schon sehr alt. Als ich meinen Eltern am Abend vom Saftkugler im Biounterricht erzähle, lacht mein Vater laut auf.

»Natürlich«, sagt er, »der Saftkugler! Den Film haben wir auch im Abendgymnasium gesehen! Sehr lustig! Aber was soll man daraus lernen?«

Das weiß ich auch nicht: Man sieht die Untergattung eines

Tausendfüßlers, wie er mit aller Kraft versucht, einen Ball aus Staub, Kot und Allerlei vor sich herzuschieben. Er hat sich auf einige Paare seiner Beine gestellt, und sein Insektenkörper aus überlappenden kleinen Panzern aus Chitin stemmt sich gegen den Ball aus Dreck. Mal geht es beschwerlich wie bergan bei Sisyphos, und mal entgleitet ihm das Knäuel wie einer tapsigen Katze. Zu allem Überfluss versucht er, das Gewöll in ein viel zu enges Versteck zu ziehen. Das Gegröle im Biosaal ist jetzt wie im Bierzelt. Aber es gibt auch die, vor allem die Mädchen, die es als Überheblichkeit empfinden, wie sich die anderen an der Tumbheit des Käfers ergötzen.

Die Projektion zwischen den Tafelhälften wirft auch Licht auf Herrn Lösch zurück. Wie ein ungerührter Wissenschaftler beobachtet er die Reaktionen der Zuschauer. Er schaut über die juchzenden Siebtklässler, als seien sie der Gegenstand der Betrachtung.

Dieser eine Saftkugler ist sicher schon tot. Und er hat nie etwas gewusst von der Arroganz der Gaffer. Er treibt die Kugel ins Loch. Aber was soll man daraus lernen?

Ich bin unaufmerksam, und das Ende des Filmstreifens rattert mit einem Mal um die obere Filmrolle. Es wird dunkel, und der Projektor rattert.

»Wir sind da«, sagt Johanna. Wir stehen vor der Schranke zum Gelände des Marienhospitals. Den letzten Teil der Fahrt habe ich nicht wahrgenommen. Jetzt öffne ich die Beifahrertür, steige aus und strecke das Gesicht zurück in den Käfer, die Hände auf Tür und Autodach. Um uns herum ist es dunkel, und hier im Auto fällt das fahle Licht der Innenbeleuchtung auf unsere Gesichter.

»Ich werde nicht mit reinkommen«, sagt sie, »alles Gute.«

Es fühlt sich an, als ob es das letzte Mal sein könnte, dass Johanna und ich uns so lange in die Augen sehen.

Als ich kurz vor dem Eingang der Notaufnahme bin, drehe ich mich um und sehe, wie der Käfer mit laufendem Motor noch vor der Schranke steht.

Jetzt setzt er zurück.

Als meine Mutter bei Küfer im Schloss angerufen hat, war es halb zwei. Nun ist es zehn vor halb drei. Das zeigt die Digitaluhr mit blinkendem Doppelpunkt zwischen Stunden und Minuten und darunter das Datum: 10. November 1989.

Die beiden Hälften der Glastür rutschen nach außen weg, und ich laufe auf die Anmeldung zu. Ein Glaskäfig mit einem Loch zum Sprechen. Der Drehstuhl dahinter ist zur Seite gedreht, so als sei gerade jemand aufgestanden und weggegangen.

Ich bleibe unschlüssig stehen.

»Die Schwester ist auf Station, da wird gerade einer intubiert«, sagt eine Männerstimme hinter mir. Ich drehe mich um und sehe ein Pärchen. Sie sitzen auf einer blauen Metallbank für vier Personen. Der Mann sitzt ganz am Rand und hält sich seinen linken Oberarm, und die Frau liegt mit dem Kopf in seinem Schoß und mit dem Körper auf den freien Sitzflächen und schläft friedlich.

Ich verstehe nicht, wer von den beiden der Bedürftige ist. »Sie hat mich das Treppchen zum Garten runtergestoßen, weil ich wieder drinnen geraucht habe. Arm ausgekugelt. Ist aber gleich wieder reingesprungen. Jetzt brauche ich noch ein bisschen Painkiller.« Er grinst und streichelt seiner Freundin sanft über den Arm. Dann höre ich Schritte den langen leeren

Gang hinunter. Ich erkenne die Schritte meiner Mutter. Ich gehe ihr entgegen.

»Ach, da bist du«, mit Betonung auf dem »da«, so als habe sie mich überall schon gesucht.

»Komm«, sagt sie, und wir gehen den Gang zurück, aus dem sie gekommen ist. Ansonsten sagt sie nichts. Wir gehen durch den dunklen Gang, an dessen Ende ein helles Zimmer liegt. An einem Schreibtisch sitzt ein Arzt und wartet offenbar darauf, dass meine Mutter mit mir zurückkehrt.

»Ja, Herr Matschke«, sagt er. »Das Gehirn Ihres Vaters hatte eine plötzliche Funktionsstörung. Wir nennen es auch einen apoplektischen Insult, und der Volksmund kennt das als Schlaganfall. Sie sind, nehme ich an, noch Schüler und wissen aus dem Biounterricht, dass die Unterversorgung von Gehirnzellen zu massiven zerebralen Schäden führen kann. Wir haben die rechte Halsschlagader wieder durchgängig gemacht und den Patienten mit einem Betäubungsmittel sediert. Das kennen Sie bestimmt als künstliches Koma. Mit dieser Maßnahme will man erreichen, dass der Körper sich komplett auf die Rekonvaleszenz der wichtigsten Organe, und das Gehirn ist ein Organ, konzentrieren kann.«

Der Arzt trägt einen Kittel, an den ein durchsichtiges Plastikschild geheftet ist. Darin ist ein passgenau zugeschnittenes weißes Papierschild, auf dem handgeschrieben »Seiffert« steht. Während der Arzt spricht, schaue ich auf die Kinderschrift und frage mich, ob sie von ihm stammt. Wie kann ein Mann mit solch ungelenken Buchstaben das Gehirn meines Vaters beurteilen?

»Bleibt mein Vater mein Vater?«

Meine Frage stoppt die Teilnahmslosigkeit von Dr. Seiffert: »Äh, das bleibt er doch immer?«

»Mein Sohn möchte wissen, ob mein Mann bleibende Schäden haben wird.«

Selbst jetzt pikst es mich, dass meine Mutter immer für mich antwortet. Mehr als sonst.

»Das kann man jetzt noch nicht sagen.« Herr Seiffert ist wieder zurück. »Jetzt ist er erst mal Notfallpatient wie jeder andere hier auch. Den Rest sieht man in der Reha.«

Das Telefon klingelt, und Herr Seiffert hebt ab, nickt stumm ins Telefon, sagt: »Ich muss«, und weht weiter. Meine Mutter und ich bleiben im Raum zurück.

Sie wirkt da hinter mir klein und fast unbeteiligt. Oder es ist ihr alles peinlich.

Es wird Jahre dauern, bis ich mich wieder an mehr in diesem Zimmer in dieser Nacht erinnern kann als nur an das Namensschild mit der Kinderhandschrift. Nur als wir hinausgehen zum Auto, sehen wir durch die offene Tür ins Schwesternzimmer, wo auch Dr. Seiffert mit zwei Schwestern steht und auf jubelnde Menschen und Trabanten im Fernseher schaut.

ZIVILDIENST

Und jetzt, ein knappes Jahr später, sitze ich beim Frühstück und schaue auf die Zeitung, die wie ausgeweidet auf dem unnötigen vierten Stuhl liegt. Ich überlege, ob ich noch einmal alles lesen soll. Das Titelblatt mit »Zwei-plus-vier-Vertrag unterzeichnet« und alles.

»12.09.1990« steht da wie ein Geburtsdatum. Und klein darüber rechts steht mein Name über dem *o* von *Echo*, von *Darmstädter Echo.* Matthias Matschke. Schwarze dichte Nadelpunkte auf dem fahlen, mit Grauschleier überzogenen Papier der Titelseite formen meinen Namen.

Mein Vater hat die Zeitung auf mich abonniert. »Aus steuerlichen Gründen«, wie er sagt. Das ist eine seiner letzten Handlungen vor dem Vorfall.

Einen Monat vorher, im Oktober 1989, werde ich neunzehn, und mein Vater sagt, dass ich nun der Abonnent unserer Zeitung sei. Sein Blick dazu ist, als hätte er mich zu einem kleinen Diebstahl angeworben.

»Wieso ich?«, frage ich.

»Weil wir dann Geld und Steuern sparen können, das wird immer wichtiger!«, sagt mein Vater. »Da gibt es dieses Abonnement für Schüler und Studenten, und du brauchst nichts, als die Kopie deines Schülerausweises vorzulegen, und du bekommst ein vergünstigtes Schüler-/Studentenabonnement.«

»Ich habe doch gar keinen Schülerausweis mehr!«, sage ich.

»Aber du bist doch Schüler«, sagt er.

»Ja, aber Schüler der Oberstufe. Schülerausweis ist was für kleine Schüler. Ich habe eine Schülerbescheinigung.«

»Das ist doch dasselbe!«, sagt er. »Damit müssen wir nachweisen, dass du Schüler bist, und dann können wir alles so lassen, wie es ist.«

»Und dann gehört die Zeitung mir?«

»Nein, aber es läuft über deinen Namen!«

Ich weiß nicht, ob ich beleidigt sein soll.

Mein Vater schiebt nach: »Und dann, wenn du Student bist, dann können wir das einfach so weitermachen.«

»Aber wenn ich Student bin, dann wohne ich doch wahrscheinlich gar nicht mehr hier.«

»Das weißt du doch noch gar nicht!«, sagt mein Vater.

Ich fühle mich ertappt, weil ich das noch nicht weiß. Ich versuche es mit Angriff: »Ich habe keine Lust, mit dir betrügerische Geschäfte zu machen!«

»Ach, Matthi«, sagt mein Vater, »daran ist nichts falsch. Der Bonini macht das mit der Lara auch.« Mein Vater fühlt sich Herrn Bonini verbunden. Vielleicht weil er katholisch ist, aber für die evangelische Kirche druckt. Ich verstehe nicht, was daran so besonders ist, aber es ist mir auch egal. Mich interessiert nur, Geld für eine E-Gitarre zu haben. Und im August vor einem Jahr organisiert mir mein Vater einen Ferienjob bei Herrn Bonini. Dort werden neben den vielen Druckaufträgen für die Kirche von Hessen und Nassau auch Pornohefte und Unmengen an Gebrauchsanweisungen für alles Mögliche erzeugt. Ich staple gedruckte Bögen zur Heftung übereinander, auf denen Männer und Frauen wie aufgetürmte Pfannkuchen übereinanderliegen und ineinanderstecken. Herr Bonini sieht meinen roten Kopf an der Heftmaschine und sagt: »Das ist nichts Verwerfliches. Ich drucke alles, außer für Burschenschafter und Kinderpornographie.«

Manchmal kommt seine Tochter Lara vorbei. Sie geht auch in Darmstadt auf das Gymnasium, aber die meiste Zeit verbringt sie in der Ballettschule. Das sieht man an ihrem auswärtsgedrehten Gang.

Lara Bonini war noch im Bauch ihrer Mutter, als ich unter dem Tisch gesessen und die Beine ihrer Mutter betrachtet habe. Die Frau ist schon lange weg. Lara ist beim Vater geblieben.

Mein Vater sagt noch einmal: »Der Bonini macht das mit seiner Tochter auch, sobald sie alt genug ist, und daran ist nix Verwerfliches!«

Ich sage: »Das klingt jetzt irgendwie gerade sehr komisch, Papa!«

»Matthi, das hat alles seine Richtigkeit!«, ruft mein Vater erzürnt.

Ich könnte ihn noch endlos weiterprovozieren. Ich weiß, wie das geht. Aber diesmal akzeptiere ich einfach, dass ich jetzt Abonnent bin, und lasse es gut sein.

Das war im Oktober 1989. Kurz vor dem Vorfall. Und jetzt, im September 1990, klingelt das Telefon.

So viele Leute rufen hier nicht mehr an. Ich fühle mich ertappt. Ich bin gerne allein hier im Fertighaus meiner Eltern. In unserer Burg, auch wenn sie nicht mehr da sind. Denn meine Mutter lebt in Dieburg und mein Vater in Braunshardt. Das Klingeln schrillt immer wieder durch das leere Haus.

Vielleicht bleibt sie ja jetzt, die Stille?

Nein. Das Klingeln dringt in alle Winkel und sucht. Nach mir. Ich fühle mich auf einmal wie ein Einbrecher in seinem Versteck, der das wiederholte »Hallo, ist da jemand?« des zurückgekehrten Bewohners hört und nicht weiß, wie er aus der Wohnung entkommen kann. So was Blödes! Warum bin ich überhaupt eingedrungen?

Und mir, dem Einbrecher, tut es leid, und ich möchte gehen. Aber es gibt kein Entkommen. Immer wieder höre ich die Frage: »Hallo, ist da jemand?« Und ich als Verbrecher und Eindringling möchte sagen: »Ja, da ist jemand, aber ich dürfte eigentlich nicht hier sein.« Und jetzt, da ich mein Versteck, da hinter dem Vorhang, preisgegeben habe, indem ich auf die Frage geantwortet habe, jetzt wird der Vorhang zurückgezogen.

Vor mir steht Johanna, und sie sagt: »Ach, da bist du«, mit Betonung auf »da«, als wäre ich ein verloren geglaubter Schlüssel.

»Wie hast du mich gefunden?«, frage ich.

Johanna sagt: »Frag nicht wie, frag warum!«

»Warum?«, frage ich.

»Weil ich merke, dass es dir schlecht geht, weil ich bei dir sein will. Weil ich erkannt habe, dass du der bist, mit dem ich am liebsten Zeit verbringe.«

Und dann legt sich ihr Duft um mich wie ein Schal zum Schutz vor kalter Winterluft, und sie sagt: »Bitte sei einfach du!«

Diese Stimme. Davon will ich mehr. Und das lässt mich aufwachen.

Diese Tagträume dauern nur sekundenlang. Wahrscheinlich. Denn als ich aufwache, klingelt das Telefon immer noch und will, dass ich abhebe.

Ich habe heute noch nichts gesagt, nicht laut gesprochen, und deshalb klingt meine Stimme schleimig und rau, als ich »JabitteMatschke« sage.

»Ja, guten Morgen, Herr Matschke«, sagt die Stimme im Hörer. »Martin Fröbel vom Autohaus Sell, es geht um den Golf Ihrer Frau. Da haben wir ja letztes Jahr nicht den TÜV mitgemacht, und der wäre jetzt dran. TÜV plus ASU. Da würde ich gerne für die nächste Woche einen Termin vereinbaren. Könnten Sie da das Auto bringen? Zum Beispiel am Zwanzigsten?«

Nein, mein Vater kann nächste Woche nicht das Auto bringen.

»Ja«, sage ich, »das klappt.«

»Gut, dann notiere ich das, nächste Woche, Donnerstag, den zwanzigsten September, gleich um acht Uhr früh«, sagt Herr Fröbel.

»Ja«, sage ich.

»Und«, sage ich, »achten Sie bitte darauf, dass diesmal der Vergaser sauber eingestellt ist. Sonst bin ich in einem halben Jahr wieder bei Ihnen.«

So würde das mein Vater sagen.

»Wir achten drauf, Herr Matschke«, sagt Herr Fröbel.

»Meine Frau bringt den Golf«, sage ich als mein Vater.

»Gut«, sagt Herr Fröbel.

Ich stehe vor dem einbeinigen Tisch mit Telefon. Ich habe meinen Vater oft verlacht für den immer wiederkehrenden Spruch mit dem Vergaser. Ich schaue an mir herunter. Ich habe den Bademantel meines Vaters angezogen.

Ich öffne die Tür zum Arbeitszimmer meines Vaters, noch immer liegt da der Zettel, den mein Vater mit Notizen gefüllt hat, an dem Abend, an dem er ins Marienhospital gekommen ist.

Er liegt noch da, weil alles noch so bleiben soll, wie es war, obwohl nichts mehr so ist, wie es war.

Ich schließe die Tür zum Flur, und einen Moment ist alles dunkel, denn auch hier sind die Rollläden heruntergelassen. Ein Moment der Ungewissheit in der Finsternis.

Ich finde, unser Haus wirkt wie ein Schiff, das gesunken ist, ohne zu zerbrechen, sanft abgelegt auf dem Meeresgrund, und das Arbeitszimmer meines Vaters ist die verlassene Brücke. Hier in der Tiefe müsste es dunkel sein, aber draußen ist statt schwarzem Wasser Licht. Und die runtergelassenen Rollläden hindern es am Eindringen. Hier und da quillen Strahlen durch die Ritzen, fein wie Sporen.

Ich schalte die Schreibtischlampe an. Sie drückt die Finsternis beiseite.

Der Notizzettel vom 9. November 1989 liegt da wie die letzte Seekarte vor dem Untergang.

Ich setze mich sanft davor und schaue mir lange die Bögen und Schwünge seiner Handschrift an. Bestimmt eine Viertelstunde. Mit der Außenseite meines rechten kleinen Fingers fahre ich die Buchstaben nach. Ich wiederhole das Ganze und dann noch mal. Dann greife ich den Füller, Pelikan in der Erwachsenenversion. Ich schraube die schwarze Kappe ab und betrachte die goldene Feder. Schreibbereit. Wäre er hier, dürfte ich das nicht. »Die Feder ist auf mich eingeschrieben!«, würde er sagen. Und jetzt sage ich es, halblaut: »Die Feder ist auf mich eingeschrieben!« Ich drehe die goldene Feder hin und her, und ein wenig Tintenduft ist zu riechen. Sie ist noch nicht eingetrocknet, auch wenn seit Monaten niemand mehr damit geschrieben hat.

Ich wollte das mal hören, wie sich das anfühlt, wenn ich als mein Vater ein Telefonat führe. Wie seine Stimme von mir gesprochen klingt. So ist das also. Ich sitze auf seinem Stuhl. Ich will meiner Mutter Probleme bereiten. Ich will, dass sie zurückkommen muss. Nach Hause. Ich schaue auf das Blatt wie ein Künstler auf sein Werk. Dann habe ich den rechten Platz gefunden. Ich beginne langsam, dann flüssiger auf das Notizkalenderblatt zu schreiben. In der Handschrift meines Vaters.

»20. September 1990, 08:00 Uhr TÜV + ASU → Irmhild!«

Weil die Tinte noch nass ist, ist das Blau viel heller als das der Schrift drumherum, aber je tiefer die Tinte in das Blatt sinkt, desto dunkler wird sie. Jetzt sieht die Zeile aus, als gehöre sie schon immer dazu. Meine Mutter wird nicht merken, dass die Notiz nicht von ihrem Mann ist. Aber sie wird sich verpflichtet fühlen, endlich wieder da zu sein. Aber wozu? Das wird nichts ändern.

Ich nehme den Notizzettel mit spitzen Fingern und lasse ihn über dem Schlitz des Datenvernichters baumeln. Wie einen Gehängten, den jetzt auch noch die Haie fressen sollen. Zu viel der Ehre, denke ich. Und ich zerknülle den letzten Zettel meines Vaters und werfe ihn in den Papierkorb.

In der Nacht des 9. November 1989 hat Dr. Seiffert uns gesagt, wir sollen nach Hause gehen. Vor acht, halb neun Uhr am Morgen passiere sowieso nichts.

»Und wenn sich etwas … ändert, würden Sie uns ja sofort verständigen, nicht wahr?«, fragt meine Mutter.

Ja, sagt man ihr, und wir gehen.

Wir haben nicht wirklich geschlafen, meine Mutter und ich, auch wenn wir unsere Schlafanzüge angezogen haben. Zu viel Angst, dass das Telefon klingeln könnte. Wir haben uns für ein paar Minuten ins Bett gelegt, nur um den einen Tag vom anderen zu trennen.

Stumm sitzen wir jetzt am Frühstückstisch und versuchen mit dem Kaffee wach zu werden, obwohl wir wach sind. Wir sind wach und erschöpft. Ungläubig sind wir, dass das wirklich alles passiert ist. Und es ist seltsam, dass der Abend mit Küfer und seinen Jour-fixe-Teilnehmern genauso fahrig durch meinen Kopf streift wie die Sorge um meinen Vater. Ich denke an die Künstler mit den dicken Bäuchen, an Johanna und ihre Blicke, an Küfer. Und an mein blödes Gehabe.

Ich schäme mich dafür. Ich blicke auf und sehe meine Mutter, wie sie auf das Toastbrot starrt.

Ich will von meiner Mutter wissen, wie das gestern Abend war.

Meine Mutter sagt, dass erst einmal nichts ungewöhnlich war. Sie hat ZDF geguckt.

Da ist aber noch nichts von der Mauer. Mein Vater ist in seinem Zimmer, plant und macht sich Notizen, und sie telefoniert um halb zehn mit ihrer Schwester in Bielefeld. Der Mann meiner Tante kommt aus Berlin. Von dort hat man ihn angerufen, dass die Mauer offen sei und dass Ostberliner auf dem Kurfürstendamm herumlaufen. Meine Mutter geht ins Arbeitszimmer. Dort sitzt mein Vater und schaut auf sein Notizblatt. Meine Mutter sagt, er solle das Notizblatt mal sein lassen, im Osten gäbe es einen Umsturz. Im Nachhinein betrachtet, sagt meine Mutter, habe er vielleicht ungewöhnlich lange auf das Blatt gestarrt. Mein Vater erhebt sich, wie immer, sagt meine Mutter, schließt seinen Bademantel und setzt sich mit ihr vor den Fernseher. Dort sagt Hanns Joachim Friedrichs in den *Tagesthemen*, dass die DDR dem Druck der Bevölkerung nachgegeben habe und dass der Reiseverkehr in Richtung Westen frei sei.

Mein Vater ist immer wieder mal wortkarg. Das ist öfter so. Wenn er nicht streiten will. Wenn er denkt. Wenn er plant. Wenn er einem Gedanken nachhängt oder wenn er zufrieden ist. Auch jetzt, da meine Mutter ihn fragt: »Christian, ist dir nicht gut?« Denn er schaut glasig auf den Wohnzimmertisch. Diesmal ist er mehr als wortkarg. Mehr verstummt.

Es ist, sagt meine Mutter später, als habe ihn mit einem Mal eine Traurigkeit am Boden festgezurrt.

Ein dicker schwebender Zeppelin mit einem langen Tau, steif vom Wegwollen, an der Erde angehakt, denke ich.

Oder ein Hund, der, vor dem Geschäft wartend, an der straffen Leine zieht, bis er die Besinnung verliert.

Meine Mutter sagt, dass er sie dann mit fahlem Blick angesehen und gesagt hat: »Man muss vielleicht doch jemanden anrufen.«

Meine Mutter versteht, aber handelt noch nicht. Ungläubig, dass das jetzt so ein Moment ist, eine Ausnahme. Meine Mutter zögert. Das kann ja auch peinlich werden.

Dann rollt sich mein Vater ein, wie ein Insekt mit Schmerzen, und verliert das Bewusstsein.

Jetzt hier am Frühstückstisch weint meine Mutter. Und ich denke, ich habe gestern tschüss gesagt wie immer. Ich habe meinen Vater eigentlich nicht gesehen. Fast nur daran gedacht, wie es gleich sein würde mit Johanna im Käfer und draußen im Leben mit anderen. Hier, das Innen, das soll doch unverändert sein. Das ist das eine. Schlimmer ist noch, dass ich mit meinem Vater gestritten habe, bevor Johanna mich abgeholt hat.

Wir sitzen wie immer beim Abendessen. Der runde Tisch mit dem unnötigen vierten Stuhl. Meine Mutter und mein Vater wissen, wie man sich gegenseitig provoziert.

Und auch ich habe über die Jahre einen Streitplatz in unserer Gemeinschaft erhalten. Meistens beginnt der Streit bei meiner Großmutter, auch wenn sie nicht dabei ist. Sie ist jetzt drei Jahre tot.

»Was war eigentlich mein Urgroßvater von Beruf?«, frage ich.

»Matthi«, sagt mein Vater. »Das waren ganz andere Zeiten. Da warst du alles: dein eigener Bauer, dein eigener Müller. Schlesien war die Kornkammer des Reiches, was meinst du, was es da zu tun gab!«

Und als wäre das die Antwort auf meine Frage, schneidet er weiter das Brot. Dazu nimmt er den Brotlaib in die linke Hand, drückt ihn vor dem Herzen gegen die Brust und schneidet mit der rechten Hand eine Scheibe ab, indem er, zu nah, wie ich finde, das Messer knapp unter dem Gesicht hin und her führt. Ich kenne niemanden, der das Brot so schneidet. Als wollte man ein kompliziertes Werkstück mit einem gefährlichen Gerät in Form bringen.

Würde die Auseinandersetzung gut laufen, würde er auf das schmale Ende des Laibes deuten und sagen: »Das hier ist die Renfte!«

»Was?«, würde ich sagen, obwohl ich verstanden habe.

»Die Renfte«, würde mein Vater sagen. »Auf Schlesisch heißt das Renfte.« Viel mehr als dieses Wort kennt mein Vater nicht von den Sprachgewohnheiten der Menschen. Damals. Dort. Mir kommen diese Begriffe vor wie die letzten Brocken Liturgie einer aussterbenden Religion.

»Das sagt man in Schlesien so«, würde mein Vater sagen,

und ich könnte dann nichts sagen, und wir würden nach einer Stille über etwas anderes sprechen.

Aber ich entscheide anders. Ich will nicht, dass es gut läuft.

»Na ja, sagte«, sage ich.

»Matthi!«, sagt mein Vater. »Du kannst achthundert Jahre deutsche Geschichte in Schlesien nicht ungeschehen machen. Die Polen behaupten, dass ihnen das alles gehört. Mach du das jetzt nicht bitte auch noch!«

»Mach ich doch gar nicht«, sage ich. »Aber warum ist das deine Heimat? Du warst doch acht, als du hierhergekommen bist? Deine Heimat ist doch meine Heimat, und die ist hier.«

»Die scheiß Polacken haben mir meine Heimat weggenommen«, brüllt mein Vater.

»Christian, bitte«, sagt meine Mutter, »das ist so unsachlich!«

»Das ist nicht nur unsachlich, das ist einfach scheiße!«, rufe ich.

»Das ist nun mal die Wahrheit!«, ruft mein Vater.

»Papa, du bist –«, ich weiß nicht weiter und versuche es andersherum. »Dein Beruf ist irgendwie Nächstenliebe, aber jetzt sprichst du von Polacken!«

»Die haben sich da breitgemacht!«, sagt mein Vater. »Die klauen dir in der Messe das Portemonnaie, wenn du dich hinkniest. Das hat der Bonini schon erlebt.«

»Was nehmt ihr eigentlich gerade in Bio durch?«, fragt meine Mutter.

Mein Vater und ich verharren in Verwirrung. Dann hupt es auf der Straße.

Obwohl ich das so nicht erwartet habe, sage ich: »Ah, das ist meine Abholung!«

Ich springe vom Tisch auf, um in meinem Zimmer Jacke und Schuhe anzuziehen. Noch immer bin ich wütend.

Draußen höre ich, wie mein Vater durch den Flur und in sein Arbeitszimmer geht. Ich ziehe mir meine alte Ami-Armeejacke mit Fliegerabzeichen an, so wie der Typ in *Taxi Driver*. Den Reißverschluss bis oben in einem Zug schließen. Das fühlt sich gut an. Und los.

Aber dann im Flur fällt mir ein, dass ich nachher in der Nacht ja noch einen Hausschlüssel brauche. Wer weiß, wie der Abend ausgeht. Ich habe keinen eigenen Hausschlüssel. Mit achtzehn. Mein Vater sagt, je weniger Schlüssel im Umlauf seien, desto besser. Er sagt, das erhöhe die Sicherheit. Als wolle jemand hier was klauen.

Eigentlich wollte ich grußlos gehen, aber jetzt stehe ich ratlos und in Eile im Flur. Das macht mich noch viel wütender als historische Namen für Brotendstücke und abwertende Bezeichnungen für Menschen anderer Länder: Warum muss ich um einen Hausschlüssel betteln? Es gibt einen, den mein Vater Ersatzschlüssel nennt. Den bekomme ich von Fall zu Fall. Mein Vater ist sich sicher, dass man Ersatzschlüssel nicht im Schlüsselkasten im Flur aufbewahren sollte, da sonst Einbrecher leichtes Spiel haben. Das verstehe ich nicht. Wenn ein Einbrecher schon im Haus ist, was braucht er noch einen Ersatzschlüssel?

Ich klopfe an der Tür zum Arbeitszimmer meines Vaters, warte nicht auf Antwort und stecke den Kopf ins Zimmer. »Tschüss, und ich brauche den Schlüssel«, sage ich.

MUTTER

Matthias Matschke steht unter dem *o* des *Darmstädter Echo* und über der Schlagzeile: »DDR öffnet Grenzen zur Bundesrepublik für Ausreisen ohne große Formalitäten«. Mein Name steht da, als könnte er etwas dafür, dass ab jetzt die Welt eine andere ist.

»Matthi, komm!«, ruft meine Mutter, während das Garagentor nach oben klackert und ich auf die Zeitung starre. Ich lege das *Echo* auf den Rücksitz, als ich zu meiner Mutter in den Golf steige. Es ist erst acht Uhr und noch finster. Langsam lässt meine Mutter den Wagen rückwärts die leicht schräge Rampe aus der Garage auf die Straße rollen. Dabei schaut sie mit eng gepressten Augenlidern konzentriert in den Rückspiegel. Mir fällt jetzt zum ersten Mal auf, wie seltsam das aussieht, wenn jemand rückwärtsfährt und dabei verbissen vorwärts auf die kleine spiegelnde Fläche starrt. Dann beleuchten die Bremslichter die dicken Abgaswolken hinter dem Heck. Der Wagen steht. Sie koppelt in den Ersten und fährt los. Ein Stück. Denn Frau Miller, die Mutter von Oliver, tritt aus der Dunkelheit an den Rand der Kegel unserer Frontscheinwerfer und winkt. Eigentlich wollte meine Mutter wohl an ihr vorbeifahren, denn der Wagen kommt erst zwei, drei Meter hinter Frau Miller zum Stehen. Sie kurbelt umständlich ihre Scheibe herunter und muss den Kopf nach hinten verdrehen, um mit Frau Miller zu reden, die dahinten im Schein der Bremslichter zwischen den Abgasen steht.

»Das ist doch unfassbar!«, ruft Frau Miller.

»Ja, das ist schon unfassbar«, wiederholt meine Mutter ungelenk und schaut mit verdrehtem Nacken, der durch ihre Lederjacke und den Rollkragenpullover wie der faltige Hals einer Echse wirkt, zu Frau Miller.

»Ich kann es immer noch nicht glauben«, höre ich Frau Miller sagen, von der ich nur Busen bis Bauch durch die Heckscheibe des Golfs sehe.

»Ja«, sagt meine Mutter und sonst nichts. Sie will sich nicht in ein Gespräch verwickeln lassen.

»Was sagt denn Ihr Mann?«, fragt Frau Miller.

Erst sagt meine Mutter nichts und dann: »Ach so. Ja, der ist auch ganz schön … von den Socken.«

»Ja«, sagt Frau Miller, »wir alle sind von den Socken!« Und sie muss lachen. Busen und Bauch wackeln.

Das Bremslicht erlischt, meine Mutter fährt los. Als sie das Fenster wieder hochgekurbelt hat, frage ich: »Warum hast du ihr nicht gesagt, was mit Papa ist?«

»Na, offensichtlich hat sie bei dem Trubel im Osten nicht mitgekriegt, dass gestern ein Krankenwagen bei uns vor der Tür war und Papa abgeholt hat.«

Ich schweige. Wohl, als ob ich damit etwas sagen wollte, denn meine Mutter antwortet: »Das Innen muss erhalten bleiben.«

Ich schaue in den Wald, den ich eben noch an Johannas Seite durchquert habe.

Er sieht ganz anders aus. Ich habe vergessen, ob Saftkugler nachtaktiv sind oder nicht. Das sollte ich wissen.

Als wir wieder bei der Notaufnahme des Marienhospitals ankommen, ist alles sehr geschäftig. Es ist wie in einem großen Betrieb. Schiebetüren fliegen auf und zu, und Männer mit Wäsche auf mannshohen Wagen ärgern sich über uns und andere, die ihre Wege einengen.

Und die Frau am Empfang der Notaufnahme ist verstört, warum wir zu ihr kommen. Sie fragt, ob man uns nicht gesagt habe, dass mein Vater natürlich nicht in der Notaufnahme bleiben könne. »Er ist doch jetzt kein Notfall mehr«, sagt sie mit Vorwurf. Sie telefoniert. Meine Mutter steht neben mir und versucht mit gepressten Lippen im Gesicht der telefonierenden Frau zu lesen. Wieder presst sie die Lippen zu gespannten Bändern wie vorhin beim Blick in den Rückspiegel. Die Frau legt auf und sagt ohne Regung: »Ihr Mann ist auf der Intensivstation. Das ist so üblich und erst mal kein Grund zur Beunruhigung.«

Mich ärgert die Gleichgültigkeit der Frau hinter der Scheibe mit dem Loch.

»Die sind da sehr professionell«, sagt sie.

»Stets professionell – Ihr Autohaus Sell«, denke ich.

Über diesen Spruch habe ich vor ein paar Wochen mit Johanna sehr gelacht.

Er steht manchmal groß als ganzseitige Werbung im *Darmstädter Echo.*

Johanna hat aus der Zeitung ein Zeltdach gemacht. Wir liegen darunter im Bett und lachen. »Dieser Spruch sagt so richtig gar nix«, sagt sie.

»Wer hat sich den denn ausgedacht?«, frage ich.

»Na, Claudius! Da war er acht, und meine Eltern fanden das so toll von ihm, dass sie gesagt haben, das wird unser neuer Werbespruch. Und seitdem klebt dieser Spruch an ihnen wie Scheiße am Schuh«, sagt Johanna und lacht. So sehr, dass ihre nackten Brüste wackeln.

Und ich lache und streichle sie sanft und sage: »Du musst das nur richtig aussprechen.« Ich töne dabei wie der Sprecher, der die Lokalwerbung im Kino mit tief gedrückter Stimme verliest. »Stets professionell – Ihr Autohaus Sell.«

Johanna lacht wieder. Ich könnte sie jetzt gut brauchen.

Meine Mutter und ich stehen noch vor der Scheibe mit dem kreisrunden Loch, und die Frau wartet darauf, dass wir gehen. Personal stürmt vorbei. Anders als vor ein paar Stunden. Da wirkte der Arzt noch wie der verschlafene Pförtner, der überfordert eine nächtliche Warenanlieferung entgegennimmt und lieber den Krimi im Fernsehen weiterguckt.

Meine Mutter geht los. Ich folge ihr. Im Neubau, zweite Etage, soll die Intensivstation sein. Dr. Wenger ist der Ansprechpartner.

Doch als wir im zweiten Stock aus dem Aufzug steigen und uns vor die Tür zur Intensivstation stellen, gibt es keine Ärzte, die wir sprechen können. Die Tür hat ein Fenster mit einem Drahtgitter zwischen dem Doppelglas, das alles dahinter in kleine Quadrate teilt. Mit gestrecktem Hals versuchen wir in eines der Zimmer zu blicken. Im ersten Zimmer rechts liegt jemand unter vielen Schläuchen, die sanft zucken. Wie lose Adern aus Plastik. Ob das mein Vater ist, weiß ich nicht. Eine Klingel gibt es nicht. Meine Mutter steht leicht vor mir. Ohne Regung. In ihrem Windschatten: ich. Fast wie in Geborgenheit. Es gibt nichts anderes als Warten. Und dann kommt jemand.

Die Schwester, die vermummt mit Mundschutz vor uns

steht, sagt, dass man noch nichts sagen könne. Dr. Wenger sei heute gar nicht da, leider könne man sowieso nichts anders tun als warten.

»Und wenn sich etwas ändert«, sagt meine Mutter, »dann –«

»Dann natürlich«, sagt die Schwester, und ihr Mundschutz rüttelt leicht dabei. Ingrid steht auf dem Schild auf ihrer Brust. Ich kann nicht anders, als daran zu denken, wie sie wohl ohne Schild und Schwesternkittel aussieht. Warum denke ich jetzt daran? Obwohl da irgendwo mein Vater liegt?

»Komm, wir gehen wieder«, sagt meine Mutter und drückt schon den grünen Knopf am Fahrstuhl, als ich noch durch das Fenster in die Intensivstation blicke. Im Aufzug guckt sie wie ein trauriger Offizier beim Rückzug. So, wie wir stehen, könnten wir auch Fremde sein. Ich schaue meiner Mutter in den Nacken. Diesmal ist er nicht verdreht, sondern gerade gereckt mit Blick auf die Fahrstuhlanzeige. Ich frage mich, wie das war, als meine Eltern sich kennengelernt haben. Ich weiß etwas von Eislaufen in Frankfurt. Und dass ein Freund aus Lehrlingszeiten auch dabei war, mit seiner zukünftigen Frau. Dass mein Vater jemals Freunde hatte, kann ich mir nicht vorstellen. Ich weiß, dass man sich noch siezte und dass mein Vater sofort ein Wiedersehen vereinbarte und dass er beim ersten Wiedersehen im Restaurant fragte: »Darf ich Ihnen meine Tomate anbieten?« Er meinte die Tomate auf dem Salat. Und darüber lachen meine Eltern immer wieder. Und die Abneigung gegen Tomaten hält ein Leben lang und ihre Ehe auch. Mein Vater wird das bis zu seinem Tod jedenfalls denken.

»Wo haben wir denn noch mal das Auto geparkt?«, fragt mich meine Mutter. Wir stehen in der Eingangshalle des Hochhauses, und sie schaut mich aufmerksam an, zum ersten Mal seit Stunden. Ich schaue zurück und weiß nicht, ob sie einen Scherz macht. Das ist nicht ihre Art, aber warum fragt sie dann? Wir sind nicht länger als eine Dreiviertelstunde hier.

»Bei der Notaufnahme«, sage ich.

Wir schauen uns an. Noch schaut sie ungläubig, dann sagt sie entschlossen: »Ja.«

Wir gehen aus der Tür. Vorbei an Männern, die mit Bademänteln und Ständern, an denen Infusionsbeutel hängen, hier stehen und rauchen. Traurig wie glasig starrende Kriegsversehrte.

Dann, als wir beim Auto sind und einsteigen wollen, sagt meine Mutter über das Autodach hinweg: »Matthi, geh doch in die Schule. Wir können ja nichts tun als warten, das sagt ja auch die Ärztin.«

»Die Ingrid ist doch Krankenschwester«, sage ich.

»Wer ist das?«, fragt meine Mutter.

»Die Krankenschwester von eben«, sage ich.

»Aber die weiß das doch auch. Geh mal los, und heute Mittag sehen wir weiter. Ich setze dich jetzt am Böllenfalltor ab. Ich bleibe zu Hause und werde erst mal telefonieren und mich umhören, was man bei solchen Vorfällen macht.«

Ich weiß nicht, was ich sagen soll. Ich will mich mit meiner Mutter streiten, aber ich bin müde, und es ist nicht die Zeit. Daher sage ich, als wäre es meine Idee: »Du brauchst mich nicht zu fahren. Die paar Meter zum Böllenfalltor gehe ich zu Fuß.«

Seltsam. Vorhin, als wir aus dem Haus gegangen sind, habe ich aus Gewohnheit meinen Rucksack mit den Schulsachen mitgenommen. Als könnte das den Tag zu einem normalen Tag machen.

Ich laufe die Straße entlang, und neben mir stauen sich die

Autos im Schritttempo. Mittlerweile ist es heller geworden. Ein Mann raucht aus seinem Fenster, und sein Autoradio sagt, dass die Höchsttemperatur tagsüber bei neun Grad liegen wird. Wolkig, mit etwas Regen.

Auf der anderen Seite fährt dann auch meine Mutter vorbei. Ich sehe sie, wie sie gleichzeitig konzentriert und etwas abwesend auf das Auto vor ihr schaut. Sie hatte einmal einen Auffahrunfall, und mein Vater sprach von Unverschämtheit und davon, dass jeder Verkehrsteilnehmer für sich und die Sicherheit der anderen verantwortlich sei. Seitdem fährt sie mit unnötig großem Abstand zum Vordermann. Andere Verkehrsteilnehmer nehmen das als Aufforderung, die Lücke zu füllen. Als sie jetzt vorbeifährt, wirkt meine Mutter verträumt und jung. Ich frage mich, wie das kommt. Und ich frage mich, wie mein Vater sie betrachtet hat, damals, als er sie fragte, ob sie sich wiedersehen sollen.

Am Böllenfalltor quillen viele Menschen aus den Bustüren und wollen zur Straßenbahn. Der O- und der N-Bus sind zeitgleich angekommen. Die Neun wartet schon und öffnet den Menschen die Türen. Ich schlüpfe in die Menge der Fahrgäste, als wäre ich schon immer einer von ihnen, und setze mich in den hinteren Straßenbahnwagen. Als wäre nichts geschehen. Die Türen schließen sich, und für einen kurzen Moment macht das Warten alle gleich. Die Bahn fährt los. Da. Zum ersten Mal. Die unendliche Müdigkeit, die mich in den Sitz der Straßenbahn drückt. Ich schlafe ein, schlafe für kurze Minuten, ohne jede Erinnerung, und schrecke an der Station Beim alten Friedhof hoch. Da, wo mich Johanna abgeholt hat, als wir zum ersten Mal verabredet waren. Ich frage mich, was sie jetzt gerade tut. Schläft sie? Ist sie zum Jour fixe zurückgefahren? Zu Küfer?

Die Straßenbahn steht, blinkt und wartet darauf, dass sie, während die Autos an der roten Ampel stehen, dort einbiegen kann, wo ihre Spur in die gemeinsame Straße führt. Langsam sammeln sich die Autos vor der roten Ampel.

Mein Vater und ich stehen immer hier, wenn er mich zur Schule mitnimmt. Wir schauen gemeinsam auf die Straßenbahn, die an der Haltestelle blinkend auf ihre Vorfahrt wartet. Dann schauen wir gemeinsam auf die andere Seite in das Büro der Friedhofsverwaltung. Fahl ist der Lampenschein in den lichtarmen Monaten und leuchtet blass auf einen Rasterplan des Friedhofs an der Wand. Mein Vater verlässt sich gerne auf alte Witze und sagt: »Die stecken jetzt das neue Planquadrat ab«, und lacht selbst, weil er von mir kein Lachen erwartet.

Und jetzt, zum ersten Mal seit dem Vorfall vorhin, habe ich Angst um meinen Vater. Angst, dass er nicht mehr da sein könnte. Keine alten Witze mehr und nichts.

Warum haben wir uns vorhin bei der Intensivstation wegschicken lassen? Warum habe ich Ingrid auf die Brüste gestarrt und nicht darauf bestanden, meinen Vater zu sehen?

Ich habe die ersten beiden Schulstunden verpasst. Aber die zweite war sowieso eine Freistunde, und jetzt ist große Pause. Als ich in der Pausenhalle meine Freunde beisammenstehen sehe, stelle ich mich dazu. Die Luft ist kalt und der Himmel klar, noch kein Regen.

»Wo warst du denn in Deutsch?«, fragt Oliver Junge.

Ich antworte mit einer Frage: »Wo ist denn Klaus?«

»Der ist heute auch krank«, sagt Oliver.

Die Schulklingel beendet die Pause. Die meisten meiner Freunde haben Bio abgewählt. Außer Klaus, aber der ist krank, also gehe ich allein zum Biosaal. Ich bin mit dem Klingeln losgelaufen und komme als Erster an. Die Tür steht offen, und ich setze mich auf meinen Platz. Sonst noch keiner da. Ich will, dass jetzt endlich der Unterricht anfängt. Dass es weitergeht. Dass die Zeit nicht stehenbleibt. Aber alle trödeln, auch Herr Lösch. Nur sein Patentschlüssel plus Schlüsselbund steckt schon im Schloss für die Verdunkelungsjalousie und schaukelt leicht. Er will wohl einen Film zeigen.

Das Schaukeln macht ein ganz leichtes quiekendes Geräusch.

Das immer lauter wird.

Alles wird zu laut.

Der Geruch.

Das Licht.

Alles zu schreiend echt. Mir wird schlecht.

Ich stehe auf, gehe zu dem Kasten und ziehe den Schlüsselbund ab. Ich gehe nach hinten zur Tür der Biosammlung, finde mit alter Gewohnheit den Schlüssel im Bund, öffne die Tür und schließe die Tür hinter mir. Die Geräusche aus dem Biosaal sind nicht mehr zu hören. Die Tür ist immer noch gepolstert. Ich bin schon lange nicht mehr der Leiter der Biosammlung, aber hier ist noch alles wie immer erstarrt. Ich horche in die Stille hinein. Nur Stille. Und dann das Rasseln des Schlüsselbundes, als ich von innen die gepolsterte Tür abschließe und den Schlüssel abziehe. Mein schlagendes Herz. Bis zum Hals. Als pochte es an jedes einzelne Glas mit den vielen Exponaten.

Das Skelett ist verschwunden. Jedenfalls steht es nicht mehr da, wo ich es hingestellt habe, wo auch Frau Grunert und Herr Poelzig gestanden haben. Ich stelle mich an die Stelle. An die Wand gelehnt.

Eins. Zwei. Drei Atemzüge. Ich schlafe.

Und ich träume. Von einem Flugzeug mit gelbem Plastikrumpf und schwarzem Propeller. Es wirkt riesig, und ich mache ein Foto mit meiner Ritsch-Ratsch-Kamera, wie meine Mutter zu dem Apparat sagt, den ich zu meinem neunten Geburtstag bekommen habe. Mit jedem Foto, das ich von dem Flugzeug mit dem gelben Rumpf mache, wird es kleiner, und irgendwann ist es mir so ebenbürtig, dass ich es locker aus der Hand in die Luft werfen kann. Es ist ein Hochdecker, die schwarzen Flügel oben und weiße Ballonreifen an elastischen Drahtbeinen zur Dämpfung. »Jede Landung ist nur ein kontrollierter Absturz«, höre ich meinen Vater rufen. Sehen tue ich ihn nicht. Ich öffne die Motorklappe. Da ist ein gespanntes, in sich verdrehtes Gummiband. Bewegt man den Propeller mit dem Außenrand des linken Zeigefingers, verdreht sich das Band immer mehr, und lässt man den Propeller los, zieht er aufgeregt das Flugzeug hinter sich in die Luft.

»Warte!«, ruft mein Vater und lacht. Er steht mit unserem alten Opel auf dem Parkplatz für drei Autos vor dem Pfarrhaus. Der Motor läuft. Den Ellbogen aus dem Fenster mit Lederflicken am Sakkoärmel.

»Ich schaffe Platz!«, ruft er und rammt die Ente weg, die auf dem Parkplatz ganz links steht und die Startbahn des Flugzeugs versperrt. Ich erschrecke beim Aufprall, aber mein Vater ruft: »Die gehört Schwester Ruth!« Und dabei kippt die Ente auf die Fahrerseite.

Ich renne mit dem Flugzeug, den Propeller am linken Zeigefingerglied, wie eine Pistole am Abzug, zum Rand des Parkplatzes. Ich setze das Flugzeug auf den Boden und lasse den Propeller frei. Das Flugzeug hebt in einem wunderschönen Bogen ab und setzt über die Hecke in den Kindergartengarten. Ich höre es nicht landen, aber plötzlich sehe ich unter mir die weißen Ballonreifen des Flugzeuges, nur sind sie jetzt zu den Reifen meines sonst roten Kinderfahrrades geworden. Ich strample in die Pedale, und es geht schwer, und ich rufe: »Nicht loslassen!«

»Nein, nein«, sagt mein Vater, der mich sanft am T-Shirt im Nacken gegriffen hat und mich in großen Runden über den Parkplatz führt und mir mit dem Gleichgewicht hilft.

»Nicht loslassen!«, rufe ich wieder und sehe aus den Augenwinkeln meinen keuchenden Vater wie ein gebücktes Tier mit rundem Panzer nach mir greifen. Und dann sehe ich ihn nicht mehr, und es wird leicht. Er hat losgelassen.

Und ich merke, dass ich fahre. Allein.

Und ich merke im Traum, dass es nicht nur ein Traum war, sondern dass ich etwas träume, was wirklich so passiert ist. Und ich falle, aber ohne Aufprall, und wache auf ohne Schreck und noch angelehnt an die Wand.

Es ist schön, nicht zu wissen, wie lange ich gestanden und geschlafen habe. Es riecht hier wie immer, und nun ist es Zeit zu gehen. Ich weiß noch, welcher Schlüssel am Schlüsselbund die Tür zum Flur direkt neben mir schließt. Er hat ein wenig Flugrost an sich, weil er so selten dieses Schloss schließt. Ich schließe die Tür auf, trete in den Flur und ziehe die Tür mit Schwung zu. Der Schlüsselbund klopft ein paarmal von innen gegen das Türholz, wie die letzten Schläge einer Glocke. Ohne einen Schlosser zu rufen, wird man nicht mehr in die Biosammlung kommen.

CAFÉ CHAOS

Ich sitze im *Café Chaos,* und nichts passiert. An einem Mittwochmittag hierherzukommen ist im Grunde ein Fehler, denn niemand ist hier. Jedenfalls niemand, der mich interessieren könnte. Aber wo soll ich auch hin? Dahin, wo alles angefangen hat.

Ich habe gerade nachgerechnet. Es ist jetzt genau vierzehn Monate und drei Tage her, dass ich Johanna hier zum ersten Mal gesehen und am selben Abend geküsst habe, denn damals war der erste Tag meines letzten Schuljahres und heute ist der 31. Oktober 1990. Weltspartag. Und Reformationstag. Wenn diese Tage aufeinandergefallen sind, hat mein Vater immer gesagt: »Das Sparen feiert die Reformation, und die Reformation feiert den Geiz.«

Woher dieser Spruch kommt, weiß ich nicht, und ich kann auch nicht mehr fragen. Alles ist neu. Ich suche nach Halt. Meine Freunde sind weg. Lange war ich nicht hier. Ich fühle mich ein wenig deplatziert, obwohl ich auf meinem Stammplatz sitze. Ich starre stumpf auf mich selbst in der verspiegelten eckigen Säule in der Mitte des Raums. Dahinter sitzen die einzigen anderen Gäste. Zwei Frauen mit einer Menge Einkauf um sich herum.

Ich starre. Und dann stelle ich mir ihre Leben vor, um mich ein wenig von meinem eigenen auszuruhen. Das war bei mir schon immer so. Ich möchte gar nicht wissen, wie sie wirklich sind. Ich bin Einzelkind. Die Frauen hinter der Säule wirken wie Mütter, die Söhne haben. Die vielleicht in der zehnten Klasse sind. Ich nenne die Söhne Niels und Peter. Und an diesem Morgen waren die beiden Frauen gemeinsam beim Elternsprechtag. Sie haben sich die Leistungen von Niels und Peter in Mathe erläutern lassen, und anschließend sind sie einkaufen gegangen, und jetzt trinken sie noch Kaffee im *Café Chaos.*

Neben ihren Beinen unter dem Tisch häufen sich Plastiktüten. Jede der Mütter hat bestimmt drei davon, auf denen groß *Kaufhof* und *H+R* aufgedruckt ist. Das Plastik der Tüten sieht dick aus, wie Zeltplanen.

Ich nenne die Frau links von der Säule Joana. Heute Morgen hat Joana ihrer Familie Frühstück gemacht. Sie sieht das als ihre Aufgabe an. Die Zeit ist knapp. Nachdem der Vater sich kurz vor sieben in sein Auto gesetzt und ihr Sohn Peter den Bus bestiegen hat, ist das Haus leer und still. Es ist der Zeitpunkt am Tag, an dem sie den Geschirrspüler einräumt und dabei stumm die nächsten Tage plant, sie kurz einen Blick in die Zeitung wirft, rasch noch einmal unter die Dusche springt und sich selbst befriedigt, dann eine Überweisung tätigt und den Trockner ausräumt. Dann hört sie von draußen ein freundliches Hupen. Es ist Zeit. Marion nimmt sie mit dem Auto in die Stadt zum Elternsprechtag mit.

Marion nenne ich die Frau rechts von der Spiegelsäule.

Marion wartet vor dem Einfamilienhaus in ihrem Renault Espace. Diese Version von Familienauto passt sehr gut zu ihr, findet sie, und ihr Mann findet das auch. »Nicht schlecht für einen Franzosen«, prahlt er bei seinen Kollegen, aber für ihn selbst kommt nur ein BMW in Frage. »Es geht ja nicht nur um die Fahrten zwischen Tätigkeitsstätte und Wohndorf. Man will ja auch mal ein bisschen draufdrücken!«

Wohndorf sagt er, denn der letzte aktive Bauer will in zwei Jahren zur Pensionierung sein Vieh verkaufen. Die anderen Bauern haben viele ihrer Felder gewinnbringend in Neubaugebiete umgewandelt. Und die Kollegen des Mannes nicken verständig. »Wir wollen auch rausbauen!«, sagt einer, und wieder nicken alle verständig, bevor sie die Kaffeepause beenden und sich wieder an die Arbeit machen.

Marion sitzt im Espace und wartet vor Joanas Haustür mit laufendem Motor. Der erste ruhige Moment für sie heute Morgen. Marion blickt über die Felder, die im Herbstmorgen noch dunkel und diesig sind. Sie denkt über sich und ihren Mann nach. Er kommt ursprünglich aus Würzburg und hat hier an der Technischen Hochschule Elektrotechnik studiert. Auf einer AStA-Fete haben sie sich kennengelernt und sind schnell zusammengekommen. Die größte Veränderung waren Niels und Sonja. Wobei Veränderung, denkt Marion, wahrscheinlich sollte das alles so sein. Und die Kinder sind mein ganzes Glück. Sie versucht andere Lebensentwürfe zu imaginieren, aber da ist nur ein schwarzer Fleck. Es ist nicht die Angst vor dem Unbekannten, es ist die Zufriedenheit, die sie lähmt, die von der Welt erzählt, als würde sie woanders stattfinden. Marion hat ihre Tochter zum Austausch nach Albany, New York State, geschickt. Sie soll früh viel sehen. Und dann selbst entscheiden.

Der Motor läuft, und die Abgase legen den wartenden Espace in ein Auspuffwolkenbett. Ich schwebe, denkt Marion, als sie das sieht. Dennoch fühlt sie sich schwer. Das schwache

Licht der kommenden Wintermonate macht ihr Sorge. Das war schon immer so, auch vor dem Leben mit ihrem Mann. Sie hofft, dass sich die Gedanken über den Tag verlieren. Wahrscheinlich hat sie das von ihrem Vater. Auch für ihn ist die Welt trübe. Er lebt als Frühwitwer in Bad Orb, wo er mit seiner Frau zwanzig Jahre lang zur Kur gefahren ist, obwohl er auch gerne mal was anderes gesehen hätte. Dann stirbt seine Frau, an Unterleibskrebs. »Nehmt mir diesen Adler von der Brust!«, schreit sie in ihrer letzten Nacht. Am frühen Morgen fragt sie ihren Mann, ob er ihr verzeihen könne. Er sagt, an ihrem Bett stehend, es gäbe nichts zu verzeihen. Daraufhin nimmt sie seine Hand mit aller Zärtlichkeit, die, so sagt Marions Vater, sie ihr ganzes Leben lang ausgemacht hat, und stirbt.

Der Gedanke ans Sterben holt mich ins *Chaos* zurück. Die beiden Frauen sitzen stumm. Mit meinem Spiegelbild auf der Säule sieht es aus, als säße ich bei ihnen. Wir schweigen gemeinsam.

Marion, die Tochter, sitzt die ganzen drei Tage zuvor hinter ihrem Vater, der am Bett der Mutter sitzt. Sie fühlt sich machtlos, als wäre sie ein achtjähriges Kind, auch wenn sie selbst schon Mutter ist. Sie denkt, so muss sich Ertrinken anfühlen. Der Tod kommt sicher, aber die Hoffnung quengelt noch. Manchmal hofft Marion, dass ihre Mutter überlebt, und manchmal hofft sie, dass sie stirbt. Sie hasst sich, weil sie es für sich hofft, nicht nur für ihre Mutter. Sie hasst sich, dass sie in ihrem Kopf Einkaufslisten schreibt. Nutella, Hirse, Mirácoli.

Ihr Vater vor ihr sitzt ungerührt, schaut auf die Mutter, hält ihre Hand, zieht seine Hand zurück, wenn es der Mutter zu viel zu werden scheint. Es wirkt, als sei ihm das, was kommt, vertraut.

Dass dieser Leib sie geboren haben soll, ist Marion der fremdeste Gedanke. Dieser Körper, der ihre Mutter gefangen zu halten scheint. Aber offenbar brauchen sie einander noch, der Körper und die Mutter. Die Auferstehung der Toten, denkt Marion und denkt an den Katholizismus ihrer Mutter. Die Auferstehung der Toten zurück in diesen Körper?

Orvieto!

Sie erinnert sich an die letzte gemeinsame Urlaubsreise mit ihren Eltern, als sie sechzehn war. Im Dom von Orvieto steht sie vor dem Fresko *Die Auferstehung des Fleisches.* Die Toten schlüpfen aus dem Boden, einige von ihnen schauen noch als Skelette aus den Erdlöchern. Doch sobald sie dann knien oder stehen, sind ihre Körper unversehrt. Während sie aus dem Tod ins Leben zurückgeboren werden, erscheinen die nackten Männer immer kräftiger und sinnlicher.

Marion empfindet Scham, das zu sehen. Der Vater bemerkt die peinliche Berührtheit seiner Tochter, lächelt, blättert im Baedecker und flüstert ihr zu, so, dass es auch die Mutter hören kann: »Diesem Signorelli war die Auferstehung schnuppe. Der wollte einfach nur nackte Männerärsche malen.« Die Mutter weiß nicht, ob sie »Männerärsche« ahnden soll, und sagt daher nur: »Karl! Wir sind in einer italienischen Kirche!«

»Umso besser«, sagt der Vater, »dann verstehen ja nur die wenigsten, dass wir uns über nackte Untote unterhalten. Der malt die Auferstehung wie eine große Erektion.« Karl lacht wie einer, der weiß, dass er besonders laut lachen muss, weil er der Einzige bleiben wird, der lacht. Seine Tochter hat bei alldem einen roten Kopf bekommen, der aber durch das Gekabbel der Eltern unentdeckt bleibt. Die beiden sind schon weitergegangen Richtung Ausgang. Marion blickt noch einmal allein auf das Fresko. Die Scham ist noch ein wenig in ihr, aber der Tod hat keinen Schrecken mehr, und die Auferstehung ist ein lustvolles Versprechen. Und am Abend essen sie auf der Piazza Pizza mit Trüffeln.

Scham fühlt sie auch, als sie am Totenbett ihrer Mutter sitzt. Auferstehung und Einkauf. Warum ist sie nicht ganz hier in den letzten Momenten ihrer Mutter? Dem Vater, dem Fels vor ihr, scheint das zu gelingen.

Die Mutter ist tot, der Vater wohnt in Bad Orb, und Marion sitzt im Espace. Der Motor läuft im Leerlauf. So viel Ruhe. Die Scheiben beschlagen von ihrem Atem. Marion öffnet das Fenster einen Spalt, und Luft, wie man sie nur im Herbst riecht, kommt zu ihr ins Auto. Und der Dieselgeruch. Sie überlegt, ob sie immer mehr Dieselabgas zu sich hereinlassen soll, bis alles nur noch Hier und Jetzt ist.

Niels, ihr Sohn, würde sagen, dass eine Minute Leerlauf so viel verbrauche wie zehn Minuten gleichmäßiger Fahrt. Ihr Mann würde sagen, dass das technisch alles Quatsch sei und der Motor ja auch auf Betriebstemperatur bleiben müsse.

Sie lässt den Motor laufen, um den Frieden zu wahren, auch wenn ihr Mann gerade nicht da ist.

Aber jetzt blickt Marion auf. Wie jemand, der merkt, dass er heimlich fotografiert wird.

Sie sieht den jungen Mann. Er starrt sie an. Aber vielleicht starrt er auch nur auf sein Spiegelbild in der verspiegelten Säule neben ihnen. Wahrscheinlich ist er Pfleger im Krankenhaus, oder er ist Zivildienstleistender und betreut alte Menschen.

Marion sieht mich an. Mein Kopf leuchtet rot zwischen ihnen in der Spiegelsäule. Und auch Joana blickt jetzt zu mir.

Und dann lächle ich, und die beiden lächeln auch. Vielleicht teilen wir ja ähnliche Schicksale.

»Ich bin Matthias Matschke«, sage ich.
»Sorry, we don't speak German«, sagt Joana.
Dann nimmt die Zeit mich mit, ich kann gehen.

KÄFER

Als mein Vater im November 1989 noch im Koma auf der Intensivstation liegt, ein paar Tage nach dem Vorfall, telefoniert meine Mutter mit vielen Ärzten. Aber alle sagen, wie die Ärzte im Marienhospital, dass man nun abwarten müsse. Jeden Tag gehen wir zur Tür, wo Ingrid oder eine andere der Intensivschwestern uns sagt, dass mein Vater zwar stabil sei, aber man nun eben abwarten müsse.

Und irgendwann tun wir das. Meine Mutter geht wieder arbeiten. Ich gehe weiter in die Schule. Und nach ein paar Tagen kommt Herr Dr. Lösch auf mich zu, kurz vor der fünften Stunde, als Klaus und ich im Biosaal schon auf unseren Plätzen sitzen. Er setzt sich mit einer Pobacke auf die Außenkante meines Tisches, beugt sich sehr nahe an mich heran und sagt: »Ich weiß davon.«

Er schaut mich intensiv an, und ich kann nicht anders, als ebenso intensiv zurückzuschauen. Vielleicht haben meine Pupillen ganz kurz in Richtung Biosammlung gezuckt. Ich weiß nicht.

Dann sagt er: »Mein Bruder ist Oberarzt im Marienhospital. Und dort hat sich rumgesprochen, dass der Vater einer meiner Schüler Patient ist. Aber keine Sorge, ich werde das natürlich ganz vertraulich behandeln und wünsche deinem Vater gute Besserung. Und wenn ich etwas tun kann, dann sag.«

»Die ist immer abgeschlossen«, sage ich.

»Was?«

Ich zögere, dann sage ich: »Die Abteilung ist geschlossen, man kommt da nicht rein«, sage ich weiter.

Herr Lösch hebt die Augenbrauen und klopft mir, noch ist er mit der Pobacke auf der Tischplatte, einmal auf die Schulter. Dann erhebt er sich und geht nach vorne zur Tafel. Es ist seltsam, dass er das mit dem vertraulichen Behandeln gesagt hat, denn die ganze Zeit sitzt Klaus neben mir und hört zu und schaut mich nun verstört an.

»Das hast du ja gar nicht gesagt«, sagt er. Er nimmt mich in den Arm. Und das tut gut. Denn er hält nur fest, und ich muss nichts sagen.

So muss ich ihm auch nicht erzählen, dass ich gar nicht so sehr wegen meines Vaters niedergeschlagen bin. Er ist mir seltsam fremd und fern, der Mann, der da im Krankenhausbett liegen soll. Mein mir vertrauter Vater scheint unbeschädigt nur verreist. So fühlt sich das an. Wirklich niedergeschlagen bin ich, weil ich Johanna nicht mehr erreiche. Seit dem Vorfall vor fünf Tagen habe ich nicht mehr mit ihr gesprochen. Niemand geht ans Telefon, auch nicht Frau Hannemann.

Schließlich laufe ich am nächsten Nachmittag nach der Schule zum Haus Sell im Paulusviertel. Das Tor, das sonst alle neugierigen Blicke gemeinsam mit der hohen Mauer abwehrt, steht offen, und ich schaue scheu und verschlagen von der anderen Straßenseite hinüber. Die Kälte zeichnet meine Atemwolke in die Luft. Da im Garten wickelt eine Person die kleinen Bäume im Kübel mit Jutestoff winterfest ein. Langsam gehe ich über die Straße und komme näher zum Tor und rufe vorsichtig »hallo«. Der Gärtner bleibt über den kleinen Baum gebückt. Ich traue mich nicht, noch ein zweites Mal zu rufen. Ich mache einen weiteren Schritt und stehe im Garten. Rechts innen neben dem Tor ist die Hinterseite des eingemauerten Briefkastens, das grüne einblattpapiergroße Türchen zum Entnehmen der Briefe steht durch die Last der vielen Post darin leicht aufgedrückt. Ein paar Briefe sind aus dem Kasten gefallen und bilden darunter ein kleines Häufchen, darauf auch mein Brief, den ich Johanna gestern geschrieben habe.

Liebe Johanna,

ich erreiche Dich seit Tagen nicht. Ich weiß nicht, was passiert ist. Habe ich irgendwas gemacht, was Dich verärgert hat? Wenn ja, dann täte mir das leid! Ich bin durch den Wind wegen meines Vaters. Er ist noch nicht bei Bewusstsein. Aber egal, ich wollte nur wissen, was los ist. Vielleicht meldest Du Dich mal?

Liebe Grüße
Matthias

Gestern, gleich nachdem ich den Brief bei uns im Dorf unten an der Bushaltestelle in den Briefkasten geworfen habe, ärgere ich mich über meine devote Art und Weise. Wer weiß, vielleicht habe ich wirklich etwas falsch gemacht. Aber zählt das jetzt, da mein Vater im Marienhospital mit ungewissem Ausgang ist? Wo mich Johanna im Auto abgeliefert hat, wie eine Mutter ihren Sohn zum Fußballtraining?

»Matthias Matschke«, ruft jemand.

Der Gärtner hat mich gerufen. Es ist Claudius. Er ist der Mann bei den Bäumen im Kübel.

»Sie ist nicht da«, ruft er weiter.

»Was machst du da?«, rufe ich zurück.

»Wieso?«, fragt er. »Das muss doch gemacht werden.«

»Aber nicht am zweiundzwanzigsten November! Da ist das schon zu spät. Der Frost kann den Baum angreifen. Wenn du jetzt zu stark zurückschneidest, entstehen Nekrosen.«

Ich rufe das, als wüsste ich wirklich was darüber. Aber es ist nur totes Wissen aus dem Biobuch. Dann rufe ich: »Ich dachte, ihr hättet dafür jemanden.«

Erst danach erkenne ich, dass ich ihn damit verunsichert habe.

»Meine Eltern sind nicht da. Sie verbringen die zweite Jahreshälfte im Tessin«, sagt Claudius laut über die Distanz hinweg. Ich sage nichts, weil ich nicht weiß, was ich sagen soll. Aber das ist mir egal. Ich bin das Kind eines Mannes ohne Besinnung.

»Und Johanna?«

»Ich dachte, du wüsstest, dass sie nach Berlin auf die Musikschule gegangen ist.«

»Natürlich weiß ich das«, lüge ich, »ich wollte nur wissen, wie's ihr geht, ich hatte mich gar nicht mehr bei ihr gemeldet.«

Claudius weiß nicht, was er sagen soll.

»Warum ich hier bin«, sage ich. »Ich wollte meine Al-Jarreau-Platte holen, die habe ich Johanna vor ein paar Monaten geliehen.

»Okay, dann hol sie dir einfach«, sagt er.

»Kannst du sie mir vielleicht holen?«, frage ich.

Claudius zögert, aber dann geht er los, Richtung Haus.

Als er drin ist, warte ich noch zwei Sekunden und gehe dann zu dem Briefhäufchen, nehme meinen Brief und gehe zum Tor hinaus.

Die Kälte greift nach meinen Gliedern auf dem Weg zur Straßenbahnstation und dann wieder beim Umsteigen am Böllenfalltor in den Bus zurück ins Dorf.

Zu Hause stecke ich den ungeöffneten Brief in den Datenvernichter im Büro meines Vaters. Ich sitze auf seinem Stuhl und an seinem Schreibtisch, als der Datenvernichter lärmt, als wolle er das Schreiben mit Lautstärke zerteilen. Hier vermisse ich meinen Vater. Am besten kann man Menschen dort vermissen, wo sie hingehören. Der Raum ist gut und gibt mir Wärme. Aber es ist zu leise hier. Damit ich etwas höre, vernichte ich das Telefonbuch im Datenvernichter. Nicht das ganze. Erst mal die vierseitige Großanzeige. »Stets professionell – Ihr Autohaus Sell.«

Der Spruch versinkt im Maul mit den Schredderzähnen.

Und dann klingelt das Telefon. Ich stelle mich vor den Telefontisch im Flur. Es ist nicht Ingrid, aber eine Frauenstimme aus der Intensivstation sagt: »Ich kann nicht sagen, ob Sie berechtigt sind, aber wenn Sie der Sohn sind und volljährig, also, Ihr Vater hat derzeit gute Vitalwerte, und deshalb haben wir uns gestern entschlossen, die Aufwachphase aus dem Koma einzuleiten. Bislang läuft alles ganz gut, und wenn das so bleibt, wird er morgen auf eine Normalstation verlegt. Die Stimme der Frau spricht schnell und so, als müsse man alles, was sie sagt, leicht verstehen können. Also sage ich: »Ich verstehe«, auch wenn das überhaupt nicht stimmt. Nur dass mein Vater, wenn es gut läuft, in eine andere, nichtintensivmedizinische Station aufgenommen werden kann. Ich versuche so gut wie möglich zu folgen, aber meine Ohren schwappen über, und mein Kopf rettet sich in Bilder und driftet auf dem Palaver der Schwester.

»Also«, sagt die Frau am Telefon, »wenn Sie das bitte auch Ihrer Mutter sagen könnten?«

»Ja«, sage ich. »Welche Station noch mal?«

»Die Station habe ich noch gar nicht gesagt«, sagt die Frau. »3A.«

»Und wann wird er verlegt?«, frage ich.

»Wie gesagt, morgen«, sagt die Frau.

»Mein Vater friert leicht. Hat er es denn warm genug? Dafür soll ich sorgen.«

»Ihr Vater friert nicht, Herr Matschke. Hier sind immer zweiundzwanzig Grad. Sagen Sie Ihrer Mutter bitte alles, was ich Ihnen gerade gesagt habe, ja? Danke.«

Der Hörer leer in meiner Hand.

Ich drücke ihn auf den Apparat, hebe gleich wieder ab, höre kurz nach dem Freizeichen und tippe die Arbeitsnummer meiner Mutter. Die Nummer ist besetzt. Noch ein Blick zurück ins Arbeitszimmer. Jetzt ekelt mich die Wärmflasche. Da nicht hin zurück! Ich bleibe lieber beim Telefon und denke an Johanna. Warum hat sie mir das mit Berlin nicht gesagt? Ich würde gerne wütend sein, aber das traue ich mich nicht. Doch. Ein wenig knalle ich den Hörer auf das Telefon. Die Klingel im Innern scheppert.

Das Erste, was man hört, wenn ein Auto in unsere Garage fährt, ist das Klackern des Rolltors, das elektrisch nach oben gleitet. Wie ein sanfter Bote, der dezent und unaufgeregt über eine Ankunft informiert. Danach hört man entweder das hochtourige Surren des Kühlerventilators vor dem Volvo-Motorblock oder, wie jetzt, das sich nähernde Tuckern des Dieselmotors im Golf meiner Mutter. Der Motor wartet mit tiefem Knattern, bis das Tor vollständig hochgefahren ist.

»Hörst du das?«, fragt mich mein Vater, als ich sechs Jahre alt bin. Wir stehen gemeinsam hinter dem VW-Käfer meiner Mutter und schauen auf den Motor unter der geöffneten Heckklappe, an dem sich Dinge drehen. Ein rasselndes gleichbleibendes Geräusch geht von dem Motor aus. Es ist, als gäbe der Motor allem um ihn herum Kraft. Als würde er auch die gleißende Laterne über dem Eingang des Pfarrhauses mit Energie versorgen und uns den Lichtkegel mit dem Käfer darin schenken. Der Tag ist schon dunkel, obwohl ich vorhin erst aus dem Kindergarten gekommen bin. Die Luft ist kalt und klar, aber das Auspuffendrohr legt einen bleibenden Nebel auf den schneebedeckten Boden. Jeder unserer Schritte hat jetzt ein sanftes mattes Knarzen, als wir um das Auto gehen und uns alles anschauen. Mein Vater hat mir gerade das Auspuffendrohr gezeigt und den Motor. »Dass der Motor hinten ist, das ist ganz anders als sonst bei anderen Autos«, hat mein Vater gesagt. Und dann hat er »Hörst du das?« gesagt.

Und jetzt gehen wir einen Schritt zurück wie zum Betrachten eines Bildes. Und dabei sagt er: »So ruhig läuft nur ein Vierzylinder-Boxermotor. Musik ist das.« Ich schaue ihn an: Er trägt eine Fellmütze mit Schlappohren. So wie ich.

»Aber«, sagt er, »in so einen Käfer kann man auch einen Porschemotor einbauen!«

Ich freue mich vor allem, dass mein Vater so glücklich ist. Stille außer dem Motor. Wir schauen weiter auf das Auto, das er am Tag zuvor gekauft hat. Gebraucht, aber für uns neu.

»Ist das jetzt unser neues Auto?«, frage ich.

»Mamas Auto«, sagt er. »Ich brauche was zum Fahren, wo ich am Sonntag nach dem Gottesdienst auch mal draufdrücken kann.«

Ich nicke, ohne zu verstehen.

»Das hier ist ein kleines Wunder deutscher Ingenieurskunst. Der Wagen ist luftgekühlt! Luft friert nicht ein! Ideal für den Winter! Ah, apropos«, sagt er, und damit geht er mit eiligem Schritt ins Haus zurück.

Ich stehe allein. Neben dem Auto. Das weiter gleichmäßig tuckert.

Alles still außer dem Motor. Plötzlich bekomme ich Angst. Es ist mir, als wäre ich mit einem knurrenden Hund allein, der jederzeit losspringen kann.

Wo ist mein Vater? Die Heckklappe schaut aus wie ein aufgerissenes Maul und fliehen kann ich nicht, denn Licht ist nur unter dem Kegel der Wandlaterne, und überall anderswo herrscht Finsternis. Und davor fürchte ich mich noch mehr als vor dem Rasseln. Meine Penisspitze zwickt zweimal. Und Schlottern.

Dann kommt mein Vater zurück. Er hat ein eisernes Kreuz in der Hand. Ich weiß nicht, was er damit machen will. Fast wirkt es, als wolle er das Auto damit verprügeln. Oder segnen. Aber er kommt zu mir damit und sagt: »Jetzt bekommt der Winterreifen von uns!«

»Warum braucht das Auto Winterreifen?«, frage ich.

»Na, damit er nicht ausrutscht. Das ist bei Autos und uns Menschen gleich. Du hast deine Moon Boots, und unser Käfer hat seine Winterreifen.«

Ich glaube, ich verstehe. Aber warum das Kreuz in seiner Hand?

Mein Vater sieht meinen Blick und klärt auf: »Das ist ein Radkreuz. Unser wichtigstes Werkzeug. Damit ziehen wir dem Auto die Schuhe aus und an. Wie mit einem Schuhlöffel. Und das machst heute du.«

Dabei zeigt er auf vier Reifen, die neben der Fahrertür übereinandergestapelt sind wie breite schwarze Münzen.

»Mit hinten links fangen wir an«, sagt mein Vater.

Der Wagenheber ist schon unter die linke Flanke des Käfers gespannt, und mit ein paarmal Heben und Senken an der langen Stange lässt mein Vater das Rad vor mir in die Luft steigen.

Ich bin stolz. Mein Vater ist glücklich und sagt etwas von Kreuzmontage. Ich nicke, als hätte ich verstanden. Wir beginnen.

Ich schaue hinter uns. Da steht meine Mutter mit ihrem Fotoapparat und winkt. Sie macht ein Foto.

Und später und vorhin und bald wieder schaue ich mir das ins Familienalbum geklebte Foto an: Ich stehe mit gebeugten Knien neben dem linken Vorderrad und drehe die Schrauben mit dem Radkreuz auf. Der Motor läuft noch immer im Leerlauf und stößt grauen Dunst von sich. Wie mein Vater, der mit seiner Zigarette im Mundwinkel Rauchwolken in die Luft pafft.

Er hockt hinter mir, lächelt, das Gesicht von den Lederschlappohren der Mütze eingerahmt. Die Hände in Handschuhen auf die Knie gestützt. Er schaut mir zu.

Und es sieht so aus, also ob wir –

Ich habe das Bild immer und immer wieder angesehen über die Jahre. Ich kenne jedes Detail. Weiß das Nummernschild auswendig und so weiter. Aber erst jetzt realisiere ich, dass mein Vater auf dem Bild raucht. Warum habe ich die Zigarette in seinem Mund all die Jahre übersehen? Warum habe ich das vergessen?

Schließlich der Schlüssel im Schloss. Meine Mutter kommt von der Arbeit nach Hause und sieht mich vor dem Telefontisch stehen.

»Papa hat früher geraucht?«, frage ich.

»Äh, ja«, sagt sie. »Weißt du doch. Die letzte Schachtel HB, die er geraucht hat, liegt als Erinnerung in der Mittelschublade in seinem Schreibtisch.«

»Ja, ich weiß«, sage ich. »Das Krankenhaus hat angerufen. Papa wacht auf.«

»Ja«, sagt meine Mutter, »die haben meine Nummer in Dieburg irgendwie rausgekriegt und mich auch angerufen, weil sie nicht wussten, was du alles wissen darfst und ob du alles verstanden hast. Jetzt muss man erst mal sehen.«

Ich bin wütend. Aber meine Mutter sieht es als Sorge und sagt: »Morgen Mittag gehen wir hin.«

Ich entscheide mich gegen Streit und freue mich, dass meine Mutter da ist.

»Station 3A«, sage ich.

»Ich weiß«, sagt meine Mutter.

Und am nächsten Tag stehen wir im Zimmer meines Vaters. Er schläft, ist nicht wach, aber die Ärztin, die mit uns vor ihm steht und ihn wie ein Gemälde betrachtet, flüstert: »Auch das gehört dazu. Der Körper muss sich seinen Schlaf-wach-Rhythmus erst wieder zurückerobern. Und das kann ein wenig dauern. Er ist aus dem Koma erwacht, auch wenn er jetzt schläft.«

Er wirkt gar nicht so anders als vorher. Vielleicht ist der Haarkranz um die Glatze ein wenig zu lang, und er ist unrasiert um den Spitzbart. Ja, er wirkt älter. Aber sonst.

Das Licht hier um uns herum ist mäßig und weich. Drei

Menschen stehen im Raum, einer liegt. Als wären wir ein Gemälde, und mein Vater ist Lazarus, und gleich springt er auf.

Die Stille rundet jede Kante ab. Mein Vater atmet ruhig.

»Es ist gut, dass er problemlos wieder selbständig atmet«, sagt die Ärztin.

Es ist seltsam zu wissen, dass der Mann da der Mann mit mir am Käfer war.

Und dann beginnt das letzte Jahr.

1990

Unser Jahr 1990 beginnt kurz vor Weihnachten 1989. Ich habe es mir in den letzten Wochen angewöhnt, nach der Schule zu meinem Vater zu fahren und bei ihm im Zimmer im Marienhospital zu sitzen.

Anfang Dezember hat sich der körperliche Zustand meines Vaters mittlerweile, so sagen die Ärzte, so weit stabilisiert. Zum geistigen Zustand könne man noch nichts sagen, sagen sie weiter. Und so habe ich mich mittlerweile auch daran gewöhnt, dass man noch nichts sagen kann. Woran ich mich nicht gewöhne, sind Prognosen. Und um Prognosen kämpft meine Mutter. Sie telefoniert wieder mit diesen und jenen Ärzten. Und alle sprechen von Verläufen, die man aber zum jetzigen Zeitpunkt noch nicht sicher absehen könne. Sie ist besessen davon, von anderen zu wissen, ob er wieder wird, wie sie sagt.

Und ich habe mich daran gewöhnt, ihn fast jeden Tag im Krankenhaus nach der Schule zu besuchen. Bei ihm zu sitzen und seinen dämmernden Zustand zu betrachten. Hier ist viel Platz für Gegenwart. Sie ist im Raum wie abgestandene Luft. Das macht mich müde. Weggehen geht aber auch nicht.

Meine Freunde wissen mit kurzer Verzögerung alle, was

passiert ist. Sie fragen mich vorsichtig, wie es mir geht. Und ich sage, gut. Sie sagen, wenn sie was tun können, dann. Ja, danke, sage ich, ich komme schon klar.

Und dann sage ich: »Lasst uns doch einfach ins *Chaos* gehen und Kaffee trinken!«

Und das tun wir. Und wenn wir da sind, ist alles wie immer. Und wir reden über die anstehenden Prüfungen und darüber, was man danach machen will und ob man Zivil- oder Wehrdienst macht, und wir sitzen da und starren auf uns in der verspiegelten Säule und dann dran vorbei, um schöne Mädchen durch die Tür kommen zu sehen. Das fühlt sich an wie immer.

Und dann gehe ich meistens zu meinem Vater.

Und das wird dann auch wie immer.

Und so sitze ich an einem Mittwoch nach der Orchesterprobe bei meinem Vater im Einzelzimmer am Fußende seines Bettes, den viereckigen Geigenkasten mit Rucksackträgern zwischen meinem Rücken und der Stuhllehne. Der Kasten lässt mich ungewöhnlich aufrecht sitzen, als würde ich aufmerksam zuhören. Aber da ist nicht viel zu hören. Sein Atmen im sonst geräuschlosen Zimmer. Ich schaue mir seinen rechten Fuß an, der aus der Decke hervorschaut. Seltsam rot an einem dünn gewordenen Bein.

Füße sind wie Hände, wenn es um Eigenheiten geht. Ganz besonders und einzig, obwohl milliardenfach in der Welt.

Bestes Beispiel Johanna: wie sie mit übereinandergeschlagenen Beinen den Ballerina an ihrem linken Fuß hängen und wippen lässt. Wie sie die Füße im Schlaf aneinanderlegt. Und ihre Zehen so sanft bewegt wie langgestreckte schöne Finger. Und ihre Hände, deren Anblick mir schon vor der Berührung

Geborgenheit schenkt. Ich kann nicht ertragen zu spüren, wie sehr ich sie vermisse.

Mein Vater sieht älter aus. Als hätte er zehn Jahre verschlafen und wäre mit einem Mal zweiundsechzig. Dass er manchmal, so wie jetzt, die Augen öffnet und zur Decke blickt, das ist normal, sagen die Ärzte. Auch dass die Augen in diesem Zustand noch besonders lichtempfindlich sind, gehört wohl dazu, und daher ist das Zimmer abgedunkelt. Die Vorhänge haben in der Stellung vorhin am Tag bestimmt nur einen Spalt fahles Licht hereingelassen, jetzt ist es kurz vor sechs und draußen winterdunkel. Zwei kleine matte Birnen rechts und links am Spiegel leuchten schwach wie Opferkerzen und lassen das Waschbecken darunter wie einen kleinen Seitenaltar im Dom von Orvieto aussehen. Den Dom habe ich vor zwei Jahren mit meinen Eltern besucht.

Alles ist fahl und ruhig. Er ist noch immer seltsam fremd, der Mann, der da vor mir liegt. So wie ein Onkel zweiten Grades. Der jetzt blinzelt und etwas reger ist als vorher. Die steife Position mit dem Geigenkasten im Rücken macht mich müde. Aber ich bin zu faul, um etwas zu verändern, und meine Gedanken wandern. Ich denke an Johanna, ich denke an den zu langen Fußnagel meines Vaters am großen Zeh. Ich denke, wenn ich mich ab jetzt immer gut benehme, dann wird der alte Mann überleben und zu meinem Vater zurückverwandelt werden. *Mutabor*, denke ich und flüstere es halblaut, so wie es auf der Europa-Märchen-Langspielplatte von Kalif Storch geflüstert wird. Aber mein Vater wird nicht verwandelt, sondern bleibt ein seltsamer Storch mit kralligen Füßen an gakeligen roten Beinen.

Und auch wir sind ihm wohl seltsam. Die Anderen in der Welt. Die Welt, in die er nun hineinblinzelt. Immer wacher hineinblinzelt. In das dunkle Zimmer, das er nicht kennt und von dem er nicht weiß, wie er da hineingekommen ist. Jetzt sieht er mich an, als hätte ich etwas begangen. Ich fühle mich wie damals, als er mich in seinem Arbeitszimmer angeschaut hat und zu Schwester Ruth losgelaufen ist.

Mein Rücken strafft sich glatt gegen den Geigenkastenboden. Ein Blick reiner Verwunderung. Nichts anderes dabei.

Es hat lange gedauert, aber jetzt, hier, heute, scheint er mich zu erkennen. Er kann die Augen nicht von meinem Geigenkasten nehmen. Es scheint, als wisse er beim besten Willen nicht, was darin ist. Oder ob der schwarze Buckel Teil meines Körpers ist.

Wir sehen uns an, durch das stumpfe Licht.

Ich folge seinem Blick. Und da, wohin sein Blick fällt, wird das Licht wärmer, wie Kerzenschein. Ansonsten bleibt die Dunkelheit um uns.

Dann sagt er, langsam, aber mit der Stimme, die ich von ihm kenne: »Mensch, Matthi.«

Dann schließt er wieder müde die Augen, die Lider schwer wie Truhendeckel. Zurück im Schlaf. Ich warte. Dann gehe ich langsam und leise aus dem Zimmer.

»Mein Vater hat etwas gesagt«, melde ich dem dicken Pfleger im Gang, aufgeregt wie ein Matrose im Ausguck, der eine fremde Mastspitze am Horizont erblickt. Der Pfleger steht vor einem Adventskranz, hält den Docht einer dicken roten Kerze an eine fast niedergebrannte andere und drückt das Hinterteil der Kerze in den Wachssee der alten.

»Das ist doch gut«, sagt der Pfleger. »Das wird jetzt mehr und mehr werden.«

Und ja. Über die Zeit wird es mehr. In den nächsten Tagen

drückt er meine Hand. Und ich erzähle ihm, und er hört zu. Manchmal sagt er »ja« oder »aha«.

Meiner Mutter erzähle ich erst am übernächsten Tag davon. Ich kann nicht früher. Und als ich ihr davon erzähle, ist sie aufgeregt und kommt gleich mit. Aber an diesem Tag schläft er. Und die Krankenschwester sagt, dass es auch eine Stressreaktion sein kann.

»Unsere Patienten sind wie Neugeborene. Wenn es ihnen zu viel wird, schließen sie die Augen und sind weg.« Sie lacht und sagt: »Was für eine Gnade.«

In den Tagen danach scheint er immer wacher zu werden. Man hat ihn leicht im Bett aufgesetzt. Wie ein verträumter Eremit in karger Landschaft schaut er in den Raum.

Wie Johannes der Täufer, denke ich, wie auf dem Gemälde von Geertgen tot Sint Jans, das es auch in dem *Von Bosch bis Brueghel*-Buch in der Bibliothek meines Vaters zu sehen gibt. Sein Haar lang gewachsen und sein Gesicht unrasiert. Sein glasiger Blick trifft manchmal auch mich. Wie sehr er sich erinnert an meine Besuche und an das, was ich ihm erzähle, ist schwer zu sagen. Aber er wird wacher.

Noch habe ich mich nicht getraut, ihn etwas zu fragen. Woran er sich erinnert oder so. Man zieht ihm einen Trainingsanzug an, was ihn wie einen alten mageren Sportlehrer aussehen lässt. Das sage ich ihm dann, und er lächelt.

Meine Mutter kommt jeden zweiten Tag mit, bleibt aber seltsam scheu. Sie streichelt ihn und redet zärtlich mit ihm, benimmt sich aber, als wolle sie nichts kaputt machen, und drängt früh, wieder zu gehen. Und wenn wir wieder draußen sind, dann sagt sie, dass sie das alles mit dem behandelnden Arzt besprechen muss, aber der ist schwer zu kriegen, und sie will probieren, auch mit ein paar anderen Fachleuten telefonischen Austausch zu haben. Und sie sagt, dass sie das alles sehr mitnimmt, ihn so zu sehen.

Zu Hause hat sie sich einen Stuhl vor den Telefontisch gestellt, um die langen Gespräche und Warteschleifen auszuhalten. Das Telefonbuch auf den Knien als stabile Unterlage für den linierten Collegeblock mit der Spirale, bereit für Notizen. Vollgeschriebene Ränder des Telefonbuchs. Prognosen in Stichwörtern.

Dass sie so lange die Leitung blockiert, ist mir egal. Sage ich mir. Bis vor Kurzem wäre ich noch davon getrieben gewesen, dass der Anschluss erreichbar ist. Für mögliche Anrufe von Johanna. Aber warum sollte sie anrufen? Sie ist in Berlin. Alle lassen mich in Ruhe.

Aber am nächsten Tag nach der Schule will ich doch wissen, ob sie da ist, vielleicht hat sie ja schon Weihnachtsferien und ist zu Hause. Aber was, wenn sie wirklich da ist? Ich muss einen Grund haben, um dorthin zu gehen. Dazu denke ich mir was aus. Ich tarne mich als Teenager, der Geld braucht und dafür Prospekte austrägt und seinen Lohn auf die Hand bekommt. Ich habe Geld, aber ich habe keine Prospekte. Also gehe ich in den Supermarkt Schulstraße, Ecke Karlstraße und nehme mir einen Stapel Prospekte mit einem Handstreich und gehe wieder.

Ich fahre zwei Stationen bis zur Haltestelle im Paulusviertel. Dass ich die Prospekte mitgenommen habe, ist nicht komisch, es ist ja nicht klauen, finde ich, aber dennoch habe ich sie schnell unter meine Daunenweste gesteckt.

Erst jetzt schaue ich nach, was ich da gegriffen habe. Die Prospekte zeigen Wurst- und Fleischerzeugnisse der Region in hellem Rosa und kräftigem Violett.

Seit vier Monaten bin ich überzeugter Vegetarier, zusammen mit Klaus. Als Smiths-Fans haben wir die Botschaft der *Meat Is Murder*-Platte verstanden. Nur das ist komisch, als ich jetzt den Reißverschluss meiner blassblauen Weste wieder öffne und es fleischfarben auf meiner Brust schimmert. Ein bisschen sieht es aus wie ein aufgeschnittener Thorax oder wie das flammende Herz auf Jesu Brust wie auf dem Bild in der Küche meiner katholischen Großmutter.

Hundert Meter vor dem Haus Sell beginne ich die Prospekte in die Briefkästen zu verteilen, mit verschlagenem Blick auf das Tor der Villa. Und mit einem Mal finde ich das die blödeste Idee der Welt. Warum mache ich das? Ich weiß, dass Johanna nicht hier ist. Und wenn sie es wäre, dann wäre alles nur noch schlimmer. Doch jetzt habe ich mich schon sehr nah über die Nachbarbriefkästen an den Eingang herangeklappert.

Vor dem Tor der Villa Sell läuft ein Mädchen vorbei. Es ist nicht Johanna, aber ihr Gang kommt mir bekannt vor. So auswärtsgedreht wie eine Balletttänzerin. Sie hat mich gesehen und lässt mich nicht mehr aus dem Blick. Sie kann nicht wissen, was ich hier tue, aber sie weiß, wer ich bin. Und ich weiß, wer sie ist.

»Hallo«, sagt das Mädchen und bleibt vor mir stehen.

»Ich bin Matthias Matschke«, sage ich, als könnte mich das schützen.

»Ja, ich weiß«, sagt sie und strahlt mich an, als würde sie das sehr freuen. »Ich bin Lara«, sagt sie.

»Ja«, sage ich, »ich weiß. Du bist die Tochter von Herrn Bonini. Wir haben uns mal kurz in der Druckerei gesehen.«

»Ja«, sagt sie und lacht. »Hat das mein Vater gedruckt?«,

sagt sie und deutet mit den Augen auf die Prospekte und lacht noch mal.

»Nein, das ist nur so ein Job«, sage ich. Ich bewege die Fleischprospekte auf und ab, als wollte ich sie wiegen. »Ich muss ein wenig was ansparen, damit ich den Sprachkurs bezahlen kann.«

»Welche Sprache und wofür?«, fragt Lara. Sie ist wirklich interessiert.

»Italienisch«, sage ich, »oder Niederländisch. Ich kann beides brauchen. Ich will Kunstgeschichte studieren. Und mich interessiert alles zwischen Bosch und Brueghel. Na ja, und ohne die Italienische Renaissance kommt man in der Kunst nicht weit.«

»Ah«, sagt Lara und lächelt offen, »mein Opa ist Italiener.«

»Was machst du hier in der Gegend?«, frage ich. »Wohnst du auch hier?«

»Wieso auch?«, fragt sie und wartet zum Glück nicht auf Antwort. »Nein, mein Papa und ich wohnen in Dieburg, aber er arbeitet doch dahinten.« Sie dreht sich und zeigt hinter sich. »Dein Papa doch auch!«

»Ja«, sage ich.

»Magst du Fleisch?«, fragt Lara.

»Nein, ich esse kein Fleisch mehr«, sage ich.

»Na, dann ist das ja ein doppelt komischer Job, den du da hast!«

»Ja«, sage ich und blicke auf die Prospekte, die sich jetzt anfühlen wie vergammelte Wurstscheiben.

Langsam gehen wir los Richtung Straßenbahn. Als hätten wir uns dazu verabredet.

»Was machst du jetzt mit den restlichen Prospekten?«, fragt sie.

»Na ja, wegschmeißen.«

»Ja«, sagt sie, »mein Vater sagt auch, er ist sein eigenes Problem. In Deutschland werden jeden Tag über tausend Tonnen Druckerzeugnisse gedruckt, die dann ungelesen weggeworfen werden. Mein Vater ist bei den Grünen.«

»Ja«, sage ich. Und dann fällt mir nichts mehr ein.

An der Haltestelle stehe ich stumm, während Lara lächelt. Unsere Straßenbahnen in unterschiedliche Richtungen kommen zeitgleich.

Und zeitgleich sagen wir: »Tschüss.«

In der Bahn lege ich die Prospekte auf den Sitz.

Ich besuche meinen Vater. Und als ich sein Zimmer betrete, ist da ein kleines Wunder. Er sitzt auf dem Bettrand. Die Hände neben sich auf die Matratzenkante gepresst, als wolle er aufstehen. Aber er hat noch einen Katheter. Der Schlauch zieht an ihm, wie die Wand an einem angeleinten Hund, der das Warten vor dem Supermarkteingang satthat. Und als er mich jetzt sieht, wirkt er wie erwischt. Ich fühle mich unangenehm überlegen.

Eine Woche später fängt er wieder an zu gehen, wenn auch noch unsicher, und ganz langsam und gestützt von mir und anderen, und der rechte Fuß schleppt stark. Aber langsam immer besser. Und die Physiotherapeutin und die Ärzte sind begeistert und so weiter.

Er spricht sehr langsam, aber kaum verwaschen. Er erkennt, wer wir sind, meine Mutter und ich. Er weiß, wer er ist. Mit leichter Unterstützung auch, worin sein Beruf einmal bestand. Und nichts scheint ihn größer zu ängstigen.

Jemand schneidet ihm die Haare und zieht ihm wieder den Adidas-Anzug an, den einer vor ihm hiergelassen hat.

Und er wird dem Betrachten nach wieder mehr zu Christian Matschke, ungefähr so, wie ich ihn kenne. Aber zwei Dinge kehren nicht zurück: der Groll und die Streitsucht. Manchmal ärgert er sich, wenn er etwas nicht schafft. Das Hemd zuzuknöpfen und so was. Aber das ist schnell vergessen mit all den anderen Dingen.

Vielleicht hat er mir ja den Groll zu Lebzeiten vererbt. Denn am nächsten Mittag, kurz nach Schulschluss, wird aus der Sehnsucht nach Johanna große Wut auf sie. Und die greift um sich.

Ich streite mich mit Klaus, streite mich mit meinen anderen Freunden. Und während ich mich streite, weiß ich schon, dass ich unrecht habe, streite aber weiter.

Trotzdem fühlt es sich richtig an, wütend wegzugehen und sie stehenzulassen.

Und auf dem Weg zur Telefonzelle auf dem Kapellhofplatz vor der Schule bin ich wieder nur wütend auf Johanna.

Ich rufe meine Mutter an, frage, ob wir uns bei Papa treffen wollen. Sie sagt, sie wolle eigentlich morgen hin, weil sie im Büro heute nicht wegkann. Ich sage ihr, dass ich das so verantwortungslos finde. Schließlich gehe es um ihren Mann und nicht um irgendeinen unwichtigen Mist beim Fernmeldeamt! Ich schmeiße den Hörer in die Hängegabel, und die Leitung, die wie ein Duschschlauch ist, schabt leicht am Apparatgehäuse. Ich hasse mich. Ich bleibe noch ein wenig in der stinkenden Zelle stehen. Das ist ein seltsamer Trost.

Als ich bei meinem Vater ankomme, sitzt er wieder am Bettrand und lächelt und sagt: »Matthi, die sind so zuvorkommend hier. Ich hatte keine Pantoffeln, da haben die mir welche von denen gegeben.«

»Ja –«, sage ich, und meine Stimme stoppt.

»Gehst du jetzt in die Schule?«, fragt er langsam.

»Ja«, sage ich kurz. Und dann: »Papa, weißt du eigentlich noch, wer Herr Schweckendiek ist?«

»Paul Schweckendiek? Mit dem habe ich doch studiert!«

Mein Vater erinnert sich an vieles von früher, Kindheit und Jugend und Ausbildung.

»Ja, und ich war bei ihm im Konfirmandenunterricht.«

Mein Vater schaut mich an. Er überlegt und sagt dann: »Das weiß ich nicht mehr.« Die Erinnerung an die letzten Jahre ist schwieriger.

»Ja, egal«, sage ich. »Da war jedenfalls ein Junge, und dessen Schwester heißt Johanna, und die hat mich neulich abgeholt mit einem alten Käfer«, sage ich.

Mein Vater überlegt, sucht in meinen Augen nach einem Tipp und sagt dann: »Das weiß ich nicht mehr.«

Meine Augen drücken. »Gar nicht schlimm«, sage ich.

Mein Vater schaut mich weiter erwartungsvoll an.

Ich möchte ihm sagen, dass ich mich ohne Ende nach Johanna sehne, dass sie die schlauste Person ist, die ich je kennengelernt habe, wenn auch nur ganz kurz, aber das reicht ja manchmal, um zu wissen, dass man nur mit diesem Menschen sein will. So oft, wie es geht. Dass ich sehr gerne mit ihr schlafe, weil es nicht so ist, wie andere immer sagen, wie miteinander schlafen ist. Und worüber man mit ihr lachen kann. Und ihre Stimme. Schön und sanft. Und dass sie einfach abgehauen ist und sich nicht meldet. Und dass ich sie gebraucht hätte, als ich um ihn so viel Angst gehabt habe, und sie immer noch brauchen würde, weil ich immer noch so viel Angst um ihn habe.

Mein Vater schaut noch immer durch die Stille, und ich sage: »Die studiert jetzt in Berlin.«

Mein Vater lächelt und weiß nicht, was er sagen soll.

Ein paar Tage vor Weihnachten ist mein Vater durch Physiotherapie und die anderen Maßnahmen so weit in Form, dass die Ärzte ihn nach Hause schicken. »Wie das mit den kognitiven Stärken und der geistigen Verfassung weitergeht«, sagt der Arzt, der mit meiner Mutter und mir das Entlassungsgespräch führt, »das wird sich im Verlauf des Januars zeigen, denke ich. In jedem Fall muss er in die Reha, aber da ist es in ganz Südhessen zurzeit schwierig mit Plätzen. Ich habe mich schon umgehört. Im Frühjahr soll es besser werden, und vielleicht findet sich ja in der Zeit eine Lösung.«

»Wir sind sehr froh, wenn wir ihn wieder mit nach Hause nehmen können!«, sagt meine Mutter.

Mein Vater kann gehen, wenn auch langsam, denn sein rechter Fuß folgt nach wie vor nur mit großer Anstrengung seinem Willen. Er lässt sich von mir an dem leicht eckigen rechten Arm führen. Dann setzt er sich doch nach ein paar Metern in den Rollstuhl, den der Pfleger, der uns zum Fahrstuhl bringt, in langsamem Tempo hinter uns hergeschoben hat.

Er stellt meinem Vater die dickwandige Plastiktüte mit seinen Sachen sachte auf die Knie und sagt: »Den Rollstuhl können Sie beim Pförtner stehenlassen. Ihnen alles Gute, das war sehr lustig mit Ihnen, Herr Matschke!«

Und dann schaut er uns an und sagt: »Er hat uns alle mit seinen Geschichten gut unterhalten.« Er lächelt und geht.

Dann gleitet der Fahrstuhl mit uns nach unten. So nah zu dritt waren wir lange nicht. Mein Vater sitzt, wir stehen. Wir schauen auf die Wände. Dann sagt meine Mutter: »Wir sind mit dem Golf da.«

Meine Mutter hat für den Tag nach der Ankunft meines Vaters Herrn Schnellerts zum Hausbesuch gebeten. Er kommt.

Meine Mutter hat mit Dutzenden Ärzten telefoniert, aber am Ende hört sie nur auf Herrn Schnellerts.

Und Herr Schnellerts ist ein trauriger Mann mit Angst vor niedrigen Decken. Er ist fast zwei Meter groß mit Glatze, nur ein Kranz von kleinen Locken im Nacken steht noch dicht von Ohr zu Ohr. Noch ein Jahr bis zur Rente.

Herrn Schnellerts' linke Backe hat eine tiefe Furche und macht die Mimik lahm. »Ein Querschläger im Krieg«, flüstert mein Vater, als ich als Kind bei der Schluckimpfung auf seinen Knien sitze und heimlich frage. Herr Schnellerts hat etwas geholt und kommt zurück und sagt: »So, da haben wir den süßen Würfel für dich.« Eine Seite von Herrn Schnellerts' Gesicht lächelt, die mit der Furche bleibt ungerührt. Und mit der Flüssigkeit aus der kleinen Flasche färbt er den weißen Würfel braun. Ich kann nicht aufhören zu starren. Mein Vater merkt das und hopst mich unwirsch einmal mit den Knien. Ich öffne den Mund und schlucke.

»Und wie alt bist du?«, fragt Herr Schnellerts, und ich zögere, und die Knie meines Vaters hopsen wieder, und ich halte vier Finger vor das geteilte Gesicht.

Und jetzt, fünfzehn Jahre später, sehe ich ihn nur von hinten, denn er steht riesig gebeugt über meinem Vater. Mein Vater hört zu, als der Arzt spricht, und schaut ihn an, wie ein Kind einen Erwachsenen zurückbetrachtet. So wie ich damals.

Mein Vater sagt: »Ich bin Christian Matschke«, und schaut, als sei er besorgt. Mehr um Herrn Schnellerts als um sich. Und in der Tat stirbt Herr Schnellerts ein halbes Jahr später zum Anfang des Sommers.

Aber jetzt steht er gebeugt Hand in Hand mit meinem Vater und hebt dessen schlaffen, aber eckigen rechten Arm und dreht ihn sanft im Schultergelenk.

Sie sehen aus wie zwei alte kämpfende Käfer, die trotz Altersschwäche ringen. Langsam und traurig.

»Tja«, sagt er und lächelt schief, »da haben wir was gemeinsam: Da macht die eine Seite was anderes als die andere. Jetzt sind wir beide kriegsversehrt.«

Dann geht er und sagt vorher noch gebeugt an der Haustür zu meiner Mutter: »Das kann schon wieder werden. Er wird aber viel Physiotherapie brauchen, sonst wird es schlechter.«

Und ab da fährt meine Mutter meinen Vater dreimal pro Woche zur Physiotherapie. Und einmal fahre ich mit, und wir kaufen einen Weihnachtsbaum. Bei der Gärtnerei. Mit Wurzeln. Sie will ihn später einpflanzen, im vernachlässigten Garten. Mein Vater und ich warten im Golf. Wie Hunde, das Fenster ein Spaltbreit offen.

Meine Mutter hat gesagt, ich springe nur rasch zu Frau Wenner rein und lasse mich beraten. Und er nickt und wartet und hat Angst allein, auch wenn ich ihm sage, dass ich direkt hinter ihm sitze. Und er ist sehr glücklich, als meine Mutter wiederkommt. Der Baum ist nicht größer als ein Kleinkind, nicht so wie früher, bis zur Decke. Sie stellt ihn neben mich auf den Rücksitz und sagt: »Schnall den mal an.« Mein Vater lacht. Überhaupt kann man gut mit ihm reden. Meiner Mutter macht das Hoffnung, dass er wieder wird. Dass alles so wird, wie es war, und dass das Innen erhalten bleibt. Er hört aufmerksam zu und scheint darüber nachzudenken, was er hört.

Und manchmal sagt er: »Ich brauche mal ein Päuschen.« Und manchmal sitzt er nur da und lacht oder weint aus dem Nichts heraus.

Und ständig hat er Harndruck.

Er zieht sich selbst an, so weit wie möglich, auch mit eckigem Arm und lahmem Fuß, auch wenn es lange dauert. Er spricht, wenn man ihn fragt. Aber so, als wollte er durch Reden nichts zum Einsturz bringen. Einmal frage ich ihn, ob er mal wieder zu seinem Schreibtisch wolle. Er nickt, und wir gehen langsam vom Bett durch den Flur zum Arbeitszimmer. Er steht an der Tür zu seinem Arbeitszimmer, schaut fremd auf seinen Schreibtisch. Er sagt nichts. Berührt nichts. Setzt sich nicht. Er schaut aus dem Fenster und auf die Buchrücken der Bibliothek.

Dann isst er mit uns, ist still, aber freundlich und muss während des Abendbrots zweimal aufs Klo. Manchmal schafft er es nicht rechtzeitig und ist kurz verstimmt. Aber nach einigen Tagen hört er auf, sich darüber aufzuregen. Jede Streitsucht ist entwichen. Und er friert nicht mehr.

Meine Mutter ist durch die Balance zwischen Arbeit und täglicher Fürsorge sehr angestrengt, und die Weihnachtsfeiertage gehen wie Alltag vorüber.

Den ganzen Januar versucht meine Mutter das Leben in unserem Haus so wie früher aussehen zu lassen. Sie ist zärtlich, spricht mit ihm, fährt ihn zur Physiotherapie. Selbst die Kleider für die Arbeit legt sie ihm auf den Stuhl neben seinem Bett, auch wenn er jetzt fast nur noch Schlafanzüge trägt. Und immer öfter Windeln. Meine Mutter bleibt davon überzeugt, dass mein Vater zurück in sein altes Leben kann. Daher bleibe ich es auch.

Dann komme ich an einem Nachmittag von der Schule nach Hause, und meine Mutter kommt mir im Wintermantel an der Haustür entgegen, als ich aufschließe. Mittlerweile darf ich den Schlüssel meines Vaters als meinen Hausschlüssel benutzen. »Vorübergehend, bis Papa wieder wird.«

»Ich habe mit Professor Stockhaus gesprochen«, sagt sie, als würde ich wissen, wer das ist. Ich sehe meinen Vater durch die offene Wohnzimmertür im Sessel sitzen. Nur sitzen, sonst nichts. Sie zieht mich in das Arbeitszimmer meines Vaters und schließt sachte die Tür, als gelte es, eine freudige Überraschung noch kurz geheim zu halten. »Er hat mir gesagt, dass er noch was frei hat und dass Papa da ab nächster Woche hinkann.«

»Wohin? Und wer ist der Typ?«, frage ich.

Und als wäre das die Antwort, sagt sie: »Matthi, ich habe so viel telefoniert, du hast das bestimmt nicht alles mitgekriegt, du hast ja auch dein Abitur, aber am Ende hat der alte Schnellerts da alles möglich gemacht, und Papa hat ab nächster Woche einen Platz im Seniorenheim in Braunshardt!«

Ich weiß nicht, wo ich anfangen soll. »Wieso Braunshardt?«, frage ich.

»Na, weil es so nah ist von uns, das sind gerade mal vierzig Fahrminuten. Du musst gleich anfangen mit dem Führerschein. Ich habe das, soweit es möglich ist, auch schon mit Papa besprochen. Er gibt dir den Volvo.«

»Warum?«, sage ich bestimmt und laut, um ein wenig festen Boden unter die Füße zu kriegen. »Warum Altersheim?«

Meine Mutter sagt: »Nicht so laut! Das ist nicht nur ein Altersheim, sondern auch eine Station für Demenzkranke.«

»Warum hat er Demenz? Das ist doch nur vorübergehend. Er hatte einen Schlaganfall, und deshalb soll er in die Reha!«

»Ja«, sagt meine Mutter, »doch da bekommt er alles! Die Therapien mit den körperlichen Übungen und auch die mentale Versorgung.«

Weil ich nichts sage, sagt sie: »Matthi, ich habe die ganze Zeit rumtelefoniert. Für Papas Situation sind alle Plätze voll. Seitdem die Grenze offen ist, haben die Aufnahmestopp.«

»Hä?«, schreie ich. »Was ist das denn für ein Quatsch? Was hat das denn damit zu tun?«

»Ich habe das jetzt schon zweimal gehört«, sagt meine Mutter.

»Warum schickst du ihn weg? Papa gehört hierhin! Und warum in ein Altersheim? Er ist zweiundfünfzig!«

»Ich schicke ihn doch nicht weg!«

»Doch!« Meine Stimme überschlägt sich.

»Aber ich und du, wir schaffen das nicht allein, und du hast ja auch dein Abitur. Wie geht es dir da mit Bio?«

»Warum in ein Altersheim?«, brülle ich, sodass es mein Vater bestimmt auch im Wohnzimmer hören kann.

»Matthi, bitte, das habe ich alles so mit Dr. Schnellerts besprochen. Er sagt, in Braunshardt kann man gerade am besten mit Schlaganfallpatienten mit Demenzfolge umgehen. Bis sich was anderes findet.«

»Mann!«, brülle ich. »Dr. Schnellerts verschreibt euch Antibiotikum, wenn ihr Schnupfen habt.«

Meine Mutter sieht so müde aus wie nie. So müde, dass ich nichts mehr sagen kann.

Dann sagt sie: »Die Demenz wird wohl bleiben.«

Meine Mutter hält den Golfschlüssel und die Fernbedienung für die Garage hoch: »Ich muss da jetzt mal hinfahren. Die wollen gleich eine Unterschrift für den Vertrag. Sonst wird es zu knapp, soll ja schon am Ersten losgehen.«

Sie drückt auf die Fernbedienung. Das Klackern des Rolltors. Der Dieselmotor.

Bis dahin habe ich hinter der Tür im Arbeitszimmer gestanden. Von da blicke ich durch den Flur. Die Tür zum Wohnzimmer steht offen, und der Türstock rahmt meinen Vater im Sessel ein. Wie ein Genrebild in *Von Bosch bis Brueghel.* Gelbes Kerzenlicht von der Seite, ein alter Mensch, ansonsten alles dunkel am Winternachmittag.

Ich setze mich zu ihm. Er schläft nicht, aber er schaut auch nicht auf. Wie ein Blinder, der lauscht.

Und dann, ab Februar, wohnt er in Braunshardt. Ich buche bei dem Fahrlehrer im Nachbardorf so viele Stunden wie nur möglich, um endlich allein zu meinem Vater nach Braunshardt fahren zu können. Ich will nicht mehr neben meiner Mutter sitzen im Auto. Ich will fahren, wann ich will, wohin ich will.

Den Theorieunterricht hält der Fahrlehrer im Hobbykeller seines Einfamilienhauses ab, das er allein bewohnt. Neonlampen scheinen auf acht Gartenstühle aus Plastik, die beiden Seiten der Tischtennisplatte sind hochgeklappt, und daran hängt weißer Nesselstoff, an dem kleine Verkehrszeichen mit einer Klettrückseite auf einer selbstgemalten Straßenkreuzung angehängt werden können. Die Verkehrszeichen bewahrt der Fahrlehrer in einer alten Plastikschachtel Vanilleeis Familiengröße vom Eismann auf.

Der Fahrlehrer wundert sich, dass ich in so kurzer Zeit so viele Fahrstunden machen will. Ich sei sein bester Kunde, sagt er. Er holt mich von zu Hause ab und wartet mit laufendem Motor. Und wenn er mich im Eingang sieht, stößt er zuerst von innen die Beifahrertür auf, indem er sich quer über die beiden Vordersitze lehnt, dann steigt er aus und lässt die Fahrertür für mich offen stehen. Der Motor läuft. Er stolziert vor dem Auto her wie ein Torero vor einem Stier. Ich gehe hintenrum durch den Auspuffdunst.

Und er ist neugierig. Ob ich mit meiner Mutter ganz allein hier lebe? Was sie macht beruflich? Ob ich eine Freundin habe?

Ich bin wortkarg und versuche die Spur zu halten.

Er redet, meistens von sich: »Ja, der Harzer Klaus ist einer, von dem die Leute sagen, der hätte doch was Besseres sein können. Ingenieur oder so. Da vorne links, Schulterblick, Blinker, noch mal Schulterblick. Aber der Harzer Klaus ist eben auch einer, dem wichtig ist, wo er herkommt. Der Vater hat hier den Bauern schon das Fahren beigebracht, und das macht der Harzer Klaus jetzt eben weiter. Und ein paar schöne Mädscher wollen ja auch was vom Harzer Klaus lernen. Hast du eine Freundin?«

»Ja«, sage ich und beschleunige.

»Ist die auch auf deinem Gymnasium in Darmstadt?«

»Nein, die wohnt in Berlin.«

»Na, jetzt verstehe ich!«, sagt der Harzer Klaus. »Deshalb brauchst du den Führerschein so dringend! Damit du immer am Wochenende da hochbrettern kannst!«

»Ja«, sage ich und lächle, als hätte er mich erwischt.

»Aber Vorsicht, nicht drängeln!«, ruft der Harzer Klaus. »Verkehrsstau und Spermastau vertragen sich nicht.«

Er lacht dröhnend.

»Also gut, pass auf, Herr Matschke, nicht mehr beschleunigen, beim Ortseingangsschild musst du wieder auf fünfzig sein, mit dir hat der Harzer Klaus Ehrgeiz. Er will sagen können: Matthias Matschke war der Fahrschüler, den ich innerhalb von zwei Monaten zum Führerschein gebracht habe.«

Und so kommt es auch, aber bis dahin fahre ich mit meiner Mutter, um meinen Vater in Braunshardt zu besuchen, sie arbeitet derzeit nur halbtags. Unterricht habe ich keinen mehr, und so fahre ich meistens mit.

Wenn wir dort sind, dann passiert nicht viel. Wir sitzen bei ihm. An seinem Tisch, in seinem Einzelzimmer. In der Sitzordnung unseres Esstisches zu Hause. Meine Mutter erzählt von den Landfrauen, die sie nach wie vor donnerstags betreut. Aber sie denke darüber nach, sagt sie, die Aufgabe abzugeben. »Aber das weißt du ja«, sagt sie und schaut ihn dabei an.

Mein Vater denkt nach und sagt: »Ja.« Dann sagt er leicht verwaschen: »Hier gibt es viele Blumen um den kleinen See, die bald aufwachen.« Ich wüsste nicht, dass mein Vater sich jemals für Blumen interessiert hat. Pflanzen waren ihm immer wie Gestrüpp. Den Altarschmuck mit den Blumen hat immer meine Mutter ausgesucht, und den Blumenstrauß für Hochzeitstage hat immer Frau Schnitzler besorgt.

»Hast du schon deine Abiturprüfungen gemacht?«, fragt er.

Ich merke jedes Mal, wie sehr sich meine Mutter freut, wenn er sich an Sachen erinnert. Als bliebe der Horizont so noch ein wenig hell.

»Nein«, sage ich, »aber im Moment lerne ich gerade Bio. Das Thema ist die Verlandung von Seen. Da geht es auch ganz viel um solche Pflanzen wie die da draußen. Das abgestorbene organische Material sinkt zu Boden und erzeugt Schlamm.«

»Na ja«, sagt meine Mutter, »das ist vielleicht ein wenig zu kompliziert jetzt, aber es ist doch schön, dass du dich jetzt für Blumen interessierst, Chris.«

»Ja«, sagt mein Vater und lächelt.

Ich ärgere mich. »Ich wollte doch nur helfen«, sage ich.

»Ach, ich freue mich, dass ihr da seid!«, sagt mein Vater. Es scheint, als würde er sich freuen, unserem Gekeife zuzuschauen.

So machen wir das sehr oft. Und wir gehen den Flur auf und ab, um mit ihm die Erfolge seiner Physiotherapie zu feiern.

Sein Gang wird wieder runder.

Danach gehen wir nach Hause.

So geht das jeden Tag.

Ich lerne die Langeweile als Gleichmaß schätzen. Als feste Größe ohne gefährdende Amplituden. Johanna hat einmal gesagt: »Langeweile aushalten ist wie sich den Arm ritzen ohne Narben.«

Und ein paar Tage später sitzen wir wieder so und schauen vom Tisch aus in den Garten auf den Teich. Das Licht schwindet schon und macht das Schilf farblos. Der Wind lässt die Schilfrohre mit ihren Ährenpüscheln wie eine Formation hektisch marschierender Soldaten mit Bärenfellmützen vor dem Palast der Queen aussehen. Das sage ich meinen Eltern, und beide lachen. Alle sind erlöst, dass alle den Witz verstehen. Dann fragt mein Vater: »War eigentlich schon Weihnachten?«

»Ja«, sagt meine Mutter, »jetzt kommt Ostern. Und vorher hat Matthi noch seine schriftlichen Abiturprüfungen.«

»Ja, stimmt«, sagt mein Vater, »Deutsch und Englisch. Und Bio.«

»Ja«, sage ich und freue mich, dass er das alles weiß. »Und Reli mündlich bei Herrn Zitelmann«, sage ich.

»Ach, schön«, sagt er. Und: »Wenn ich dir was helfen soll.«

»Ja, dann sage ich«, sage ich.

Die Prüfungen sind Ende April. Dafür lerne ich, was in den Büchern steht, ohne innere Beteiligung. Ich bleibe unauffällig. Unter anderen Voraussetzungen wäre ich sicher aufgeregt gewesen, hätte nicht schlafen können, aus Angst, nicht zu bestehen. Aber das wäre alles zu viel für die Zukunft gedacht, und die ist mir egal geworden.

Das Kreiswehrersatzamt hat mich zur Musterung eingeladen, und jetzt warte ich auf einem langen Gang mit blöd grinsenden Männern in meinem Alter. Wir sollen Urin abgeben und Fragen beantworten, ob wir geistig zurechnungsfähig sind, ob wir Führerscheine für verschiedene Fahrzeugklassen besitzen oder beabsichtigen, diese demnächst zu erwerben. Bei der Frage mache ich ein Kreuz.

Der Arzt, der die Untersuchung meiner Hoden vornimmt, sieht aus wie Professor Bienlein von *Tim und Struppi*, und hinter ihm sitzt ein junger Soldat in Uniform, der wie sein gelangweilter übergewichtiger Sohn aussieht, den er zur Arbeit mitgenommen hat, damit er das auch mal kennenlernt.

»Ich bin Matthias Matschke«, sage ich.

Denn der Sohn hat gefragt. Er streicht Matthias Matschke auf einer handgeschriebenen Liste durch und stützt seinen kreisrunden Kopf wieder in die rechte Hand.

Der Arzt zieht meine Unterhose runter, nur die sollte ich anlassen. Nimmt den Zeigefinger seiner Gummihandschuhhand und stößt ihn in den rechten Leistenkanal. Mir wird sofort schlecht. Professor Bienlein merkt das und sagt: »Aber nicht, dass Sie mir jetzt hier wegsacken«, und schreibt dabei etwas auf. Er verlässt den Raum.

Ich fühle mich wie nach einer verlorenen Schlägerei.

Der runde Sohn steht auf, geht zu dem Zettel, auf den der Arzt seine Notizen gemacht hat, liest und sagt: »Ha!« Und dann: »Da kriegste mal einen Leistenbruch hin.«

Als ich verstört meiner Mutter von der Musterung erzähle, sagt sie, dass ich doch zum Militär gehen solle, damit ich keine beruflichen Nachteile habe. Aber welche beruflichen Nachteile soll ich haben, wenn ich gar nicht weiß, was ich werden will?

Meine Freunde sagen, dass sie eher zum Bund gehen wollen. Warum, frage ich? Krieg ist doch scheiße. Denkt doch nur, welche Musik wir hören! Ja, aber Krieg ist im Verteidigungsfall nicht vermeidbar. Und man muss sich verteidigen können!

Ich hätte jetzt gerne Johanna an meiner Seite. Sie wüsste, was zu sagen wäre.

Heute ist Donnerstag, und meine Mutter hat ihre Landfrauen, also fahre ich von Darmstadt mit dem Bus nach Braunshardt. Als ich zu meinem Vater komme, steht er mit dem Rücken zur Tür und hat etwas an, das aussieht wie ein Priestergewand einer amerikanischen Hippiesekte. Er ist beschäftigt, das merke ich. Ich bleibe in der Tür stehen, die Klinke in der Hand, und schaue auf die Stille, die er verbreitet. Meine Tüte raschelt leise, die ich von Bormuth mitgebracht habe. Ich weiß nicht, ob er das gehört hat, das Rascheln, aber er dreht sich zur Tür und sagt: »Ach, da seid ihr ja!«

»Nein«, sage ich, »ich bin allein, Mama hat die Landfrauen heute.«

»Ja«, sagt er.

»Was machst du?«, frage ich.

»Ich habe ein bisschen gebetet und mir was für die Predigt am Sonntag überlegt«, sagt mein Vater in seinem gelben Hippiegewand.

Ich stelle die Plastiktüte mit den beiden Stücken Bienenstich auf den Tisch.

»Man kann immer nur alles in Teilen erfassen. Ich glaube, wir sind zu nah dran«, sagt er.

»Was ist das denn für ein Gewand, das du da anhast?«

Mein Vater sieht an sich herunter. »Mein Talar. Den hat Mama mir rausgelegt. Die arbeitet hier.«

»Das ist ein gelber Bademantel«, sage ich. Der Satz sollte kein Vorwurf sein. Aber er fühlt sich ertappt.

Es klopft. Eine Pflegerin kommt herein und fragt, ob wir noch etwas brauchen. Auf dem Schild steht Mirjam. »Zwei Gabeln, wenn Sie haben.«

»Gern. Und gern du«, sagt Mirjam, »wir sind bestimmt fast gleich alt.«

»Wie alt bist du?«, fragt mich mein Vater.

»Zwanzig«, sage ich zu beiden.

»Genau«, sagt sie. Und: »Ich bringe gleich die Gabeln.«

Wir sitzen und warten und schauen auf die Schilfrohrpüschel am See. Dann erzähle ich meinem Vater vom Kreiswehrersatzamt. Von Professor Bienlein und seinem feisten Sohn. Und mein Vater lacht. Bis ich ihm von dem Finger in meinem Leistenkanal erzähle. Da wird sein Gesicht dunkel.

»Ja«, sagt er, »dieser ganze Militärapparat ist ein großer Haufen von Arschlöchern.« So etwas habe ich von meinem Vater noch nie gehört. Und mein Vater hat es wohl auch schon vergessen, als Mirjam die Gabeln bringt und wir Bienenstich essen.

Am Abend rufe ich meinen Freund Clemens an. Er war ein Jahr über mir, und wir kennen uns aus der Theater-AG. Er weiß, wie man verweigert.

Und Ende April treffen sich alle, um das Abitur zu schreiben. Aufgeregte Menschen wie bei der Einschulung. Ich fühle mich dumpf, und das schützt. Und auf dem Gang treffe ich Herrn Zitelmann. Er sagt, dass er das mit meinem Vater gehört habe. Und sonst nichts. Er nimmt mich in den Arm. Und das tut gut. Denn er hält nur fest, und ich muss nichts sagen.

Die drei schriftlichen Prüfungen fühlen sich nur an wie

lange Schultage. Und am dritten Tag sitzt meine Mutter mit mir beim Abendbrot. Sie wirkt gehetzt. Sie fragt, wie es war.

Ich sage: »Gut.«

»Gut«, sagt sie auch. Und: »Hör mal, Matthi, ich zerreiße mich hier. Ich versuche so oft wie möglich zu Papa zu fahren, und ich muss aber auch wieder voll arbeiten. Ich wollte warten, bis du die Prüfungen hinter dir hast. Ich habe in Dieburg eine Bleibe gefunden, und ich werde ab jetzt die Woche über dort übernachten. Dann kann ich für beides da sein: für Papa und für die Arbeit.«

Und weil ich nichts sage, sagt sie: »Und am Wochenende bin ich für dich da. Ich weiß nicht, wie ich das sonst schaffen soll.«

»Und was ist mit uns dreien?«, frage ich.

Meine Mutter weint ohne Ansatz und sagt nach einer großen Tränenwelle: »Das wird doch nichts mehr mit Papa. So, wie wir ihn kennen, gibt es ihn nicht mehr.«

Es gibt zu viel, was ich sagen will, daher sage ich nichts.

Meine Mutter weint noch mal und sagt: »Ich muss jetzt zu den Landfrauen. Zum letzten Mal. Ich gebe das an Frau Faller ab. Ich muss mich von ein paar Sachen befreien.«

Ich gehe in mein Zimmer und lege mich auf mein Bett.

Ich fliege über weites Wasser, und kein Bandit ist in Sicht. Wir wissen, was wir an unseren Flugzeugen haben. Zumindest sagt das der Squadron Leader, und ich denke das auch. Ich kenne nur seine Stimme. Aus dem Funkgerät. Sie ist tief und rauchdurchwoben und dennoch gütig.

Wenn man getroffen wird, ist das Erste, was man hört, ein trockenes Prasseln. Meistens wird man am Heck getroffen. »Das ist«, sagt der Squadron Leader, »weil die Bandits auf unser Hoheitszeichen am Rumpf zielen wie auf eine Zielscheibe. Die Spitfire ist ein Flugzeug wie von Gott gebaut«, sagt er durchs Funkgerät, und: »Die Bandits wollen Gottes Werk beleidigen.« Ich will ihm zustimmen, aber der Funkkontakt reißt ab. Ein trockenes Prasseln. Ich schaue auf die Tankanzeige. Zersplittert bleibt sie bei elf Gallonen stehen. Ab jetzt weiß ich nicht mehr, wie viel Flugzeit mir noch bleibt, und ich entschließe mich zum Angriff. Unter mir kein Meer mehr, sondern der Odenwald. Grün, und keine Bandits zu sehen. Aber Ziegen stehen auf der Wiese und riechen bis zu mir ins Cockpit. Dabei fliege ich doch auf neunhundert Fuß. Aber ich kann im Traum nicht in Meter umrechnen. Bin ich zu tief? Bin ich in Schussweite für die Flaks? Ich schieße mit den MGs in meinen Tragflächen vier satte feurige Strahlen in den Wald. Und dann fällt der Motor aus.

Wieder ein Prasseln wie Hagel auf Wellblech. Wo ist der Bandit, der meine Steuerbordseite zerfranst? Er fliegt heulend vorbei, und ich feuere auf ihn und schieße mit meinen Bordkanonen die Burg am Horizont entzwei. Sie klappt wie ein V auseinander. Manchmal fliege ich weiter ohne Ende. Aber meistens wache ich da auf. So auch jetzt.

Es ist zweiundzwanzig Uhr.

Ich gehe in die Garage, das Rolltor klackert nach oben, und der Golf ist nicht da.

Aber da steht mein Fahrrad. Ich steige auf und fahre durch die Dunkelheit. Licht habe ich keines, aber es ist auch niemand auf der Bundesstraße, dem ich in die Quere kommen könnte. Hier zwischen dem einen und dem nächsten Dorf sind Wald und Wiese, und die Tiere machen Geräusche im Dickicht.

Ich gleite vorsichtig durch die Dunkelheit und gewöhne mich daran.

Dann fahre ich zu der Kirche und dort auf den Parkplatz für drei Autos.

Keine Autos da. Ich schaue auf das Pfarrhaus. Dort oben, wo mein Vater sein Arbeitszimmer hatte, ist jetzt noch Licht. Als wäre er dort. Im alten Zuhause. Ich drehe Runden da, wo ich mit meinem Vater Fahrrad fahren gelernt habe. Auf dem roten Fahrrad mit den weißen Ballonreifen.

Ich bin fünf Jahre, und er greift mich sanft am T-Shirt im Nacken und keucht und führt mich mit großen Runden über den Parkplatz und hilft mir mit dem Gleichgewicht. Und ich rufe: »Nicht loslassen!«, und er ruft: »Nein, nein«, und dann lässt er los, und ich fahre allein und bin wütend und glücklich.

Ab da kann ich fahren, und ich darf allein auf dem Hof meine Runden drehen. Und ich darf allein zu Tante Masuch, meiner Kinderfrau, über die Straße und mit ihrer Tochter Eveline spielen.

Aber nur wenn kein Auto kommt! Und nur wenn ich gucke! Und nur wenn ich schiebe!

Aber das mache ich nicht. Man hört doch, wenn ein Auto kommt.

Also fahre ich drei Runden und strample und schieße aus der Einfahrt über die Straße und dann rechtzeitig Vollbremsung vor Tante Masuchs Tor.

Das macht Spaß, und ich sage es keinem. Und auch jetzt drehe ich meine Runden und schieße mit voller Fahrt über die Straße und bremse vor dem Tor.

Niemand da. Außer mir.

Noch nie war ich so allein.

Als ich am nächsten Morgen aufwache, ist sie schon zur

Arbeit gefahren. Ich habe meiner Mutter nicht gesagt, dass ich in dieser Woche noch eine Prüfung habe.

Am nächsten Morgen bestehe ich die theoretische Fahrprüfung ohne besondere Vorkommnisse. Und auch die Praxis geht schnell. Der Prüfer sitzt rechts hinten, wie ich mit meinen Eltern. Ich imitiere den Fahrstil meines Vaters und bekomme den länglichen rosa Führerschein sofort nach der Prüfungsfahrt.

Der Harzer Klaus ist stolz und fährt mich nach Hause.

»Ich hab's dir doch gesagt«, sagt er und fährt.

Ich gehe zum Briefkasten und hole die Post heraus. Als ich dabei auf den Schlüsselbund blicke, sehe ich das Volvo-Symbol. Ich will jetzt zu meinem Vater fahren. Mit seinem Volvo.

Ich drücke auf die Fernbedienung am Schlüsselbund. Das Tor klackert nach oben. Ich setze mich auf den Fahrersitz, da habe ich noch nie gesessen, und lege die Post auf den Sitz neben mich.

Ich fahre los.

Vielleicht kann mein Vater ja am Fenster stehen und sehen, wie ich auf dem Parkplatz mit dem Volvo Runden drehe. Aber als ich zur Abzweigung nach Dieburg komme, entscheide ich mich für Dieburg. Ich will noch einmal mit meiner Mutter reden. Ich warte im Auto vor dem Tor des Fernmeldewesens. Und schließlich kommt meine Mutter mit ihrem Golf aus der Einfahrt gefahren. Dicht an mir vorbei. Ich winke, aber offensichtlich erwartet sie nicht, mich am Steuer eines Autos zu sehen. Sie fährt an mir vorbei. Ich folge ihr mit einem Wendemanöver. Etwas waghalsig, weil noch unsicher.

Sie fährt nicht auf die Schnellstraße, sondern in eine Straße am Ortsrand und dort zu einem Reihenhaus. Sie hält davor und geht hinein. Ist das ihre Bleibe? Ich kenne das Haus, aber woher?

Ich sitze im Auto wie ein Kommissar beim Observieren im Fernsehen. Dann kommt jemand die Straße entlang. Ich kenne den auswärtsgedrehten Gang.

Es ist Lara. Es ist das Haus der Boninis. Hier habe ich unter dem Tisch gesessen und auf Frauenbeine geschaut.

Auch diesmal sieht mich Lara. Sie zögert und kommt zu mir. Ich steige aus und bleibe vor ihr und neben dem Volvo stehen.

»Als wir uns das letzte Mal gesehen haben, als du Prospekte ausgetragen hast«, sagt sie, »war noch alles anders.«

»Als ich das letzte Mal hier war«, sage ich und schaue auf das Haus, »warst du noch im Bauch deiner Mutter.«

»Ja. Aber deine Mutter wohnt noch nicht lange hier. Mein Vater und sie haben sich erst vor Kurzem wiedergetroffen. Sie interessiert sich doch für Biologie und will den Grünen beitreten.«

Ich kann die Stille nicht durchbrechen.

»Ich glaube, deine Mutter braucht Halt. So hat sie es mir jedenfalls gesagt. Sie will sich auch um deinen Vater kümmern, aber sie will nicht dabei kaputtgehen.«

»Und warum sagt sie mir das nicht selbst?«, frage ich.

»Willst du mit reinkommen?«, fragt Lara.

»Nein«, sage ich, »ich wusste sowieso schon davon. Ich bin bloß gekommen, um ihr zu sagen, dass sie am Wochenende gerne hierbleiben kann. Ich bin nicht da. Es lohnt sich also nicht, nach Hause zu kommen.«

Lara nickt stumm.

Ich steige ein. Das ruckelige Anfahren verrät mich als Neuling, aber Lara schaut im Gehen nicht zurück.

Und dann zu Hause bleibe ich noch etwas im Volvo in der Garage sitzen. Und schließe das Rolltor. Es klackert nach unten. Noch dreißig Sekunden bleibt die Birne brennen. Dann Finsternis.

Ich schalte die Innenraumbeleuchtung ein. Müde wirkt sie, so erschöpft wie ich. Die Post liegt noch auf dem Beifahrersitz. Neben der Werbung für die Kriegsgräberfürsorge und einer Benachrichtigung zur Abholung neuer Telefonbücher liegt ein amtlicher Brief. Darin steht, dass ich, Matthias Matschke, als Kriegsdienstverweigerer anerkannt wurde und mich mit Herrn Tierfeldt vom Kreiswehrersatzamt in Verbindung setzen soll, um nach Beendigung meiner schulischen Laufbahn den Zivildienst direkt antreten zu können.

Ich lösche die Innenraumbeleuchtung. Dunkelheit.

Ich schlafe die Nacht im Auto.

WACHTURM

Und jetzt ist alles normal. Jetzt, am 31. Oktober 1990, fast ein Jahr nach dem Schlaganfall, ist alles normal.

Es ist normal, dass ich zu einer Arbeit gehe, es ist normal, dass ich morgens allein am Frühstückstisch sitze und Zeitung lese. Es ist normal, dass ich Auto fahre, und es ist normal, dass ich meinen Vater in seiner Pflegeeinrichtung in Braunshardt besuche. Früher sind meine Eltern und ich dorthin gefahren, um Spargel zu kaufen, und auch jetzt, außerhalb der Spargelzeit, steht die kleine Verkaufsbude am Ortseingangsschild. Aber sie ist verbarrikadiert, wie ein Eisladen am Meer in einem Badeort im Winter. Oder wie unser Haus.

Wenn ich nicht Dienst habe oder zu meinem Vater gehe, bin ich zu Hause, und dann lasse ich nur so viel Licht wie nötig durch die Plastiklamellen des Rollladens. Am Morgen ist es auch jetzt im Herbst noch schön, wenn ich die Sonnenstrahlenlinien auf den Teppich fallen lasse und wenn der Staub ohne Schwerkraft tanzt. Aber sonst behalte ich lieber die Dunkelheit im Haus. Die kleine Lampe am Schreibtisch meines Vaters reicht. Und manchmal gehe ich Fahrrad fahren. Einmal pro Woche sicher. Nachts. Auf dem Parkplatz für drei Autos. Meine Mutter kommt nicht, weil sie weiß, dass ich sie nicht sehen will. Wir sehen uns manchmal bei meinem Vater, und am liebsten gebe ich ihr da die Klinke in die Hand. Ich bin ihr nicht böse. Überhaupt nicht. Aber wir haben halt kein Innen mehr.

Wenn ich nicht Dienst habe, fahre ich fast täglich zu meinem Vater, oder ich komme kurz vor dem Dienst. Mein Vater ist wenig geworden in den Sommermonaten. Dürr und steif. Und seinen Geist gibt es fast nur noch in lichten Momenten.

Und meine Freunde sehe ich selten, fast nicht mehr. Das liegt auch daran, dass die meisten bereits studieren. Viele meiner Freunde sind durch ein Attest ausgemustert worden. Das ärgert mich.

Zuerst sind sich alle sicher, dass sie zum Bund gehen, wenige zum Zivildienst. Und dann lassen sie sich von befreundeten Ärzten ihrer Eltern Untauglichkeit attestieren. Auch meine Mutter hat kurz vor der mündlichen Prüfung gesagt, dass ich zu Herrn Schnellerts gehen soll, um mir ein Attest verschreiben zu lassen, dass ich für Bundeswehr und Zivildienst untauglich bin.

Ich will tauglich sein.

Ich bin Zivildienstleistender und sonst nichts. Ich betreue Schwerstbehinderte eine Woche, jeden Tag zwölf Stunden lang, und habe danach eine Woche frei. Ich trage weiße Hosen und ein weißes Sweatshirt, wie ein Pfleger oder ein junger Arzt hier in der Demenzstation in Braunshardt. Und ich trage ein Namensschild mit meinem Namen auf der Brust und darüber meine Ami-Armeejacke mit Fliegerabzeichen. Ich bin Matthias Matschke.

Ich parke auf dem Parkplatz des Altersheims in Braunshardt und bleibe noch ein wenig stumm im Auto sitzen und beobachte den Eingang. Den ganzen Sommer über bin ich hier ein und aus gegangen. Nur wenige Autos stehen hier. Demenzkranke bekommen nicht so viel Besuch. Die Schwestern und Pfleger sind meistens aus Braunshardt und kommen zu Fuß. Sie gehen hier arbeiten, weil es hier Arbeit gibt. Einer der Pfleger hat vorher im Getränkemarkt gegenüber gearbeitet.

Jetzt kommt auch Mirjam zur Arbeit.

Wir haben ein paarmal miteinander geschlafen in den letzten Monaten. Ich war bei meinem Vater. Danach haben wir uns unterhalten, und ich bin mit zu ihr nach Hause gelaufen. Es war schön, und keiner dachte, dass es mehr braucht.

Am Eingang trifft sie eine andere Krankenschwester, die ihr zur Begrüßung die Tür aufhält, und beide gehen rein.

Ich sitze noch und schaue. Dann steige ich aus und gehe rein.

Mein Vater wohnt nun in einem Zweibettzimmer, und sein Zimmergenosse Herr Steinmetz liegt schlafend im Frotteeschlafanzug auf dem Laken ohne Decke. Jeder der beiden hat neben dem Bett auch einen kleinen Tisch mit Stuhl. Mein Vater sitzt auf seinem und schaut mit fahlem Blick auf den See. Den anderen Stuhl leihe ich mir aus und ziehe ihn zu meinem Vater heran.

Er schaut und fragt: »Arbeiten Sie hier?«

Ich zögere, es ist einer der Tage, wo alles offen ist. Von beiden Seiten. Ich weiß nicht, was heute wird, und er sowieso nicht.

Ich sage: »Nein, Papa, ich gehe gleich zur Arbeit, ich mache doch Zivildienst.«

Und weil er nur schaut und nicht weiterweiß, sage ich: »Ich bin Matthias Matschke.«

Er fragt: »Hast du die Batterien für die Lampe?«

»Ja«, sage ich und weiß nicht, was er meint.

»Kannst du sie mir geben?«

»Die sind im Auto. Ich hole sie dir nachher«, sage ich.

»Ich brauche sie«, sagt er.

»Gut«, sage ich und stehe auf, »ich bin gleich wieder da.«

»Aber dann lässt du mich ja allein«, sagt er.

»Dann bleibe ich hier«, sage ich.

»Wo wolltest du denn hin?«, fragt er.

»Die Batterien«, sage ich.

»Wofür?«, fragt mein Vater.

Die Zeit streicht um uns wie ein sanfter Wind. Dann sagt mein Vater: »In meiner Fahrradlampe sind vier Batterien, die sind noch halb frisch. Die kannst du nehmen.«

»Gute Idee«, sage ich und gehe los. Und draußen auf dem Parkplatz setze ich mich in den Volvo.

Es ist nicht das erste Mal, dass ich hier eine Ratlosigkeit spüre, die sich an meinem Nacken hochfrisst.

Als ich sechs bin, ist mein Vater sehr stolz auf seine Vorderlichtlampe, die nicht durch den Dynamo, sondern mittels Batterien mit Energie gespeist wird. »Gespeist« spricht er so besonders aus, dass es sich für mich wie »Speiseeis« anhört, als er mir davon erzählt. »Die Leistung der Lampe wird dadurch nicht größer, als die vom Dynamo erzeugte, aber darum geht es nicht«, sagt er. »Ich brauche Verlässlichkeit.«

Mein Vater und ich machen einen Ausflug mit dem Fahrrad. Es ist noch nicht lange her, dass ich Fahrrad fahren kann. Die Schürfwunden an Händen und Knien brennen noch ein wenig, aber der Triumph, dass ich mein Fahrrad selbst fahren, lenken, bremsen kann, überragt den Schmerz.

Mein Vater und ich fahren vom Pfarrhaus in den Wald. Und wenn wir jetzt geradeaus weiterfahren, kommen wir zum Schloss Lichtenberg. Das weiß ich, weil ich diese Strecke schon einmal auf dem Kindersitz vor meinem Vater sitzend gefahren bin.

Jetzt aber fahre ich ein paar Meter voraus vor meinem Vater auf meinem eigenen Fahrrad, und der Waldweg knirscht unter den weißen Ballonreifen. Wie Eis, das bricht, wenn man nach Norden fährt, mit einer Polarexpedition.

Wir fahren in den Wald, vorbei an der Stelle, wo das englische Flugzeug in den Wald gefallen ist. Vorbei, wo der Bach durch unsere Dörfer entspringt.

Ich bin sechs Jahre alt, gut in der Schule und kann schon Schloss Lichtenberg auf dem Wegweiser lesen. Auch beim Fahrradfahren.

»Hier geht's zum Schloss Lichtenberg«, sage ich.

»Ich weiß«, sagt mein Vater, »aber da fahren wir heute nicht hin. Das ist zu weit.«

»Doch«, sage ich, und er sagt: »Nein, es wird bald dunkel.«

Und wieder sage ich: »Doch«, und er sagt: »Wir drehen um.«

Sein Fahrrad wird langsamer. Das merke ich an seiner sich entfernenden Stimme.

Ich will mich nicht umdrehen, ich strample weiter und rufe: »Wir fahren jetzt da hin!«

»Ich fahre jetzt nach Hause!«, ruft die Stimme meines Vaters.

Ich strample meine Wut in die Pedale und höre mein Keuchen mehr als alles andere. Ich halte an und blicke über die Schulter zurück. Der Weg ist leer. Meine Penisspitze zwickt zweimal. Ich bin allein

Mein Vater ist wirklich gefahren. Damit habe ich nicht gerechnet. Ich gehöre dem Wald. Der riecht und ist grün, und ich hinterlasse Spuren. Die weißen Reifen haben Rillen in den schwarzen Weg gezogen. Vielleicht bleibe ich ja stecken. Ich kann nicht weiter.

Ich muss zurück. Aber ich weiß den Weg nicht mehr. Ich strample, sogar im Stehen, sodass der Sattel gegen meine Beine innen schlägt.

Es dauert. Es dauert, bis ich meinen Vater sehe. Er fährt sehr langsam und unansprechbar Richtung Dorf. Ich überhole und schiele hinüber. Er hat seine Fahrradlampe eingeschaltet. Ich sprinte vorbei am Friedhof und zurück zum Schulhaus, als wollte ich schon immer früher zu Hause sein, vor ihm und der Dunkelheit.

Und jetzt im Volvo weiß ich nicht, wohin. Würde ich wegfahren, mein Vater wüsste nicht, dass ich da war.

Aber was soll ich zu Hause? Oder schon beim Dienst?

Der Volvo hat sich in der Zeit verhakt.

Um irgendetwas zu tun, öffne ich das Handschuhfach. Da liegt eine Taschenlampe. Ich knipse sie an. Die Batterien scheinen frisch.

Und dann ist es einfach irgendein Tag, an dem der Tod vorbeikommt.

Es könnte auch der nächste sein. Aber es ist heute.

Der Tod verhält sich höflich. Als wolle er nicht aufdringlich sein. Aber er ist es. Er drängt sich auf wie ein Trickbetrüger, mit dem Fuß in der sich schließenden Tür.

Er gleitet auf der Zeit in die Mitte des Geschehens. Und dann ist er im Zentrum.

Und dann ist das Geschrei der anderen groß, aber er selbst bleibt leise und flüstert: »Ich will doch nur dazugehören.«

Und als ich jetzt in der Tür zum Zimmer meines Vaters stehe, die Taschenlampe in der Hand, liegt mein Vater auf dem Boden ausgestreckt, und zwei fremde Männer und Mirjam knien über ihm.

Die Zeit fließt um das Grüppchen herum, wie kurz gestautes Wasser um ein Hindernis im Bachbett. Vielleicht ein Wackerstein, ein alter Reifen oder ein Puppenwagen aus einer anderen Zeit.

Irgendjemand hat meinem Vater das Oberteil des Schlafanzuges ausgezogen, und einer der Männer drückt ihm die Handballen auf sein Brustbein, in regelmäßigem Rhythmus und mit kontrolliertem Zählen.

Mirjam kommt zu mir und fragt ohne Vorwurf: »Wo warst du?«

Und weiter: »Als ich euch Tee bringen wollte, ist sein Herz stehengeblieben, und er ist vom Stuhl gekippt. Die beiden kommen von der Notaufnahme.«

Sie fasst meinen Arm.

Und nach zwanzig Minuten kommt einer der Männer zu mir und sagt, dass es ihm furchtbar leidtue. Nach medizinischem Ermessen sei es nicht mehr sinnvoll, weiter zu animieren. Aber das wisse ich bestimmt auch.

Der Zimmernachbar hat die ganze Zeit geschlafen und wacht nicht auf, als man ihn nun in seinem Bett nach draußen rollt.

Wir legen meinen Vater auf sein Bett. Die Männer sagen: »Mein Beileid«, und senken die Köpfe und gehen unbemerkt.

Und jetzt bin ich allein mit meinem Vater. Er liegt noch da wie vorhanden. Der Raum ist noch erfüllt von ihm und seinem Geist. Das Licht hier um uns herum ist mäßig und weich. Dann sinken die Augen mehr und mehr in seine Augenhöhlen. Die Haut wird gelb und kalt. Ich flüstere ihm was und weine.

Ich denke, ich will für immer bei meinem Vater sitzen und auf ihn aufpassen. Aber dann kommt ein Arzt und murmelt sein Beileid und erklärt Sachen. Dass nach einem Schlaganfall eine gesteigerte Gefahr von Herzinsuffizienz bestehe. Aber sicher wisse ich das ja auch. Er schaut auf meine Kleidung. Mein medizinisches Weiß unter der Pilotenjacke.

Und dann kommt noch ein Arzt und schweigt und setzt sich an den kleinen Tisch und hebt die toten Glieder meines Vaters und schaut in jeden Winkel seines toten Leibes. Ich habe mich zwei Meter weggesetzt und halte meinen Kopf in der linken Hand. Das hier ist die Musterung für die Ewigkeit. Dann geht der Mann, und ich bin wieder allein mit meinem Vater.

In diesem Jahr bis jetzt habe ich immer Angst gehabt, dass dieser Moment kommen könnte. Und jetzt, da er da ist, ist er fast flüchtig. Das ist auch nicht mehr mein Vater, der da liegt. Ich werde ihn ohne diesen Körper vermissen müssen.

Ich lege die Taschenlampe zurück ins Handschuhfach und fahre los.

Und dann sitze ich im *Café Chaos* und starre in die verspiegelte Säule und auf Marion und Joana, die dort sind mit Plastiktüten neben ihren Beinen.

Die Zeit nimmt mich mit, ich kann gehen.

Ich will nicht viel mitnehmen. Nur eine Erinnerung. Draußen habe ich den Volvo-Motor laufen lassen. Vom Schreibtisch meines Vaters aus wirkt der Wagen wie ein angeleintes Motorboot, das leicht vertreibt, bis einer reinspringt und den losen Knoten löst und mit Vollgas ein langgestrecktes Tal in die Wellen pflügt. Richtung anderes Ufer. Ich stehe vor dem Schreibtisch und ziehe die Schublade auf. Womit soll ich mich erinnern? Am Ende ist es egal. Ich sehe die Zigarettenschachtel und sehe zum ersten Mal hinein.

Ich erinnere mich.

Unser Haus verschwindet im Rückspiegel. Nur ich und mein Augenpaar bleiben zurück, in dem länglichen Viereck. Ich schaue mir in die Augen, dann wieder nach vorn. Den Hals zum Fahren gereckt, aber die Schultern dennoch rund, wie die Flügelenden einer Spitfire.

Ich weiß nur Richtung Norden, und das ist die A 5.

Vorbei an Weiterstadt und auch an Braunshardt, wo ich gerade hergekommen bin. Links vom Autobahnrand die Hügel der Spargelfelder. Jetzt im Herbst hat man die Pflanzen rauswachsen lassen. Und so sieht es aus wie endlose Reihen von Soldatengräbern mit verdorrtem Grabschmuck.

Die A 5 führt direkt am Flughafen Frankfurt vorbei. Und knapp über die sechs Spuren schwebt eine 747 von Cathay Pacific hinweg, kurz vor dem Touchdown.

Aus Frankfurt-Süd wird Frankfurt-Nord. Norden ist erst mal richtig. Ich fahre nach Gefühl. Ich weiß noch nicht genau, wie weiter.

Gut ist, dass ich nichts denke.

Und das gibt der Müdigkeit Platz.

Fast fallen mir die Augen zu.

Kurz bevor die A 5 aufhört, fahre ich an der Raststätte Rimberg-Nord ab und parke in der Parkbucht direkt vor einer

Telefonzelle. Sie leuchtet schon leicht neonblass, denn der Nachmittag geht langsam.

Das Rauschen der Autobahn bleibt hinter der sich schließenden Tür zurück.

Der Apparat ist alt. Er hat noch eine Wählscheibe, und die Münzen, die ich einwerfe, rutschen hinter einem Sichtfenster eine Schräge runter und bleiben demonstrativ hochkant stehen, bis der Apparat sie in die Münzkassette fallen lässt, weil die Gesprächseinheit vorüber ist.

Ich wähle, ich warte, es tutet.

»Ja, hallo?«, fragt Frau Hannemanns Stimme.

»Ich bin Matthias Matschke.«

»Ah, hallo Herr Matschke«, sagt sie.

»Ja, ich wollte Sie um etwas bitten. Ich habe Johannas Nummer in Berlin gar nicht, bin aber gerade auf dem Weg dorthin und wollte mich bei ihr dann melden.«

»Berlin. Da bin ich jetzt überfragt«, sagt Frau Hannemann. »Aber vielleicht reden Sie mit Johanna selbst, sie ist gerade zu Hause.«

Der Hörer wird abgelegt, und Schritte entfernen sich.

Ich warte. Die Zeit wird langsam. Ich verstehe nichts.

Dann: »Hallo?«

Johannas Stimme kriegt mich immer. Schön und sanft und vielleicht etwas müde.

»Frau Hannemann sagt, dass du jetzt in Berlin wohnst und du denkst, dass ich da auch wohne.«

Ich weiß nicht, was ich sagen soll. Sie sagt: »Es tut mir leid, dass ich dich allein gelassen habe, als dein Vater krank war. Ich hoffe, es geht ihm wieder besser. Ich habe einfach kein besonders gutes Verhältnis zu dem Krankenhaus. Es gibt immer wieder Phasen, in denen ich mich von Menschen, die mir etwas bedeuten, und dazu gehörst auch du, fernhalten muss. Ich habe mich dank Wolfram die letzten Monate wieder ganz gut in der Tagesklinik des Marienhospitals stabilisieren können. So wie immer wieder in den Jahren davor. Aber ich bin sehr froh, wenn ich da nicht hinmuss nachts. Und ich brauche meinen Abstand. Um frei zu sein. Das weißt du.«

Ich hole Luft, um zu antworten. Der Automat lässt die Münzen in die Kassette rutschen. Johanna ist weg.

Ich habe keine Münzen in der Tasche. Das weiß ich. Ich gehe zurück zum Auto. Neben der Taschenlampe im Handschuhfach finde ich ein durchsichtiges Kästchen. Früher für Stecknadeln mit bunten Köpfen und jetzt ein Ort für acht Zehnpfennigstücke. Ich sitze am Lenkrad und schaue auf die Zelle.

Ich werde Johanna nicht mehr anrufen.

Im Handschuhfach ist auch das Fahrtenbuch. Mein Vater hat es so benannt. Dabei ist es ein dickes Oktavheftchen, in das mein Vater jede Tankfüllung seit Anbeginn mit Datum, Tankstellenort und Kilometerstand eingetragen hat. Auf der ersten Seite steht in unfassbar schöner Handschrift: Durschn. Verbr. lt. Herst. 13 lt / 100 km

Und auf den folgenden Seiten ewige Zahlen- und Wortkolonnen, die zwischen mit dem Lineal gezogenen Linien stehen. Als ich ihn einmal frage, warum er das macht, sagt er: »Zu Dokumentationszwecken.« Ich höre seine Stimme, die das sagt. Er hat nie etwas aus den gesammelten Daten gemacht. Wahrscheinlich bin ich jetzt der Erste, der sich die Zahlen in dem Heftchen wieder anschaut.

Ganz hinten ist eine kleine kopierte Liste eingeklebt. Unter der Überschrift »Notfallnummern« stehen Polizei und Feuerwehr und das weitere Übliche. Dann folgen Namen von Menschen, von denen ich die meisten nicht kenne oder die durchgestrichen sind. Aber diesen einen Namen kenne ich. Ernst Jung. Dahinter steht eine Telefonnummer mit vier Stellen, hinter der Vorwahl und dem Ortsnamen Bad Sooden-Allendorf. Ernst ist Apotheker dort und irgendwie verwandt mit meinem Vater. Vielleicht sind die Familien auch zusammen aus Schlesien geflohen. Ich weiß es nicht und kann auch nicht mehr fragen.

Der Sohn von Ernst Jung ist der fremde Cousin, von dem ich zuerst das Wort »öde« gehört habe. Er heißt Tim und ist so alt wie ich.

Ich werfe alle Münzen in den Schlitz der Telefonzelle. Die Groschen reihen sich wieder auf wie Munition im Patronengürtel, und nach dem »Hallo« aus dem Hörer wird die erste Salve in das Münzfach abgefeuert.

»Ich bin Matthias Matschke«, sage ich.

»Wer?«, fragt die Stimme zurück.

»Der Sohn von Christian Matschke. Äh, ist da Ernst Jung?«

»Nein, Tim, sein Sohn«, sagt die Stimme. »Meine Eltern sind nicht da. Aber ich weiß, wer du bist. Wir haben uns mal auf so einer Feier gemeinsam gelangweilt!«, sagt Tim. Er wirkt aufgedreht, und im Hintergrund sind Musik und Stimmen.

»Ja, ich bin gerade bei euch in der Gegend.«

»Dann komm her. Wir feiern gerade. Aber du musst Bier mitbringen. Wir sitzen hinter der Apo-« Es klickt, und die letzte Salve Münzen ballert in die Kassette.

Der *Atlas Deutschland 83/84* zeigt Bad Sooden-Allendorf ganz am Rand auf Dunkelgrün, und gleich daneben, hinter der verschnörkelten blauen Linie, auf der klein »Werra« steht, beginnt ein blassgrünes Reich, auf dem Deutsche Demokratische Republik steht und sonst nichts.

Von hier bis da sind es noch circa hundertzehn Kilometer, wenn ich die Zahlen auf den farbigen Linien richtig zusammenrechne.

Ich drehe den Schlüssel im Schloss, und die Tanknadel springt mit einem schwachen Hüpfer, bleibt aber im roten Bereich.

An dieser Raststätte gibt es keine Tankstelle. Und ich habe kein Geld dabei.

Ich fahre los. Ich trödele wie ein Tourist beim Besichtigen, um den Tank zu schonen.

Ich fahre da ab, wo der *Atlas Deutschland 83/84* es anzeigt, auf die B 27. Durch Bebra. Und dann weiter, wo die Wälder bis zur Straße stehen. Vor Wildwechsel wird gewarnt, und die Bäume stehen finster, denn das Licht zieht sich daraus zurück.

Jetzt muss ich an meine Mutter denken. Ich habe ihr vorhin einen gefalteten Zettel auf dem Nachttisch meines Vaters hinterlassen.

Liebe Mama,

Papa ist ohne Schmerzen gestorben. Das ist gut, aber ich bin unendlich traurig.
Kannst Du Herrn Schnellerts bitten, dass er mir ein Attest besorgt, dass ich nicht mehr zum Zivildienst muss? So was geht wohl, auch wenn man schon Zivildienst macht.
Ich gehe jetzt, damit ich Papa nicht mehr suchen muss.
Und: Ich verstehe Dich.

Dein Matthi

Das Auto bleibt höflich, als es kein Benzin mehr hat. Es stottert kaum und lässt mich hinter dem gelben Ortseingangsschild ausgleiten wie ein sicher gelandetes Flugzeug am Ende der Landebahn.

Ich muss nur fünfzig Meter schieben. Die blau schimmernde Tankstelle ist das Erste, was man sieht, wenn man hier ankommt.

Der Kassierer im Glashaus schaut finster, als er mich schieben sieht, mit der linken Hand an der geöffneten Fahrertür und der rechten am Lenkrad. Ich lächle und schiebe den Wagen, so gut es geht, vor die Säule und stecke den gespannten Schlauch in den Tank.

Das Benzin duftet durch die Herbstluft.

Außer dem Kassierer dort und mir hier ist niemand da.

Ich bin aufgeregt, und ich weiß nicht. Aber ich will nicht mehr nach Hause.

Ich stecke den Schlauch zurück in die Säule und lächle dem Kassierer entgegen, der grimmig aus dem Häuschen schaut.

»Nabend«, sage ich beiläufig.

»Nabend, die drei, vierundsiebzig Mark zehn, bitte«, sagt er zurück.

»Ja, da kommt noch mehr«, sage ich. »Ich bräuchte noch zwei Kästen Bier.«

»Ja, einfach dann wegnehmen«, sagt er, ohne aufzuschauen, und tippt auf seiner Kasse. »Zwei Kästen plus Benzin sind dann hundertdrei Mark sechsundachtzig.«

»Ja«, sage ich und fange an zu kramen. »Verdammt, ich wusste es«, sage ich, »das Portemonnaie habe ich im Hubschrauber liegenlassen.« Ich grinse, und er schaut verwirrt.

»Ich fliege drüben in Bebra als Sanitäter im Rettungshubschrauber mit.«

Und er schaut mit zusammengekniffenen Augen auf das Schild, das auf dem weißen Sweatshirt unter der Ami-Armeejacke mit Fliegerabzeichen hervorblitzt. Aber er ist zu weit weg da hinter dem Tresen.

»Ich könnte schnell zurückfahren und es holen«, sage ich, und fast sieht es aus, als wollte ich losgehen.

Er sagt schnell: »Nein, man darf nicht wegfahren, man muss sofort zahlen!«

»Okay, ist ja auch verständlich«, sage ich. »Dann machen wir das anders. Ich zahle das jetzt einfach von meinem Geld.«

Ich greife mit meiner rechten Hand an meinen linken Oberarm und hole aus der Tasche dort die HB-Schachtel meines Vaters. Ich öffne sie, als wollte ich ihm eine Zigarette anbieten. Dann sage ich: »Ich habe immer meine eiserne Reserve dabei.« Ich entfalte den Tausendmarkschein, der darin gesteckt hat, und streiche ihn auf der Theke glatt.

Still schauen wir wie Ärzte auf einen betäubten Patienten, bei dem nach der OP nicht klar ist, ob er durchkommt. Die Zeit umfließt uns, und mir kommt mein toter Vater in den Kopf.

»Kleiner haben Sie's nicht?«, fragt er misstrauisch.

»Nur in meinem Portemonnaie«, sage ich. »Ich kann auch losfahren und lass Ihnen den Tausender als Garantie hier.«

»Nee, man muss sofort zahlen!«, sagt er bestimmt. Und dann: »Sie haben Glück, dass ich noch nicht Kasse gemacht habe, Sie sind mein letzter Kunde heute.«

Er drückt an der Lade, und der Setzkasten für Münzen und Scheine fährt gegen seinen Bauch. Er zieht den Tausender zu sich und fängt an zu rechnen und legt das Rückgeld dahin, wo gerade noch mein Schein gelegen hat.

»Danke«, sage ich. »Ich klär das dann intern mit meinem Vorgesetzten.«

Er zuckt die Schultern, und ich gehe wankend. Die Kästen rechts und links machen meine Arme lang. Der Kassierer schließt hinter mir ab und löscht die Lichter.

Nur eine kleine Lampe neben der Kasse reicht für die Abrechnung.

Auch draußen ist schon fast kein Licht mehr. Im Schein der Innenraumbeleuchtung trage ich in das Fahrtenbuch ein: 31. Oktober 1990, Aral Bad Sooden-Allendorf, 193 728,01 km. Sorry, Papa.

All die Fachwerkhäuser sehen gleich aus, und es gibt mehrere Apotheken. Ich erinnere mich nicht mehr, wo Tim wohnt. Aber ich fahre langsam mit offenem Fenster, und auf einmal ruft jemand: »Ah, der Bierkutscher!« Ich erkenne Tim und seine Stimme, auch wenn es lange her ist.

»Hallo«, rufe ich etwas zu vertraut den drei Jungs zu, die dort am Rand des kleinen Flusses sitzen.

»Wir sind hierher zur Werra umgezogen«, sagt er zu mir. Und zu seinen Freunden: »Das ist Matthias Matschke, unsere Eltern sind bekannt oder verwandt oder so was.«

Und wieder zu mir: »Das sind Alex und Achim, die miesesten Ruderer im Werra-Meißner-Kreis.«

Die beiden lachen angetrunken.

»Wir haben mit Tim Abitur gemacht, aber wir kennen uns auch vom Ruderclub. Und am Wochenende ist Abrudern. Wir studieren eigentlich in Kassel, aber das Abrudern muss sein!«, sagt Achim.

Ich parke das Auto direkt neben den Jungs und öffne die Kofferraumklappe des Kombis. Gebückt wie unter einem niedrigen Dach bei Regen stehen wir vor den beiden Bierkästen, nehmen uns Flaschen und prosten uns zu und erzählen uns, wie unser Abitur war.

»Und was bringt dich jetzt hierher?«, fragt Tim.

»Ich habe den Sommer über in einem Altenheim gejobbt«, sage ich. »Und heute war mein letzter Tag, und jetzt geht es nach Berlin. Meine Freundin wohnt da. Und ich will da Schauspieler werden.«

»Schauspieler«, sagt Tim, »das könnte ich nicht. Den ganzen Text lernen.«

Ich lächle sachverständig.

»Wie geht es deinen Eltern?«, fragt Tim.

Ich würde gerne von meinem Vater erzählen. Ich möchte endlich mit jemandem darüber reden. Aber ich habe seit heute Morgen nichts gegessen, und nach zwei Schluck Bier bin ich schon betrunken.

»Die sind auch verreist«, sage ich.

Und um das Thema schnell zu wechseln, frage ich: »War hier nicht irgendwo die Grenze?«

Tim kommt mit dem Kopf näher: »Siehst du das Boot da unten?«

Ich schaue die Böschung runter, wo ein langes Ruderboot an einem Steg liegt.

»Das ist das größte Ruderboot in unserem Verein: ein Vierer-mit. Und damit fahren wir heute den Mekong runter und statten Charlie einen Besuch ab.«

Ich verstehe nichts und kämpfe gegen den Alkohol.

»Was?«, frage ich.

»*Apocalypse Now.* Vietnamkrieg. Kennste nicht?«, fragt Tim.

»Aaaah«, sage ich und ziehe die Augenbrauen hoch. Ich weiß, das ist ein Film. Mehr weiß ich nicht.

»Achim, Alex und ich haben gerade festgestellt, dass seit einem Jahr die Grenze offen ist, wir aber noch nie drüben waren. Wir sind wiedervereint und waren noch nie da!« Er schaut durch seine Nickelbrille und zeigt ins Dunkel hinter die Werra. »Und da haben wir uns den Vierer-mit ausgeliehen.«

Achim und Alex lachen, weil er »ausgeliehen« so gespreizt gesagt hat.

»Und damit machen wir heute rüber!« Wieder lachen die beiden.

»Keine Angst«, sagt Tim, »das Boot wird bald sowieso ausgemustert, in zwei Jahren ist der Vierer mit Steuermann nicht mehr olympisch.«

Ich weiß nicht, was ich sagen soll.

Er sagt: »Na, Matthias Matschke, bist du bereit, Feindesland zu betreten?«

Ich war noch nie in einem Ruderboot. Weil ich nicht rudern kann, bin ich der Steuermann und sitze vorn im Boot und liege fast aufgrund der Konstruktion. Meine Ohren ganz nah über der schwarzen Oberfläche. Das Wasser gurgelt, und der Mond ist fast ganz voll und lässt sich zweimal sehen. Am Himmel und im Wasser. Die Jungs schweigen, als wäre es ernst. Der vierte Ruderposten wird von den Bierkästen besetzt.

Die Kälte auf dem Wasser ist beeindruckend, aber ertragbar.

Tim flüstert von hinten: »Wenn hier Hochwasser war, hat es die Minen aus dem Todesstreifen in die Werra gespült, und wir durften mit unseren Booten nicht raus. Genau hier auf der Werramitte war die Zonengrenze.«

Was ich am meisten merke, ist das unterschiedliche Licht

in Ost und West. Da links sind die Lichter weiß und rechts im Osten: keine Häuser, kaum Laternen und wenn, dann in einem nie gesehenen Gelb, mit einem Stich zu Rot. Dem Mond von oben ist es egal, er scheint auf alles.

Wir gleiten lautlos ins Offene. Unbeschwertheit für einige Zeit.

Und dann stoppt das neue Ufer das Boot.

»Was ist?«, fragt Tim von hinten.

»Ich denke, wir sind da«, sage ich.

Vor uns ist ein DDR-Wachturm. Nicht weit vom Ufer. An der Rückseite muss eine Lampe sein, die ihm einen senfgelben Heiligenschein verleiht.

Die Ruderer hinter mir wissen, wie man aussteigt, ohne nasse Füße zu kriegen, auch in wildem Gelände.

Wir stehen vor dem viereckigen Turm. Je näher wir kommen, desto kleiner wird er. Wie sollte man von da einen guten Ausblick haben? In einem Tal mit hohen Hängen?

»Mickrig«, sage ich.

Und Tim sagt: »Was?«

»Mickrig«, sage ich noch mal, und: »Man muss dem Kind einen Namen geben.« Und ich gehe los und um den Turm herum. Ich habe die Führung übernommen.

Die Tür ist angelehnt, und ich steige über die Innenleiter nach oben. Die Taschenlampe aus dem Handschuhfach habe ich vorhin mitgenommen, und damit leuchte ich den anderen durch die Dunkelheit. Wir alle haben so viele Flaschen wie nur möglich in den Taschen.

Und als wir oben in der Kanzel sind, schauen wir im Mondlicht um uns und sind verstummt. Hier ist auf zwei mal zwei Metern nichts.

Wahrscheinlich sind deshalb überall Fenster, damit man

nicht auf sich selbst schauen muss. Wie Soldaten, die etwas erobert haben, aber nicht wissen, wozu, stehen wir da. Und den befehlshabenden Offizier kann man nicht mehr fragen, er ist gefallen. Und wir trinken, bis alle so besoffen sind, dass keiner ohne Schaden vom Turm kommt. Also bleiben wir und pinkeln aus den Fenstern.

Da ist noch eine Luke, die aufs Dach des Turmes führt. Die anderen rufen mir »Sei vorsichtig« hinterher, und ich steige durch die Luke auf die Krone des Turms, und meine Penisspitze zwickt zweimal. Das ist sehr hoch hier.

Wenn ich diesmal falle, wird es anders ausgehen.

Ich halte mich an dem Suchscheinwerfer fest, der sich blind in den Himmel reckt. Jemand hat ihm die Scheibe mit einem Stein eingeworfen. Der Stein, der glatt ist wie ein Osterei, liegt am Boden des Parabolspiegels, der früher das Licht gebündelt hat, um zu suchen.

Ich lege mich neben den Scheinwerfer und schaue wie er. In die Sterne.

Ich versuche nichts zu denken, und das macht Platz für Gedanken. Ich muss so sehr weinen.

Dann ist mir kalt, und ich stecke meine Hände in die Hosentaschen, und ich spüre das Rückgeld.

Als ich zehn bin, fragt mich mein Vater, ob ich mich erinnere, dass Onkel Günter einmal bei uns geklingelt hat, nachts, als ich ganz klein, vielleicht fünf, war. Ich erinnere mich vielleicht, aber vielleicht denke ich das auch nur.

Ich frage: »Ja, Papa, was war da?«

Mein Vater lacht und sagt: »Da wollte Günter bei mir die Beichte ablegen.«

Und jetzt erinnere ich mich, wie ich im blauen Frotteeschlafanzug die beiden im Pfarrhaus im Flur beobachte, durch den Türspalt von meinem Zimmer aus.

Günter redet hysterisch und fragt meinen Vater, ob er wenigstens noch so katholisch sei, dass er, Günter, ihm eine Sünde beichten könne.

Mein Vater entscheidet sich nicht für Streit, sondern für Zuhören, und Günter sagt, dass er eine Dummheit begangen habe. Er habe, gemeinsam mit einem Freund, den er noch aus seiner Ausbildungszeit als Schriftsetzer kenne, versucht Tausendmarkscheine selbst zu machen. Und na ja, das habe geklappt. Er sei einfach zu gut. Die Dinger haben einfach zu echt ausgesehen. Und da habe er sich kurzerhand einen Fiat 500 gekauft. Aber jetzt habe er Gewissensbisse. Das Auto stehe unten, und außerdem habe er noch einen Tausender übrig.

Mein Vater versucht gedanklich Fuß zu fassen. Dann sagt er, wahrscheinlich müsse man sich überlegen, ob man weiter mobil bleiben wolle oder ob man dann zu viel Gewissenslast mittransportieren müsse.

Ich sehe mich durch den Spalt schauen. Ungewiss der Ausgang.

Dann sagt Günter: »Genauso ist es. Ich werde den Wagen zurückgeben. Du hast mir gut geholfen.«

Der große Mann lacht kehlig und umarmt seinen um einen Kopf kleineren Bruder.

Meinen Vater.

Günter gibt ihm einen Geldschein und sagt: »Der Tausender war noch über. Bitte heb ihn für mich auf. Mein Werk ist zu gut, als dass ich es selbst vernichten könnte.«

Er geht, und ich schließe den Türspalt.

Und als ich zehn bin, frage ich meinen Vater: »Und was hast du mit dem Tausender gemacht?«

Er sagt: »Ich habe natürlich das gemacht, worum er mich gebeten hat: Ich habe ihn aufgehoben. Ich habe ihn in eine Schachtel gesteckt und in meine Schublade im Schreibtisch gelegt. Ob der Schein echt ist oder nicht, ob das wieder nur eine von Günters typischen Flunkergeschichten war, ich weiß es nicht. Es ist mir auch egal. Aber da in der Schachtel ruht er jetzt, der Schein, bis zu seiner Auferstehung.«

Und er lacht.

Und hier oben auf dem Wachturmdach ist es spät.

Ich drehe den Kopf von den Sternen nach Osten. Morgen fahre ich nach Berlin, das ist dahinten irgendwo. Und dann mal schauen.

Jetzt bin ich müde und könnte sofort einschlafen, aber dann ist der Tag zu Ende, und das will ich nicht. Der Tag hat ja noch mit meinem Vater begonnen.

Und dann schaue ich in den Himmel. In die Sterne.

Ich möchte mich bei folgenden Menschen bedanken:

Laurenz Bolliger für das Widerspiegeln
Heike Faller für das Entdecken
Caroline Huß für das Zuhören
Tim Jung für die Begeisterung
Theresa Kronthaler für die Langmut
Barbara Wenner für die Navigation

Sie alle waren die Hilfe, die es brauchte,
um dieses Buch zu schreiben. Danke!